罪

無敵番犬

（『非情番犬』改題）

南 英男

祥伝社文庫

目次

本書の主な登場人物

反町《そりまち》譲司《じょうじ》……39歳。フリーのセキュリティ・サービスマン＝用心棒《ボディガード》。元警視庁警備部SP。

右近《うこん》和香奈《わかな》……28歳。下北沢《しもきたざわ》のジャズクラブ『マザー』経営。目黒《めぐろ》区青葉台《あおばだい》在住。

力石《ちからいし》正則《まさのり》……37歳。反町の元同僚。警視庁組織犯罪対策部暴力団対策課所属。

藤巻《ふじまき》隆之《たかゆき》……29歳。元保険調査員の探偵。港《みなと》区芝大門《しばだいもん》在住。

滝《たき》信行《のぶゆき》……49歳。精神科医。反町の〝元〟飲み友達。世田谷《せたがや》区松原《まつばら》在住。

杉本《すぎもと》雅美《まさみ》……30歳。フリージャーナリスト。杉並《すぎなみ》区高円寺北《こうえんじきた》在住。

唐澤《からさわ》厚博《あつひろ》……31、32歳。雅美の恋人。フリーカメラマン。

井手《いで》貢《みつぐ》……41、42歳。公認会計士。事務所は銀座《ぎんざ》一丁目。文京《ぶんきょう》区小日向《こひなた》在住。

志賀《しが》佳代《かよ》……36歳。井手の元妻。世田谷区池尻《いけじり》在住。

水谷《みずたに》麻理《まり》……30歳。井手の愛人、元秘書。目黒区中根《なかね》在住。雅美の大学同期生。

戸張《とばり》勇次《ゆうじ》……33、34歳。佳代の愛人。モデルのスカウトマン。

関口《せきぐち》保《たもつ》……44歳。総会屋経友《けいゆう》会代表。関東一心《かんとういっしん》会関口組組長の息子。

矢吹《やぶき》健人《けんと》……43歳。企業顧問を専門にする弁護士。世田谷区尾山台《おやまだい》在住。

鎌田《かまた》峰久《みねひさ》……50代後半。西急《せいきゅう》クレジット社長。

大川《おおかわ》良樹《よしき》……82歳。憲友《けんゆう》党の大物議員。

山極《やまぎわ》達生《たつお》……47歳。大川の公設第一秘書。

プロローグ

何かが動いた。

人影ではない。繁《しげ》みから走り出てきたのは、茶色の犬だった。

首輪は嵌《は》められていなかった。多分、野良《のら》犬だろう。

体毛は汚れきっている。痩《や》せこけ、いじけたような目だけが目立つ。

犬は奇妙な物をくわえていた。マネキン人形の一部なのか。

反町《そりまち》譲司《じようじ》は目を凝《こ》らした。

煤《すす》けた犬が喰《く》らいついているのは、なんと人間の体の一部だった。女性の右腕のようだ。

反町は喫《す》いさしのマールボロの火をジョギングシューズで踏み消し、ベンチから立ち上がった。灰色のスウェットスーツをまとっていた。

千代田《ちよだ》区紀尾井町《きおいちよう》にある清水谷《しみずだに》公園だ。

五月中旬のある日の早朝だった。

園内には、自分のほかは誰もいなかった。反町はジョギングの途中で、この公園でいつも一服する。それが習《なら》わしだった。

泥と脂《あぶら》に塗《まみ》れた犬が反町に気づいて、つと足を止めた。すぐに身構え、警戒心に満ちた目を向けてくる。

反町は目に凄《すご》みを溜《た》めた。

犬を睨《ね》めつける。反町は怒ると、狼のように眦《まなじり》が吊《つ》り上がる。

茶色の痩せた犬は、すごすごと逃げ去った。気圧《けお》されたのだろう。尻尾《しっぽ》は完全に巻かれていた。

反町は、犬のいた場所まで駆けた。

中腰になって、改めて人体のパーツを見る。やはり、女性の右腕のようだ。

三十九歳の反町は、三年半前まで警視庁のＳ　Ｐ《セキュリティ・ポリス》だった。どんな事件現場を目にしても、たじろぐようなことはなかった。

いったん逃げた首輪のない犬が、左奥の植え込みの陰から不意に現われた。

反町は、その方向に足を進めた。胸には、禍々《まがまが》しい予感が拡《ひろ》がっていた。足を速める。

繁みを掻《か》き分けると、三十歳前後の女性の全裸死体が転がっていた。

被害者の左腕も、肘《ひじ》のあたりで切断されていた。

やはり、切り口は鋭かった。刃物で一気に切り落とされたのか。

切り離された左腕は、近くにある樹木の枝に突き刺してあった。犯人の仕業《しわざ》だろうか。

二羽の百舌《もず》が、左腕の肉片を熱心についばんでいる。

速贄《はやにえ》と勘違いしたのか。小さな猛禽《もうきん》と呼ばれる百舌には、捉《とら》えた昆虫や小動物の死骸《しがい》を小枝に串刺《くしざ》しにする習性がある。この速贄は後《あと》で食べるためとも、縄張りの目印とも言われている。女性の片腕とはいえ、重すぎる。百舌ではなく、人間の仕業だろう。残忍なことをするものだ。

反町は足を踏み鳴らした。

地響《じひび》きに驚いた二羽の百舌が、ほぼ同時に飛び立った。

いつしか空は、斑《まだら》に明け初《そ》めていた。午前五時過ぎだった。

反町は死体の周囲を見回した。

被害者の衣服や靴は見当たらなかった。ハンドバッグや装身具の類《たぐい》もない。

反町は亡骸《なきがら》のかたわらに屈《かが》み込んだ。

死者は、やや股《また》を開いていた。性器を晒《さら》す恰好《かっこう》だった。風が恥毛を小さくそよがせている。

「こんな姿じゃ、恥ずかしいよな」

反町は死者に語りかけ、近くの灌木《かんぼく》の枝を手折《たお》った。

若葉をいっぱいにつけた枝だった。それで、被害者の下腹部を隠す。秘めやかな場所は見えなくなった。

反町は短く合掌《がっしょう》した。赤の他人だったが、あまりにも早すぎる死を悼《いた》まずにはいられなかった。

反町は死体に背を向け、公園の出口に向かった。

歩道《ほどう》に出ると、すぐ走りだした。数百メートル先に、電話ボックスがあった。

少し迷ってから、反町はボックスの中に飛び込んだ。持っている自分のスマートフォンは使いたくなかった。身許《みもと》を警察に割り出されるからだ。

反町は緊急用ボタンを押し、一一〇番した。名乗らずに、清水谷公園で女性の全裸死体を発見したことだけを手短《てみじか》に告げる。一分足《た》らずの通報だった。

反町は電話ボックスを出た。何事もなかったかのように、いつものジョギングコースをたどりはじめる。

仕事のない日は毎朝、十キロほど走ることを自分に課していた。

体力の維持《いじ》ということもあったが、走っているときは無心になれる。それが捨てがたかった。

紀尾井町を走り抜け、赤坂《あかさか》の街に入る。

まだ街は喧騒《けんそう》に包まれていない。人も車も、めったに通りかからなかった。街全体の空気が清々《すがすが》しい。七、八百メートル先に、月単位で投宿中のシティホテルがある。そこが起点でゴールでもあった。

遠くから、パトカーのサイレンが響いてきた。警邏《けいら》中だったパトカーが無線で指令を受け、清水谷公園に急いでいるのだろう。

反町はそう思いながら、いつものペースで走りつづけた。全身がうっすらと汗ばんでいる。だが、不快ではない。むしろ、逆だった。

ただ、朝の光が眩《まばゆ》かった。

第一章　悪事の気配

1

湯飛沫《しぶき》が迸《ほとばし》りはじめた。

反町は、頭からシャワーを浴びた。

心地《ここち》よかった。ジョギングの後は、真っ先に汗を洗い流す。

赤坂《あかさか》グレースホテルの二〇〇一号室の浴室である。

二間続《スイートルーム》きの部屋だった。控えの間にはイタリア製の応接セットとダイニングテーブル、奥の寝室には二つの大型ベッドが据《す》え置かれている。宿泊料は一泊十三万円だった。

ここは、オフィスを兼ねた塒《ねぐら》だ。

反町は一匹狼のボディガードである。営業上、『東京セキュリティ・サービス』という社名を使っているが、社員はひとりもいなかった。いわゆる個人事業主だ。

職業柄《がら》、一カ所に住居を定めるのは何かと不都合だった。逆恨《さかうら》みされて、命を狙《ねら》われることもあった。

リスキーだが、反町は用心棒稼業《かぎょう》が気に入っていた。

危険は常につきまとうが、実入りは悪くない。報酬《ほうしゅう》は一日二十万円だった。諸経費は別途《べっと》に請求している。依頼日数は短期でも三日間だ。長い場合は半年に及ぶ。

顧客は財界人、文化人、芸能人、アスリートなどが大半だった。時には華道《かどう》の家元や老興行師などの護衛を頼まれたりする。元ＳＰということで、依頼は引きも切らなかった。

フリーのボディガードになって、早《はや》三年半が流れた。

反町は幼いころから、人一倍、正義感が強かった。有名私大の法学部を卒業すると、警視庁採用の警察官になった。つまり、ノンキャリア組だ。

幸運なことに、反町はとんとん拍子《びょうし》に昇進した。

わずか二十九歳で、警部になった。ノンキャリアでは最短の出世だろう。

それまで警備や公安畑を渡り歩いてきた反町は、警備部警護課に配属された。〝背広の忍者〟と呼ばれるＳＰは警備部のエリートだ。

文武両道に秀《ひい》でた者だけが選ばれる。

ちなみに現在、警視庁には約三百人のＳＰがいる。そのうちの十数名は女性だ。

柔道か剣道のどちらかで、三段以上であることも必須《ひっす》条件になっていた。当然、射撃の腕も問われる。

反町は花形のSPに抜擢《ばってき》され、大いに自尊心をくすぐられた。

SPの主な任務は、国内外のVIPの身辺警護だ。責務は重かったが、やり甲斐《がい》のある仕事だった。

しかし、反町は数年のうちに要人たちの醜悪《しゅうあく》な素顔を見せつけられることになった。

ある閣僚は複数の若い愛人を囲い、大企業から平然とヤミ献金を貰《もら》っていた。その見返りとして、特定の企業に便宜《べんぎ》を図《はか》っている。汚職の揉《も》み消しなどは日常茶飯事《さはんじ》だった。

別の大物政治家は、殺人を犯した甥《おい》を国外逃亡させ、利権漁《あさ》りに熱中していた。

国賓《こくひん》の中にも、許しがたい人物はいた。

ある先進国の大統領は夜ごと、お忍びで連れてきた二人の愛人を迎賓館《げいひんかん》に呼び寄せた。爛《ただ》れた3Pは明け方まで繰り広げられた。

ヨーロッパの某国の閣僚はわがまま放題で、高級ホテルの屋内プールを独《ひと》り占《じ》めにしたがった。

その閣僚の妻は土産《みやげ》用の着物をたくさん買いながら、代金をいっさい払おうとしなかった。同行の大使館員たちも勘定《かんじょう》を無視した。結局、日本国民の税金が遣《つか》われることになった。あまりに理不尽ではないか。

反町は、次第に仕事に対する情熱と誇りを失いはじめた。

堕落《だらく》した政治家や高級官僚たちを命懸《が》けで護《まも》り抜くことが、ばからしくなってきたのだ。事実、それだけの価値はなかった。

三年半前のある晩、元総理大臣が料亭の車寄せで過激派のテロリストに狙撃《そげき》されるという事件が起こった。警護に当たっていた反町は、とっさに同僚のSPを庇《かば》った。そのせいで、元総理大臣は全治三カ月の重傷を負《お》うことになった。

反町は責任を問われ、依願退職に追い込まれた。職場に未練《みれん》はなかった。保守的な警察機構にもともと馴染《なじ》めないものを感じていたのだ。

反町は迷うことなく、民間のセキュリティ・サービスマンになった。

幸いにも、SP時代に数多くの暗殺事件を未然に防いだという実績があった。

開業当初から仕事には困らなかった。大物政治家や財界人の紹介状を持った依頼人が次々に訪れた。功成《な》り名遂《と》げた者たちは、それなりに敵が多い。仕事の依頼は途切《とぎ》れることがなかった。ありがたい話である。

反町は優秀なボディガードだった。

この三年半で二十数人の殺し屋をぶちのめし、凶悪な犯罪をことごとく未然に防いだ。しかも、依頼人が暴漢に気づく前に狙撃者を懲《こ》らしめた。

もちろん、依頼人が怪我《けが》したことは一度もなかった。

しかし、反町はただの番犬ではない。その素顔は非情な恐喝屋だった。仕事で他人の悪事や弱みが透《す》けてくると、容赦《ようしゃ》なく牙《きば》を剝《む》く。

それも金品を奪うだけではない。救いようのない冷血漢どもの愛人たちの肉体も貪《むさぼ》る。VIPたちに幻滅したときから、反町の青っぽい正義感は死に絶《た》えていた。

人の世に、まともな正義はない。財力のある者や権力者だけが、いい思いをしている。腐りきった世を直すことなどは、とうてい不可能だろう。

ならば、自分の欲望に忠実に生きて人生を愉《たの》しみたい。狡猾《こうかつ》な悪人たちを震《ふる》え上がらせ、無一文にもしてやりたい。彼らが慈《いつく》しんでいる美女たちを寝盗《と》る快感も存分に味わってみたいものだ。

いつからか、反町はそんなふうに考えるようになっていた。

四十五歳になったら、いまの稼業から足を洗うつもりだ。それまでに汚れた金を強奪しまくり、外国のリゾートアイランドをそっくり買い取って、贅沢三昧《ぜいたくざんまい》の暮らしに浸《ひた》りたいと夢見ている。

威張《いば》り腐っている悪人どもの金と女を奪う快感は、たまらない。下剋上《げこくじょう》の歓《よろこ》びを味わえる。

悪人《クズ》の金と女は自分のものだ。反町は独《ひと》りごち、大きな掌《てのひら》にボディソープをたっぷりと垂らした。

体軀《たいく》は逞《たくま》しい。百八十センチの体は筋肉質で、贅肉《ぜいにく》は少しも付いていなかった。体重は七十八キロだ。

顔立ちも男臭《くさ》かった。やや面長《おもなが》で、頬《ほお》の肉は薄い。両眼はきっとしている。眉《まゆ》は太く、鼻は高かった。唇《くちびる》は真一文字に近い。反町自身は、自分の容貌《ようぼう》にはまるで関心がなかった。

全身に白い泡を塗りたくったころ、浴室のドアが開いた。

素裸の右近和香奈《うこんわかな》が入ってきた。ぞくりとするほど官能的な裸身だった。和香奈は前夜、反町の部屋に泊まったのだ。

「シャワーの音で起こしてしまったようだな」

「そうじゃないの。なんとなく目が覚《さ》めてしまったのよ。洗ってあげる」

和香奈が言って、柔《やわ》らかな両手でボディソープの泡を塗り拡《ひろ》げはじめた。

反町はシャワーヘッドをフックから外し、和香奈の白い肩に湯の矢を当てた。二人は湯気《ゆげ》に包まれた。

和香奈は二十八歳だが、その肌は瑞々《みずみず》しさを失っていない。

張りのある皮膚《ひふ》は湯を弾《はじ》き、無数の雫《しずく》になった。砲弾を想《おも》わせる乳房《ちぶさ》は、つんと取り澄《す》ましている。ウエストのくびれが深かった。腰の曲線は実に美しい。すんなりと伸びきった脚《あし》には、ほどよく肉が付いていた。

百六十五センチの体は完璧《かんぺき》なほど均斉《きんせい》がとれている。欧米人のように色白で、ヒップの位置も高かった。

細面《ほそおもて》の顔も整っている。男たちを振り返らせるような美人だ。二重瞼《ふたえまぶた》のくっきりとした両眼は、どこか日本人離れしている。彫《ほ》りが深いせいだろうか。鼻は細くて高かった。それでいて、冷たい印象は少しも与えない。ぽってりとした唇は色っぽかった。何度も吸いつけたくなるような唇だ。

和香奈は元カーレーサーで、いまは下北沢《しもきたざわ》で小さなジャズクラブ『マザー』を経営している。

店は週に三日、客たちに生《なま》演奏を聴《き》かせていた。プレーヤーは、無名に近いジャズメンたちだった。和香奈は、彼らを一人前《いちにんまえ》のプレーヤーに育て上げることに情熱を注《そそ》いでいた。

若いジャズメンたちも和香奈の期待に応《こた》えようと、それぞれが努力を重ねているようだ。

和香奈はカーレーサー時代、レース中にクラッシュを引き起こした。その事故に巻き込まれたチームメイトが二人も死んでしまった。

それで和香奈は引退したのだが、まだ自分の夢を半分も実現させていなかった。それだけに、夢を追いつづけている若いジャズメンに肩入れする思いが強い。

和香奈は、北陸《ほくりく》地方の名士《セレブ》の娘である。

父親は私鉄、デパート、水産加工会社などを手広く経営するコンツェルンの総帥《そうすい》だ。といっても、ジャズクラブの開業資金を親に無心したわけではない。母方の伯父《おじ》に連帯保証人になってもらって、全額を銀行から借り入れたのだ。

和香奈は令嬢育ちでありながら、独立心が旺盛《おうせい》だった。姐御肌《あねごはだ》で、きっぷもよかった。

それでいて、どこか悪女めいたところがあった。

捉《とら》えどころのないのが、魅力の一つになっていた。頽廃《たいはい》的に映っても、ピュアな部分も併《あわ》せ持っている。個性的な美女だ。

自宅マンションは目黒《めぐろ》区青葉台《あおばだい》にある。

2LDKの豪華なマンションだった。だいぶ前に母親がホテル代わりに買った部屋らしい。

和香奈は留守番と称して只《ただ》で借り受け、月々の管理費と駐車賃料はちゃっかり母親に払わせている。資産家の娘にしてみれば、その程度のことは甘えのうちに入らないのだろう。

「一年半ね」

「何が？」

反町は訊《き》き返した。

「わたしたちが知り合ってから、もう一年半が経《た》ったのよ」

「そういえば、そうだな」

「あなた、ずぶ濡《ぬ》れになって、わたしの店に飛び込んできたのよね。あのときのこと、憶《おぼ》えてる？」

和香奈が右手で反町の厚い胸板を撫《な》でた。いとおしげな手つきだった。

「ああ、よく憶えてるよ。きみはステージのピアノに凭《もた》れて、ビリー・ホリデイのナンバーを歌ってた」

「いやだ、恥ずかしい！　常連客ばかりだったんで、遊びでちょっと歌ってただけなのに」

「情感の籠《こも》った歌い方だったよ。てっきり専属のヴォーカリストだと思ったんで、おれは『レフト・アローン』をリクエストしたんだっけな？」

「そうだったわね。あのとき、あなたは雨宿《あまやど》りが目的で店に入ってきたんでしょ？」

「そう。急な土砂降《どしゃぶ》りだったからな」

反町は和香奈を抱き寄せ、泡塗れの体を左右に揺らめかせはじめた。

和香奈の淡紅色の乳首《ちくび》が、たちまち硬く張りつめる。乳暈《にゅううん》も盛り上がっていた。

反町は和香奈のはざまを探《さぐ》った。

「こら、こら！」

和香奈が甘やかに睨《にら》んだ。だが、拒《こば》む気配はうかがえない。

反町はシャワーヘッドをフックに掛けた。背を丸めて、和香奈の唇を吸いつける。和香奈が爪先《つまさき》立ちをし、すぐに舌を絡《から》めてきた。

いつものディープキスだった。反町は舌を乱舞させながら、右手で和香奈の叢《くさむら》をまさぐった。逆三角形に繁った和毛《にこげ》は、霞草《かすみそう》のような手触《ざわ》りだった。

恥毛の底に潜《ひそ》む突起は、早くも痼《しこ》っている。芯《しん》の塊《かたまり》は生ゴムのような感触だ。反町は敏感な部分を抓《つま》んで、軽く揺さぶりたてた。

和香奈が身を捩《よじ》り、くぐもった呻《うめ》き声を洩《も》らす。彼女は、そこがとても鋭敏だった。

反町は抓んだ陰核《クリトリス》を愛撫《あいぶ》しながら、遊んでいる指で二枚の花弁を掻《か》き震わせた。

そのとたん、和香奈が淫《みだ》らな声を発しはじめた。嫋々《じようじよう》とした呻きだった。

合わせ目は腫《は》れたように膨《ふく》れ上がり、火照《ほて》りを帯びていた。亀裂には、熱い潤《うる》みがにじんでいる。

二人は浴室で戯《たわむ》れてから、寝室で熱く求め合った。

2

満腹だった。

げっぷが出そうだ。何も入らない。

反町はナプキンで口許を拭《ぬぐ》った。遅い朝食だった。

間もなく正午になる。

ルームサービスで部屋に届けさせたのは、分厚いフィレステーキと舌鮃《したびらめ》のムニエルだった。コーンポタージュを飲み、ロールパンを三つも平らげた。

和香奈は半分も食べなかった。

健啖家《けんたんか》の反町は、彼女の残した分も胃袋に収めた。さすがに腹一杯だ。

「喰った、喰った」

反町は椅子《いす》の背凭《もた》れに深く寄りかかり、マールボロに火を点《つ》けた。

ふた口ほど喫《す》ったとき、洗面室から和香奈が出てきた。薄化粧をして、身繕《みづくろ》いを終えていた。モスグリーンのスーツ姿だった。イタリアのペルソンネの製品だ。反町がプレゼントした服だった。

「今朝《けさ》は、どうも化粧の乗りが悪いわ」

「充分にきれいだよ。それにセクシーだ。また、そっちをベッドに引きずり込みたくなったな」

「わたしをパンダにさせる気？」

和香奈が微苦笑した。

「パンダ？」

「ええ。目の周《まわ》りに、ちょっと隈《くま》ができてるの。これ以上、体を酷使《こくし》したら、目の周りが真っ黒になっちゃうわ」

「それでパンダか」

反町は小さく笑って、指先で煙草《たばこ》の灰をはたき落とした。

「今夜、お店に来ない？　推《お》しの若手トリオが出演するの」

「そう」

「いまはオスカー・ピーターソン・トリオのコピーが多いんだけど、将来、必ず三人とも大きく伸びると思うわ」

「気が向いたら、ちょっと顔を出すよ」

「待ってるわ」

和香奈が軽く手を振って、ドアに向かった。

反町はダイニングテーブルから離れなかった。

目顔《めがお》で別れを告げただけだった。いつもそうしていた。

煙草の火を消すと、生欠伸《なまあくび》が出た。明らかに寝不足だった。昨夜は、成り行きから二度も和香奈を抱くことになった。少々、筋肉が痛い。

きょうは、これといった予定はなかった。

反町は奥の寝室に移り、ベッドに潜《もぐ》り込んだ。その直後、サイドテーブルの上に置いてあるスマートフォンが鳴った。

反町は寝そべったまま、スマートフォンを摑《つか》み上げた。

男の声が響いてきた。

「『東京セキュリティ・サービス』の反町さんでいらっしゃいますね？」

「ええ、そうです」

「わたし、井手貢《いでみつぐ》と申します。初めてお電話を差し上げたのは……」

「待ってください。こちらのことは、どなたからお聞きになられたのでしょう？」

反町は問いかけた。

「経営評論家の山瀬啓介《やませけいすけ》先生から伺《うかが》いました。わたし、公認会計士をしていましてね、先生とは多少のおつき合いがあるのです」

「そうですか。山瀬氏なら、よく存じています」

「先生に紹介状をいただきました。反町さん、わたしの力になっていただけないでしょうか。なんだか恐ろしくて」

「何があったんです？」

「誰かに命を狙われてるようなんですよ。できれば、身辺護衛をお願いしたいんです」

井手と名乗った男が、切迫した声で言った。

「思い過ごしということも？」

「いいえ、そんなことはありません。現に数日前、地下鉄の大手町《おおてまち》駅の階段の上から突き落とされそうになったんですよ。さらに昨夜《ゆうべ》は、無灯火の車に轢《ひ》かれそうになりました」

「警察には？」

「行きませんでした」

「それは、なぜなんです？」

反町は早口で畳《たた》みかけた。依頼人の多くは何らかの理由で、警察の協力を仰《あお》ぎたがらない。

表沙汰《ざた》にできない理由を探り出すことが最初の仕事だった。依頼人が何か後ろ暗いことをしていれば、恐喝の材料を摑める。

「警察は事件が起こってからでないと、本腰を入れて動いてくれないようですので。それで、頼りにならないと思ったんですよ」

「なるほど」

「お引き受けいただけますでしょうか？」

井手が急《せ》いた口調で訊いた。

「とりあえず、詳《くわ》しい話を伺いたいですね」

反町は投宿先のホテル名と部屋番号を教えた。

「これから、すぐに反町さんのお部屋にお邪魔させてもらいます」

「実は、まだ寝起きなんですよ。三十分後にお越しいただけると、ありがたいですね」

「わかりました。それでは、そういうことで……」

電話が切れた。

反町は通話終了ボタンをタップし、すぐに部屋の電話機でフロントに電話をした。反町はホテルマンに食器を下げるよう頼み、ベッドから出た。洗面室で、伸びた髭《ひげ》にドイツ製のシェーバーを当てる。反町は顔を洗い、ついでに乱れた長めの髪もブラシで整えた。

洗面室を出たとき、ボーイがやってきた。

ダイニングテーブルの食器は、次々にワゴンに移された。鮮《あざ》やかな手捌《さば》きだった。

「三十分後にコーヒーを二つ届けてくれますか」

反町はホテルの従業員に頼み、寝室に戻った。

クローゼットの扉を開け、手早く着るものを選んだ。素肌にスタンドカラーの白い長袖《ながそで》シャツをまとい、ベージュのウールスラックスを穿《は》く。シャツの上には、黒いジャケットを羽織《はお》った。反町はブランドに拘《こだわ》ることはなかったが、安物の衣服は身に着けなかった。配色にも気を遣うほうだった。

それは洋品店の倅《せがれ》に生まれたことと無縁ではなさそうだ。

五年ほど前に他界した父は、色の組み合わせに実にうるさかった。弟夫婦と大森《おおもり》の店を切り盛りしている六十四歳の母も、ファッションセンスは悪くない。

反町は応接ソファにゆったりと坐《すわ》り、依頼人を待った。

井手貢は、きっかり三十分後に訪れた。

中肉中背だった。角張った浅黒い顔に、縁《ふち》なしの眼鏡《めがね》をかけていた。四十一、二歳だろうか。仕立てのよさそうなオリーブグリーンの背広を着ていた。ネクタイも安くはなさそうだ。

二人は名刺を交換した。

井手のオフィスは中央《ちゅうおう》区銀座《ぎんざ》三丁目にあった。自宅の住所も印刷されている。文京《ぶんきょう》区小日向《こひなた》一丁目だった。

向かい合って腰かけたとき、コーヒーが運ばれてきた。ボーイは、ほどなく部屋から出ていった。

「これが山瀬先生の紹介状です」

井手がそう言い、艶消《つやけ》しの黒いビジネスバッグから白い封筒を取り出した。

反町は、渡された紹介状に目を通した。初老の経営評論家の直筆《じきひつ》だった。

「山瀬先生は利権右翼と大物財界人の黒い関係を経営雑誌に発表して、半年あまり前に裏社会の人間に命を狙われたそうですね？」

「ええ。こちらが山瀬氏をガードしたのは、たったの三日だったと記憶しているが……」

「そうらしいですね。あなたは殺し屋を組み伏せて、雇《やと》い主が大物財界人であることを吐かせたとか」

「ええ、まあ」

「それ以来、危険は感じなくなったと山瀬先生は感謝されていました。それにしても、利権右翼や大物財界人がなぜ、おとなしく引き下がったのでしょう?」

井手は不思議そうだった。

反町は曖昧《あいまい》な返事をした。利権右翼と大物財界人の致命的なスキャンダルを押さえ、相手の動きを封じたのである。反町は経営評論家には内緒で、利権右翼と大物財界人から五千万円ずつ脅《おど》し取った。口止め料だった。

その上、反町は二人が囲っている女性たちの肉体も弄《もてあそ》んだ。

利権右翼の愛人は、いっとき美人演歌歌手として騒がれた三十路《みそじ》の女だった。彼女の官能を煽《あお》りに煽ると、小節《こぶし》を回したような悦《よろこ》びの声を発した。

反町は抽送《ちゆうそう》しながら、思わず笑ってしまった。

大物財界人の囲われ者は、元新橋《しんばし》の芸者だった。反町と同い年だったが、その体は若々しかった。感度も良好だった。

「反町さん、どうかなさいましたか?」

井手の声が、淫《みだ》らな回想を断《た》ち切った。

「いいえ、なんでもありません。山瀬氏は、お元気でしょうか?」

「ええ。きのう、奥さんとヨーロッパ旅行に発《た》たれましたよ。三カ月ほどかけて、のんびり回られるそうです」

「羨《うらや》ましい話だな」

反町は言って、ブラックでコーヒーを飲んだ。井手は砂糖とミルクを入れた。甘党なのだろう。

「銀座にオフィスを構えてらっしゃるわけだから、お仕事は順調のようですね？」

「ええ、おかげさまで。東証プライム（旧一部）上場企業数十社で顧問をやらせてもらっていますので、なんとかやっています」

「それは、たいしたものです。スタッフは？」

「十名ほど雇っています」

「そうですか。さて、本題に入りましょう。何者かに命を狙われてるというお話でしたが、何かお心当たりは？」

「残念ながら、これという心当たりはないんですよ。ただ、ひょっとしたらと思うことが二つほどあります」

「どんなことなんでしょう？」

反町は促《うなが》し、マールボロをくわえた。ヘビースモーカーだった。一日に四、五十本は喫《す》っている。

「一つは東和《とうわ》商事絡みのことです」

「東和商事というと、五大商社の一つですね」

「はい。わたし、七年前から東和商事の顧問会計士をやっていたのですが、先月末に顧問を解任されてしまったんですよ」

「どうしてなんでしょう?」

「前年度の粉飾《ふんしょく》決算が四月の株主総会で問題になりまして、東和商事は暴力団系の総会屋グループに三億七千万円も脅し取られることになってしまったんです」

井手がうなだれた。

「その粉飾決算は、井手さんの指導で作成されたんですね?」

「一応、そういうことになります。しかし、言い訳に聞こえるかもしれませんが、予《あらかじ》め会社側はもっともらしい収支決算書を用意していたんですよ。わたしは東京国税局に怪《あや》しまれないよう、細かい数字の操作をしただけです」

「それが運悪く、株主総会で指摘されてしまったわけですか」

「ええ、そうです。また弁解じみますが、会社の素案《そあん》そのものに問題があったんですよ」

「その話をもう少し詳しく……」

「はい。ご存じのように好景気のころ、大手商社はどこも競うように株や不動産を買い漁《あさ》りました。東和商事も例外ではありませんでした」

「そうでしょうね」

反町は大理石《だいりせき》の灰皿の中で、短くなった煙草の火を捻《ひね》り消した。

「デフレ不景気になったとたん、株価も地価も大きく下落しました」

「そうでしたね」

「資産価値が半分以下になったわけですから、天下の東和商事でも不動産部門が黒字になるはずはないんです。しかし、実際の赤字をそのまま計上すると、会社の株価に影響が出る恐れがあります。それで、粉飾決算をすることになったんですよ。何年も前から、ずっと数字を操作してきました」

「前年度分が急に株主総会で問題にされたのは、なぜなんだろうか」

「粉飾の仕方が大胆すぎたんだと思います。あまりにも説得力のない数字でしたのでね」

井手が溜息《ためいき》をつき、コーヒーカップを口に運んだ。

「理不尽な話じゃないですか」

「ええ、腹立たしいですよ。しかし、公認会計士といっても、所詮《しょせん》は大企業に雇われた個人事業主です。まさか役員の誰かをやめさせるわけにはいきませんので、わたしにすべての責任を被《かぶ》せたのでしょう」

「それにしても、ひどい話だな」

「解任されたことは我慢するとしても、株価が下がったことで逆恨《さかうら》みされたんではたまりません」

「ですよね。東和商事の株価は、どのくらい下がったんです？」

反町は訊いた。

「粉飾決算がマスコミに取り上げられたとたん、百円近くダウンしました。その後、好転の兆《きざ》しはまったくありません」

「そうなんですか。しかし、東和商事が総会屋グループに三億七千万円を脅し取られ、株価を下げたからって、顧問会計士を殺したくなるほど恨みますかね。どうも納得できない話だな」

「おっしゃる通りかもしれません。巨大商社から見たら、わたしなんかはそれこそ吹けば飛ぶような存在です。それに、負《お》った怪我《けが》も軽い。脅し取られた三億七千万円も東和商事には端《はし》た金でしょうし、そのうち株価も上がるでしょう」

「もう一つの心当たりをお聞かせください」

「はい。もしかしたら、一年前に別れた元妻に恨まれているのかもしれません」

井手が顔を曇《くも》らせた。

「なぜです？」

「実は慰謝料《いしゃりょう》の半分を払っただけで、残りの一千五百万円はまだ渡していないんですよ。元妻は、場合によっては告訴も辞《じ》さないと怒っていまして……」

「残りの慰謝料が未払いなのは、経済的な理由からなんですか？」

「いいえ、そうではありません。離婚の原因はわたしの浮気だったのですが、あろうことか妻のほうにも数年来の不倫相手がいたんですよ。そのことが明らかになったので、残金を払う気になれないんです」

「で、恨まれていると思われたのか」

「ええ。元妻は勝ち気な性格なんですよ。それに一緒に暮らしてる男はヒモみたいな奴ですんで、わたしが払う慰謝料だけが頼りなのでしょう」

「奥さんだった方のことをもう少し教えてください」

反町は手帳を開き、ボールペンを握った。

「旧姓に戻っていますので、いまは志賀佳代《しがかよ》です。年齢は三十六歳です」

「ご住所は？」

「世田谷《せたがや》区池尻《いけじり》の賃貸マンションに住んでいます」

井手が天井を仰ぎ、正確な現住所を口にした。反町はそれをメモし、すぐに問いかけた。

「志賀佳代さんと同居中の男の名は？」

「確か戸張勇次《とばりゆうじ》です。佳代より、二つか三つ若いはずです」

「その戸張という男の職業は？」

「モデルのスカウトマンだそうです。芸能プロダクションやヘアヌード写真集を出している出版社に頼まれて、街頭でモデルを探してるようです。しかし、ろくに収入はないみたいなんですよ。おそらく佳代が戸張を養《やしな》ってるのでしょう。ばかな女だ」

井手が呟《つぶや》いた。蔑《さげす》みと哀《あわ》れみが交錯《こうさく》した口調だった。

「佳代さんは何か仕事をされているんですか？」

「友達がやってる渋谷《しぶや》のスナックを手伝っているようです」

「そうですか。井手さん、お子さんは？」

「小学五年の男の子がひとりいます。努《つとむ》は、息子はわたしが引き取りました。といっても、ほとんど通いのお手伝いさん任せの状態ですがね」

「佳代さんは、どうして息子さんを引き取らなかったんです？」

反町は問いかけた。

「佳代は自分の子供よりも、男のほうを大事にしています。それに、努はちょっと問題のある子ですので」

「差し支《つか》えなかったら、息子さんのことを話してもらえます？」

「努は不登校児なんですよ。いじめられたことがきっかけで、小三のときから学校には行っていません」

井手が暗い表情で言い、一拍置いて言葉を継《つ》いだ。

「息子は運動神経が極端に鈍《にぶ》いんです。駆けっこは遅いし、鉄棒の逆上《さかあ》がりもできません。自転車にも乗れないし、水泳もまったく駄目です。わたしたち夫婦が過保護に育ててしまったせいだと思います」

「息子さんは、家に閉じ籠《こも》ってるんですか？」

「いいえ。赤羽《あかばね》にあるフリースクールに通っています。不登校児を対象にした塾のような所です」

「そのフリースクールのことは、新聞か雑誌で読んだことがあります。単位も成績の評価もないんでしょ？」

「ええ、そうです。生徒は好きなことをやりながら、閉ざした心を少しずつ開く訓練を受けているんですが、息子は毎日楽しそうに通っています。地下鉄とＪＲを乗り継いでね。親としては、ひと安心したところです」

「いろいろご苦労があったんでしょうね」

「ええ、まあ。ところで、わたしのガードをお願いできますでしょうか？」

「お引き受けしましょう」

反町は快諾《かいだく》した。井手を脅《おびや》かしている者が誰であれ、恐喝材料を得られそうな気がしたからだ。別に根拠はない。ただの勘《かん》だった。

「よろしくお願いします。それで、報酬はどのくらいお支払いしたら……」

「一日二十万円の謝礼をいただきます。必要経費は別途計算になります。脅迫者か暴漢の正体を掴んだ場合は、成功報酬として三百万円いただきます」原則として、五日分のガード報酬を着手金として払っていただいています。

「小切手でもよろしいですか？」

「ええ、結構です」

「いつから護衛してもらえるのでしょう？」

「着手金をいただいたら、早速《さっそく》、仕事に取りかかりますよ。そして基本的には終日、あなたの身辺をガードします」

「それは心強いな。着手金は、この場でお支払いします」

井手がビジネスバッグから小切手帳を摑み出し、百万円と数字を書き込んだ。

反町は小切手を受け取ると、すぐ外出の準備に取りかかった。といっても、寝室に特別注文の伸縮式の短杖《たんじょう》を取りに行ったにすぎない。

警察官が使っている特殊警棒にヒントを得て作らせた護身具だった。

素材は、航空ケーブルなどに使われているニッケルクローム・モリブデン鋼だ。三段式だが、ワンタッチで長さ四十八センチまで伸びる。太さは二・五センチだ。六角形だった。それで敵を突き、払い、叩《たた》く。

護身具は、これだけではない。強力な高圧電流銃《スタンガン》や狩猟《しゅりょう》用強力パチンコのスリングシヨットなどを使う場合もある。

それらは車に積んであるが、ふだんは特殊短杖だけしか携帯しない。

反町は十数センチに縮《ちぢ》めた特殊短杖をベルトの下に差し込み、スマートフォンを上着の内ポケットに入れた。最新の機種だった。

反町は応接ソファに戻り、依頼人に問いかけた。

「きょうのご予定は？」

「夕方までオフィスにいて、その後はまっすぐ帰宅するつもりです」

「会合に出る予定がないんでしたら、ノーネクタイでも問題ないでしょ？　どうもネクタイが苦手でしてね」

「ええ、いっこうに構いません」

井手が、にこやかに言った。

「ここには、ご自分の車で来られたのかな」

「いいえ、タクシーで来ました。怪しい人影を感じるようになってから、車の運転は控《ひか》えるようにしてるんですよ」

「そのほうがいいと思います。それでは、こちらの車で行きましょう」

反町は促した。

井手がうなずき、腰を浮かせた。

二人は部屋を出て、エレベーターで地下二階まで降りた。反町は二台の車を所有している。ジープ・ラングラーとボルボXC60だ。

反町はブルーがかったグレイのスウェーデン車の助手席に井手を乗せ、エンジンを始動させた。さりげなく周囲に視線を走らせる。気になる人影は見当たらない。

穏《おだ》やかにボルボを発進させる。ホテルを出ても、反町はルームミラーとドアミラーを交互にうかがった。不審な追尾車《ついびしや》は視界に入ってこない。

ひと安心して、銀座に向かう。それほど道路は混んでいなかった。

赤坂見附《みつけ》に出ると、反町はカーラジオのスイッチを入れた。選局ボタンを幾度か押すと、ちょうどニュースが報じられていた。

反町は耳を傾けた。今朝、清水谷公園で発見した女性の全裸死体のことが気になっていたのだ。

地震と火災のニュースが終わると、男性アナウンサーが抑揚《よくよう》のない声で語りはじめた。

「今朝《けさ》、東京・千代田区紀尾井町にある清水谷公園内で、女性の死体が発見されました。この女性は三十歳前後と思われます。まだ身許はわかっていませんが、別の場所で殺されて、清水谷公園に遺棄された模様です。遺体が損壊されていることから、警察は猟奇殺人の可能性もあるとみています」

「ひどいことをする奴がいますね」

井手が憤《いきどお》ろしげに呟いた。

反町は相槌《あいづち》を打って、ラジオの電源スイッチを切った。まだ解剖所見は出ていないようだ。司法解剖は、きょうか翌日に東京都監察医務院で行なわれるのだろう。

二十分足《た》らずで、目的地に着いた。

井手会計事務所は、新聞会館の並びにあるオフィスビルの九階にあった。反町は事務所の間取りや窓の位置を確かめると、すぐに廊下に出た。

ドアの見える場所にたたずみ、スマートフォンを取り出した。飲み友達の藤巻隆之《ふじまきたかゆき》の自宅兼事務所に電話をかける。二十九歳の藤巻は、元保険調査員の私立探偵だ。アメリカのハードボイルド小説にかぶれ、わざわざ身をやつした変わり者である。

探偵といっても、本業の調査依頼はめったにない。
三、四カ月に一件ほど浮気調査の依頼がある程度だ。ふだんは便利屋よろしく雑多な頼まれごとをこなしたり、特技のパチンコで生活費を稼《かせ》ぎ出している。
反町は、ちょくちょく藤巻に下請《う》け仕事を回してやっていた。そういう意味では、助手のような存在だった。

「はい、国際《こくさい》探偵社です」

藤巻が明るく応じた。

「忙しいか？」

反町は問いかけた。

「そういう厭味《いやみ》は言わないでほしいっすね。忙しかったら、ここにはいないでしょ？　きのうはパチンコで三万円も負けちゃって、最悪でした」

「それじゃ、銭《ぜに》が欲しいだろうな」

「反町さんも、なんか性格悪くなりましたね。素直に、おれの手を借りたいって言えばいいのに」

「和製マーロウにチンケな仕事を回すのは、なんとなく気が引けちゃってな。別の探偵屋に当たってみるか」

「反町さん、そりゃないでしょ！　どんな仕事でもやるっすよ」

藤巻が叫ぶように言った。

「今月も家賃が遅れそうなんだな？」

「そうなんっす。それより、どこにいるんです？」

「銀座だよ。これから、すぐこっちに来てくれないか」

反町は居場所を詳しく教えた。

藤巻の借りている老朽化したマンションは、港区《みなと》芝大門《しばだいもん》二丁目にあった。銀座まで、ひとっ走りの距離だ。

「了解！　反町さんにプレゼントしてもらったランドクルーザーで向かうっすよ。本当に反町さんには感謝してるっす」

「いいから、早く来てくれ」

反町は言って、スマートフォンを上着の内ポケットに戻した。

同じ場所に長く立っていたら、他人に訝《いぶか》しがられるだろう。反町はエレベーターホールに移動した。そこからも、依頼人のオフィスの出入口はよく見通せる。

二十分ほど過ぎたころ、藤巻がやってきた。

甘いマスクで、一見、ホストふうだ。上背もあった。いつものように、イタリアン・ファッションで身を固めていた。

藤巻は貧乏探偵だが、服装にだけは金をかけている。その分、食生活は極端に貧しい。立ち喰い蕎麦《そば》で済ませることが多かった。それも、たいてい掛け蕎麦だ。

藤巻がハードムースで固めた前髪を撫でつけ、気取った声で言った。

「芝大門のマーロウは、何を調べればいいんです？」

「この男の女性関係を探ってもらいたいんだ」

反町は井手の名刺を見せ、経緯《いきさつ》をつぶさに語った。

藤巻が井手のオフィスと自宅の住所を手帳に書き留め、小声で言った。

「別れた奥さんに当たりゃ、一発でわかると思うっすよ」

「志賀佳代には後でおれが当たろう。そっちは、女性事務員か誰かに接触してみてくれ」

「了解っす。それじゃ、少し軍資金を回してください」

「ガソリン代にも困ってるようだな」

「ええ、まあ。でも、どうってことありませんよ。おれは、あえて禁欲的《ストイック》な生き方をしてるんすから。余計な金なんか持ったら、人間の精神は必ず堕落《だらく》しますんでね」

「痩せ我慢もいい加減にしろよ。蕎麦ばっかり喰ってると、栄養失調になっちまうぞ」

反町は苦笑して、札入れを取り出した。一万円札を五枚抜き出し、藤巻に手渡す。

その直後、井手のオフィスから二十三、四歳の小柄な女性事務員が出てきた。胸に書類袋を抱《かか》えている。銀行か、顧問先に出かけるのだろう。

「おれ、あの娘《こ》に接触してみます」

藤巻が小声で告げ、エレベーターの前に先回りした。女性事務員と藤巻が同じ函《ケージ》に乗り込んだ。

反町はマールボロをくわえた。

3

爆発音が轟《とどろ》いた。

鈍い音だった。女性事務員の悲鳴も聞こえた。

反町は公認会計士事務所の所長室を飛び出した。

午後三時過ぎだった。十数分前にエレベーターホールから、依頼人のオフィスに戻っていたのだ。

反町は、事務机の並んだ部屋に走り入った。

出入口のそばに、ベテランの女性事務員がうずくまっている。四十歳前後だろうか。昔の女性教師のような堅い印象を与える。化粧っ気《け》もなく、髪も一つに引っ詰めていた。

ドアのあたりには、白い煙が漂っている。

火薬臭い。女性事務員の前には、爆《は》ぜた郵便小包の欠片《かけら》が飛び散っていた。

「大丈夫ですか？　お怪我は？」

反町は問いつつ、四十年配の女性を抱え起こした。骨張った体だった。

「指先を軽く火傷《やけど》しただけです。でも、驚いたわ」

「そうだろうね。小包を開封したとたん、爆発したんでしょう？」

「ええ、そうです。所長宛《あて》じゃなかったので、わたし、いつものように何も疑わずに……」

女性事務員は蒼《あお》ざめていた。

いつの間にか、所員たちが遠巻きにたたずんでいた。どの顔も戦《おのの》いている。いまにも泣きだしそうな女性事務員もいた。

「何があったんです？」

所長室から、井手が走り出てきた。緊張した面持《おもも》ちだった。

反町は事情を説明し、燃えくすぶっている包装紙の火を靴の底で踏み消した。井手は何か言いかけたが、無言で首を振った。戦慄《せんりつ》が言葉を奪ったのだろう。

反町はしゃがみ込んで、燃え滓《かす》に目をやった。

辛《かろ》うじて差出人名が読み取れる。興亜《こうあ》物産と記《しる》されていた。馴染《なじ》みのない社名だった。

燃え残ったバインダーは真新しいもので、何も書き込まれていない。バインダーの近くに、三つの乾電池と細いリード線が落ちていた。

いずれも焦《こ》げて真っ黒だ。乾電池は、市販されている単三のものだった。

爆破装置は、ごく単純な造りだった。爆薬の量も少なかったにちがいない。

「興亜物産という会社をご存じですか？」

反町は、井手を振り仰いだ。

「いいえ、知りません」

「おそらく架空の会社なんでしょう」

「誰かが、わたしを爆殺しようとしたんですかね？」

井手が声をひそめた。

「いや、そうじゃないでしょう。あなたを殺す気だったら、犯人は所長名を書いただろうし、炸薬《さくやく》の量ももっと多くしたはずですよ」

「脅がらせか、警告だったと？」

「そうなんだと思います」

「警察に届けるべきなんだろうか」

「所長、そうすべきですよ」

　地味な女性事務員が口を挟んだ。居合わせた所員たちが、それに同調した。

「みんな、ちょっと待ってくれ。できれば、わたしは事を大げさにしたくないんだ」

「ですけど、所長……」

「幸い、きみの火傷《やけど》も軽いようだから、しばらく様子を見ることにしようじゃないか」

　井手が化粧っ気のない相手に言った。

　ベテラン女性事務員は少し不満そうだったが、何も言わずに自分の机に戻った。ほかの所員たちも、それに倣《なら》った。藤巻がマークした小柄な女性事務員は、まだ職場には戻っていなかった。きょうは、もうオフィスには帰ってこないのかもしれない。

　反町は小包の残骸《ざんがい》を拾い集めて、近くの屑《くず》入れに投げ込んだ。

　そのとき、上着の内ポケットの中でスマートフォンが着信音を発しはじめた。藤巻からの連絡だろう。

「ちょっと失礼します」

反町は井手に断って、素早く廊下に出た。

エレベーターホールの方に歩きながら、スマートフォンのディスプレイを見る。やはり、発信者は藤巻だった。

「さっきの小柄な娘《こ》にうまく接触できたようだな？」

「ええ。最初はただのナンパと思われて、ちょっと警戒されたんすけど、後はいつもの騙《だま》しのテクニックでね」

「で、どうだったんだ？」

反町はエレベーターホールの隅《すみ》で足を止めた。

「井手所長には愛人がいましたよ。水谷麻理《みずたにまり》、三十歳です」

「どういう女なんだい？」

「半年前まで、井手所長の秘書をしていた女性です」

「その彼女は、いま何を？」

「愛人に専念してるようっす。目黒区中根《めぐろなかね》一丁目のマンションに住んでるそうです。後で不動産屋か管理人に当たって、正確な住所を調べておくっすよ」

「藤巻ちゃん、水谷麻理はいつ井手の秘書になったんだって？」

「約一年前だそうっす。それまでは、麻理は西急《せいきゅう》クレジットの社長秘書をしていたって話でした」

藤巻が答えた。

西急クレジットは大手百貨店系列のノンバンクだ。本社は渋谷駅のそばにある。社員数は三百名前後だろう。

「麻理の現住所を調べたら、ちょっと彼女の動きを探ってみてくれ」

「わかりました。それじゃ、また連絡するっす」

電話が切れた。

反町はスマートフォンを上着の内ポケットに突っ込んだ。依頼人の事務所に引き返そうとしたとき、エレベーターの停止する音がした。

反町は反射的に振り返った。エレベーターの扉が開いた。ホールに降りたのは、サーモンピンクの派手な背広を着た男だった。
三十三、四歳で、細身だ。右手首にゴールドのブレスレットを光らせている。まともな勤め人には見えない。
反町は、遊び人ふうの男を目で追いはじめた。

男は大股で廊下を進んだ。井手会計事務所のある方向だった。

反町は足音を殺しながら、気になる男を追った。

男が立ち止まった。依頼人のオフィスの前だった。

「失礼ですが、どなたでしょう？」

反町は問いながら、足早に男に歩み寄った。男が振り向き、どんぐり眼《まなこ》を尖《とが》らせた。

「なんだよ、あんたっ」

「井手氏の身辺をガードしている者です」

「ガードマンだって⁉　制服着てないじゃねえかよ」

「フリーのボディガードなんでね。で、ご用件は？」

「なんで、あんたに言わなきゃならねえんだよっ」

「喋《しゃべ》ってもらおう」

「てめえ！」

「早く用件を言うんだっ」

反町は両眼を吊《つ》り上げた。凄みが顔全体に生まれたはずだ。

「おれは井手の元妻に頼まれて、彼女の慰謝料を貰いに来たんだよ」

「あんたが戸張勇次か」

「どうして、おれの名前を知ってんだ⁉」

戸張が薄気味悪そうに目をしばたたいた。

「せっかくだが、きょうのところはお引き取り願おう」

「ふざけんな。なんだよ、偉そうに。井手、いるんだろ？」

「取り込み中なんだ。おとなしく帰ったほうがいいな」

「てめえ、何様のつもりなんだっ」

「ただの番犬さ」

反町は口の端《はし》をたわめた。他人を挑発するときの癖《くせ》だった。

戸張が逆上し、不意に右腕を翻《ひるがえ》した。ラフなロングフックだった。スピードもない。

反町は余裕たっぷりに相手のパンチを左腕で払い、すかさず足払いを掛けた。

戸張が短く叫び、横倒しに転がった。肘を打ったらしく、長く呻いた。

「お帰りは、あちらだ」

反町はエレベーターホールを見ながら、顎をしゃくった。

戸張がいきり立ち、懐《ふところ》を探った。

片肘で半身《はんみ》を支えた姿勢だった。反町は、戸張の手許から目を離さなかった。戸張が掴み出したのはフォールディング・ナイフだった。

柄《つか》には凝《こ》った浮き彫り《レリーフ》が施《ほどこ》されていた。安くはないだろう。

刃《やいば》が起こされた。刃渡りは十数センチだった。

反町は少しも怯《ひる》まなかった。

SP時代に、刃物を振りかざす暴漢の対処の仕方をうんざりするほど訓練させられていた。実際にそうした場面に遭遇《そうぐう》したことも、一度や二度ではなかった。

戸張が跳《は》ね起き、いきなりナイフを水平に薙《な》いだ。

刃先は四十センチ以上も、反町の体から離れていた。ただの威嚇《いかく》だったのだろう。人を刺すには、それなりの覚悟がいるものだ。腹が据《す》わっていなければ、やたらに相手を傷つけられるものではない。

「どうした？　刺せよ、ほら」

反町は挑発して、大胆に一歩前に出た。

誘いだった。戸張が斜め上段から、フォールディング・ナイフを振り下ろす。

刃風《はかぜ》は重かった。今度は本気らしい。

反町は敏捷《びんしよう》に半歩退《さ》がって、両手で戸張の右手首を摑んだ。そのまま腕を肩まで捩上《ねじ》げる。戸張が後ろ向きになって、痛みを訴えた。

ナイフが落ち、床で撥《は》ねた。無機質な音が響く。

反町は刃物を横に蹴《け》り、戸張を突き飛ばした。

戸張は前のめりに転がった。すぐに這《は》って、ナイフを拾う素振《そぶ》りを見せた。

反町は、あたりを見渡した。

誰もいなかった。反町は腰から特殊短杖を引き抜き、タッチボタンを押した。六角形の銀色の金属が伸びきった。

先端部分は空洞ではない。硬質な特殊鋼の無垢《むく》だった。バランスを取るため、握りの底には鉛の塊が入っている。

戸張がナイフを握って、勢いよく立ち上がった。

反町は隙《すき》を与えなかった。特殊短杖の先で戸張の喉笛《のどぶえ》を突き、右手に小手《こて》打ちをくれた。

戸張がいったん大きくのけ反り、今度は前屈《かが》みになった。起き上がり小法師《こぼし》のような動きだった。ナイフが床に落ち、一メートルほど滑走した。リノリウムの床は、鏡面のように磨《みが》き込まれていた。

反町は無言で、戸張の首筋に特殊短杖を叩きつけた。

肉と骨が鈍く鳴った。戸張がよろけ、壁にぶち当たる。

その反動で、撥ね返された。床に横臥《おうが》したまま、戸張は荒い息を吐いている。もはや戦意は萎《な》えてしまったようだ。反町は特殊短杖を縮め、ベルトの下に差し入れた。それからフォールディング・ナイフを抓み上げ、刃を折り畳《たた》む。

反町は刃物を上着のポケットに落とし込んだ。後で、どこかに捨てるつもりでいる。

「目障《ざわ》りだ。早く失《う》せろ」

「このままじゃ、済まねえからな！」

戸張は月並な捨て台詞《ぜりふ》を吐くと、のろくさと身を起こした。

肩口をさすりながら、エレベーターホールに向かう。戸張は一度も振り返らずに、そそくさとエレベーターに乗り込んだ。

反町は依頼人の事務所に戻った。

井手は所長室にいた。ローズウッドの両袖机《りょうそでづくえ》に向かって、何か帳簿を覗《のぞ》いている。しかし、どこか上《うわ》の空だった。

反町は、机の横にある総革《かわ》張りの赤茶の応接ソファに腰かけた。

正面の書棚には、経営学や会計学の専門書がびっしりと並んでいる。外国語の専門書もあった。

左の壁の前のサイドボードの中には、接待用らしい最高級のコニャックやウイスキーが収められていた。サイドボードの斜め上の壁には、マリー・ローランサンの絵が掲《かか》げてあった。小品だったが、複製画ではなさそうだ。

井手が貧乏揺すりをしはじめた。それだけではなく、意味もなく指先で机の上を軽く叩きだした。

「わたしがそばに張りついてると、仕事がしにくいですか?」

反町は依頼人に話しかけた。

「いいえ、そんなことはありません」

「どうぞ遠慮なくおっしゃってください。なんでしたら、また事務所の前に立ちますので」

「ここにいてもらっても結構です」

「わかりました。水谷麻理さんとの仲は、どうなんです？」

「あなたが、どうして彼女のことを⁉」

井手が目を丸くした。声は甲高《かんだか》かった。

「失礼は承知で、知り合いの調査員にあなたの女性関係を調べさせたんですよ」

「なぜ、そんなことをなさったんです？」

「痴情《ちじょう》の縺《もつ》れということも、世間にはよくあるものなんで」

反町は答えた。

「麻理とは、うまくいってますよ。経済的には何も不自由させていませんし、愛情面でもトラブルはありません」

「どうかお気を悪くなさらないでください。SP時代に、なんでも疑ってみる癖がついてしまいましてね」

「別段、感情は害していません。ただ、少し恥ずかしいような気持ちになったんですよ」

「何も恥ずかしがることはないでしょ。いま、あなたは独り身なんですから」

「そうなんですが、ひと回り近く若い女性とそんな関係になったことが照れ臭くて」

井手は、きまり悪そうだった。

「真面目《まじめ》な方なんだな。そんなケースは、ざらにあるじゃありませんか」

「ええ、まあ。麻理とのことは、ただの戯《たわむ》れではないつもりです。努がもう少し大きくなったら、彼女を後妻に迎えようと思っています」

「そうですか。それはそうと、息子さんは母親を恋しがったりしてないのかな？」

反町は気になっていたことを単刀直入に訊いた。

「内心はどうかわかりませんが、わたしの前では、そのような気配は少しも見せません」

「それなら、新しいお母さんともうまくいきそうですね」

「ぜひ、仲よくしてもらいたいものです。反町さん、今夜はわが家に泊まっていただけるんでしょ？」

「はい、そのつもりです」

「それでしたら、息子と三人で晩ごはんを食べましょう」

井手が自宅に電話をかけ、お手伝いの女性に夕食の用意を指示した。

反町はマガジンラックからグラフ誌を抜き取り、ぼんやりと眺《なが》めはじめた。しかし、気は抜かなかった。いつでも依頼人をガードできる体勢を保っている。

受話器を置いた井手が、ふたたび帳簿に目を通しはじめた。

時間が緩《ゆる》やかに流れ、やがて陽《ひ》が沈んだ。

午後六時になると、すべての所員が家路《いえじ》に就《つ》いた。小柄な女性事務員は、やはり職場に戻ってこなかった。出先から帰宅してもいいことになっていたようだ。

反町は六時半ごろ、依頼人と一緒に事務所を出た。

不審者は見当たらなかった。それでも細心の注意を払いながら、井手を地下駐車場に誘導する。駐車場にも、気になる車は目に留《と》まらない。反町は井手を素早く助手席に押し入れ、ボルボXC60を発進させた。

オフィスビルを出て間《ま》もなくだった。

路上駐車していたグレイのメルセデス・ベンツが急発進し、ボルボを追尾《ついび》してくる恰好《かっこう》になった。反町は後続車をよく見た。

車内には、やくざっぽい男たちが乗っていた。二人組だった。年恰好《とし》は判然としない。

反町は試《ため》しに、少し加速してみた。

と、ドイツ車もスピードを上げた。単に車の流れに従ったようには見えなかった。わずかながら、狼狽《ろうばい》の様子がうかがえた。

反町は逆に減速してみた。

やはり、後続車はスピードを落としただけで、パッシングもしない。わざと反町は、のろのろ運転をしつづけた。しかし、ベンツは反町のボルボを追い抜こうとしなかった。追い越すチャンスは、いくらでもあった。尾行されていることは間違いないだろう。

反町は確信を深め、車を通りに進めた。

本郷《ほんごう》三丁目まで走り、春日《かすが》通りに入る。やがて、文京区の小日向の脇に出る。

「新大塚《しんおおつか》駅の少し手前を左折してください。左角にガソリンスタンドがある交差点です」

井手が道案内をした。

「曲がらずに、まっすぐ走ります。さっきから、灰色のベンツに尾《つ》けられてるんですよ」

「ええっ」

「ご心配なく。後ろの連中をどこかに誘い込んで、正体を吐かせますんで」

反町は徐々にスピードを上げ、大塚《おおつか》三丁目交差点の少し先で左に折れた。

豊島岡墓地《としまおか》の裏側を走り、高速五号池袋《いけぶくろ》線の下を通過する。その先は雑司ケ谷《ぞうしがや》霊園だった。

「後ろのベンツ、まだ追ってきますよ」

井手が振り返り、震え声で告げた。

反町は依頼人の不安を短い言葉で取り除き、ボルボを霊園の外周路に入れた。霊園はもちろん、周囲の住宅街も闇《やみ》が濃かった。

ひと暴れするには、もってこいの場所だ。

反町はミラーで、尾行車との距離を目測《もくそく》した。四十メートルそこそこしか離れていない。一気に加速する。

コーナーを曲がりきると、反町は車をハーフスピンさせた。ボルボXC60は車道を塞《ふさ》ぐ形になった。好都合にも、対向車のヘッドライトの光は見えない。

追走してきたベンツが、パニックブレーキをかけた。タイヤの軋《きし》み音が不快だった。

「ここにいてください」

反町は井手に言って、車の外に躍《おど》り出た。

ベンツが慌《あわ》ててバックした。いったん後退し、猛進してくる気らしい。

反町は道の中央に立ちはだかった。

読みは外《はず》れた。凄《すさ》まじい勢いで五、六十メートル退《さ》がったベンツは、すぐ脇道に入った。

反町はアスファルトを蹴った。

髪を逆立《さかだ》てながら、全速力で疾駆《しっく》する。だが、遅かった。横道に駆け込んだときには、ベンツの尾灯《びとう》は闇に呑《の》まれかけていた。

反町は歯嚙《はが》みし、来た道を引き返した。

ボルボは井手によって、路肩《ろかた》に寄せられていた。反町は運転席に乗り込んだ。

「ベンツの奴ら、どうしました？」

井手が早口で訊いた。

「残念ながら、逃げられてしまいました」

「仕方ないですよ」

「ナンバーを頭に叩き込みましたんで、何か手掛かりを得られるかもしれません」

反町はスマートフォンを取り出した。

電話をかけたのは、警視庁組織犯罪対策部暴力団対策課だった。同課は広域暴力団や犯罪集団を背景とする殺人、傷害、暴行、脅迫、放火、恐喝、賭博《とばく》などの捜査を手がけている。受話器を取ったのは、若い刑事のようだった。

力石正則《ちからいしまさのり》を呼んでもらう。三年あまり前に、反町がとっさにテロリストの銃弾から庇ってやった昔の同僚だ。

力石は二メートル近い巨漢である。学生時代にアメリカンフットボールで鍛《きた》え上げた体はレスラー並だ。反町よりも二つ若い。二児の父親である。

力石は反町が依願退職して数カ月後に、いまの課に転属になった。明らかに降格だった。少し待つと、力石が電話口に出た。

「ちょっと車のナンバー照会を頼みたいんだ」

反町は、逃げたベンツのナンバーを伝えた。

警察庁のホストコンピューターには、すべての車が登録されている。警視庁本部をはじめ、各所轄《しょかつ》署やパトカーからも端末のキーを叩けば、たちまち当該車の所有者がわかる。

いくらも待たないうちに、力石の野太い声が電話の向こうから響いてきた。

「そのベンツは、五日前に板橋《いたばし》区上板橋《かみいたばし》の路上で盗まれた車ですね。車の所有者は同区在住の田中一郎《たなかいちろう》という人物です」

「やっぱり、盗難車だったか。その可能性もあると考えてたんだよ。力石、悪かったな」

反町は通話を切り上げた。すると、井手が話しかけてきた。

「さっきのベンツは、盗まれた車だったんですね？」

「そうらしいんですよ」

「連中は何者なんでしょう？」

「まだわかりません。あなたに不安材料を与えてしまいましたが、また奴らが現われたら、必ず取っ捕まえます」

反町は言って、ボルボを走らせはじめた。目白台《めじろだい》、音羽《おとわ》と抜け、小日向一丁目の住宅街に入った。

井手の自宅は和洋折衷《せっちゅう》の立派な家屋だった。

敷地は百坪前後で、庭木が多かった。井手が父親から相続した邸《やしき》らしい。

カーポートには、黒塗りのレクサスが駐《と》めてあった。その横に、反町は自分のボルボをパークさせた。すぐに車を降りた。

井手に導かれ、広い玄関に入る。

四畳半ほどのスペースだった。玄関ホールも広かった。奥から、色白の少年が現われた。努だった。利発そうな顔立ちをしているが、どこか淋《さび》しげだ。しかし、いじけた感じはなかった。父親には、あまり似ていない。母親似なのだろう。

「こちらは反町さんとおっしゃって、しばらく父さんの身辺をガードしてくれることになったんだ」

「お父さん、何か悪いことをしたの？」

努が父親に確かめた。

「悪いことなんかしてないよ。頭のおかしい奴に、ちょっと厭がらせをされてるんだ。それで、反町さんに護衛をお願いしたわけだよ」

「ふうん」

「夕食の用意は出来てるかな？」

「うん、鋤焼《すき》きだよ」

「そうか」

井手が頬を緩《ゆる》め、息子に挨拶《あいさつ》を促した。

努がはにかみながら、ぺこりと頭を下げた。反町は笑い返し、右手を差し出した。努が照れながらも、強く握り返してきた。

反町は靴を脱いだ。

十畳ほどの食堂には、七十年配の痩せた女性がいた。お手伝いの梅川《うめかわ》サトだった。この近所に住んでいて、日曜を除いて毎日、井手邸に通って来るらしい。

夕食の用意が整っていた。

井手父子と反町は、すぐにマホガニーのダイニングテーブルに着いた。サトがビールを運んでくる。井手に勧《すす》められ、反町はビールをコップに受けた。三人が鋤焼きの鍋《なべ》をつついている間に、梅川サトは一階の奥の客間に夜具を延べた。反町の寝床だった。

食事が済むと、井手父子は浴室に消えた。

サトも後片づけをし、自分の家に引き揚《あ》げていった。反町は食堂に隣接している居間に移り、勝手にワイド型テレビのスイッチを入れた。チャンネルをＮＨＫの総合テレビに合わせると、ちょうどニュースが流れていた。九時過ぎだった。

反町は深々としたモケット張りのソファに腰かけ、煙草に火を点けた。

国会関係のニュースが終わり、画像に見覚えのある公園が映《うつ》し出された。清水谷公園だった。

「今朝五時過ぎに東京・千代田区紀尾井町の清水谷公園で、女性の死体が発見されましたが、その後の調べで、この方の身許が判明しました。殺されたのは杉並《すぎなみ》区高円寺北《こうえんじきた》一丁目に住むフリージャーナリストの杉本雅美《すぎもとまさみ》さん、三十歳です」

女性アナウンサーがそこまで言って、やや間《ま》を取った。

画面に、被害者の顔写真が映し出された。まさしく反町が見た故人の顔だ。

「警察の調べによると、杉本さんは、この春から連続して発生している国会議員秘書襲撃事件を取材していた模様です。そのことが今回の事件と結びついているのかどうかは、まだわかっていません。捜査本部は、変質者による通り魔殺人という見方もまだ捨てていません」

画面が変わり、東名《とうめい》高速道路の玉突き事故のニュースが伝えられはじめた。

指先が熱くなった。マールボロは、フィルターの近くまで灰になっていた。

反町は急いで煙草の火を消し、テレビの電源スイッチを切った。

さきほどアナウンサーが報じたように、今春から政治家の公設第一秘書たちが相次いで正体不明の暴漢に襲われていた。事件件数は十件を超《こ》えている。

いずれも奇《き》っ怪《かい》な事件だった。

秘書たちは殴打《おうだ》されただけで、金品は何も奪《と》られていないと証言している。国会議員を狙うなら、犯行動機もおおよその見当がつく。なぜ、秘書たちが襲撃されたのか。

どの事件も、人気《ひとけ》の絶えた深夜か夜明けに発生している。

反町は、その二点に妙な引っかかりを覚えていた。現在のところ、解決した事件は一件もない。被害に遭《あ》った男性秘書たちは一様《いちよう》にマスコミの取材を避けている。

殺された杉本雅美というフリージャーナリストは、一連の不可解な事件の裏に何かあると嗅《か》ぎつけたのではないだろうか。知ってはならないことを知ってしまったため、彼女は葬《ほうむ》られたと思われる。

その秘密とは何だったのか。

考えられるのは大物政治家たちのヤミ献金や裏金の強奪だ。被害者たちのボスは、与党の民自《みんじ》党の現職大臣や長老たちばかりである。

しかも、揃《そろ》って財界とは太いパイプを持っている。幾人かは〝族議員〟だ。それぞれが大企業から、さまざまな名目で巨額の裏金を吸い上げているのかもしれない。

恐喝材料を摑めそうだ。表《おもて》の仕事が片づいたら、ちょっと嗅ぎ回ってみるか。

反町は和香奈に電話をかけた。スリーコールで、電話が繫《つな》がった。和香奈はジャズクラブにいるようだ。

マイルス・デイビスのナンバーが流れていた。ネット配信ではなく、レコードだろう。

トランペットソロの途中で、和香奈の声が響いてきた。

「何か仕事が入ったようね」

「そうなんだ。そういうわけで、今夜は店に行けなくなったんだよ」

「律儀《りちぎ》ね。いい子、いい子」

「まいったな。まるでガキ扱いじゃないか」

「怒らない、怒らない。それより、裏ビジネスに繫がりそうな依頼だったの？」

「もう危《ヤバ》いことはしてない。改心したんだよ」

反町は内心の狼狽を隠して、平静さを装《よそお》った。

「そこまで空とぼけるなら、ストレートに言うわ。いまも後ろめたいことをやってる人間や企業の弱みを摑んで、しこたま稼いでるんでしょ？」

「ばか言うなよ。おれは、仮にも元警察官だった男だ。本当に心を改めたんだって」

「そんなに警戒しないで。あなたを強請《ゆす》って、お店の赤字を埋めようなんて考えてるわけじゃないから」

「おれは、ほんとに疚《やま》しいことなんか何もしちゃいないんだ」

「それ以上、シラを切る気なら、どこかで嘘《うそ》発見器を借りてくるわよ」

和香奈が愉《たの》しそうに言った。

「嘘は通用しないか」

「やっと観念したわね」

「少しぐらいなら、事業資金を回してやってもいいが……」

「ううん、結構よ。中途半端な口止め料を貰うより、仲間になったほうがおいしいそうだもの」

「和香奈、本気なのか？」

反町は確かめた。

「半分は本気よ。あんまり赤字が嵩《かさ》むと、この店を畳まなきゃならないでしょ？」

「それはそうだが……」

「女のわたしのほうが情報を集めやすい場合もあるんじゃない？　色仕掛け《ハニートラップ》って、手もあるしね」

「そうだが……」

「わたしの協力が必要なときは、いつでも声をかけてちょうだい。うふふ」

和香奈が含み笑いをして、静かに電話を切った。

反町は溜息をついて、ソファに凭《もた》れた。

4

夜が明けた。

幸いにも、何事も起こらなかった。反町は安堵《あんど》し、身を起こした。井手宅の階下の客間だった。床《とこ》の間《ま》付きの十畳間だ。

ワイシャツとスラックスは皺《しわ》だらけになってしまった。上着を脱いだだけで、蒲団《ふとん》の上に横たわっていたせいだろう。

灰色のベンツに乗っていた二人組は、暴力団関係者なのかもしれない。

反町はそう思いながら、煙草に火を点けた。寝起きの一服は格別にうまい。ゆったりと喫い、静かに客間を出た。

家の中は仄暗《ほのぐら》かった。

まだ六時を回ったばかりだ。井手父子の寝室は二階にあった。依頼人が若い女なら、べッドの下で仮眠を取るところだが、四十男のそばで朝を迎える気にはなれなかった。

それで階下の客間で、一晩じゅう、外の物音に耳を澄《す》ましていたのだ。緊張の連続だった。反町は広い居間を横切り、そっと玄関から庭に出た。

朝の光が瞳孔《どうこう》を刺す。反町は顔をしかめながら、庭木を透《す》かして見た。

怪しい者は、どこにも潜んでいなかった。爆発物も仕掛けられていないようだ。

反町はポーチの石段を下《くだ》り、カーポートに足を向けた。

ボルボのトランクには、常に着替え用の衣服や靴を入れてあった。洗面道具やサバイバル用品も収まっている。

反町は自分の車に歩み寄りながら、何気なく門扉《もんぴ》の方に視線を投げた。

次の瞬間、全身が強張《こわば》った。門柱の上に置かれているのは、なんと熊の生首だった。

血みどろの顔は庭の方に向けられている。どこか地方の里山でハンターに駆除された野生熊なのか。ツキノワグマだ。

よく見ると、熊の両眼は刳《く》り貫《ぬ》かれていた。眼球のない窪《くぼ》みには、血糊《ちのり》が溜まっている。鼻も削《そ》ぎ落とされていた。

陰湿なことをするものだ。

反町は、姿なき敵に怒りを覚えた。反面、敵の無防備さに感謝したかった。

熊の生首を手に入れられる人間は、おのずと限られてくる。意外に早く井手を脅かしている者の正体がわかるだろう。

反町は門柱に近づき、熊の耳を抓《つま》んだ。

依頼人に、おぞましい生首を見せるわけにはいかなかった。早々に片づけなければならない。

生首は思いのほか重かった。もはや温《ぬく》もりは感じられなかったが、血は固まりきっていなかった。おおかた生首は、ビニール袋に入れられていたのだろう。袋から取り出されたのは、ほんの少し前にちがいない。

反町は門扉を押し開け、忍び足で路上に出た。

人の姿はなかった。七、八十メートル先の角に、ごみの集積所があった。反町は熊の生首をぶら下げて、そこまで急ぎ足で歩いた。

ごみの集積所には、いくつか膨《ふく》らんだビニール袋があった。反町はもっとも大きな袋の結び目をほどき、生首を生ごみの中に紛《まぎ》れ込ませた。

振り返ると、道に血痕《けっこん》が点々と見えた。

反町は井手邸に戻り、撒水《さんすい》用のゴムホースを手に取った。先に門柱の血を洗い流し、路面にも水を撒《ま》いた。反町は手早くゴムホースを片づけ、ボルボのトランクリッドを開けた。着替えの衣服を胸に抱えたとき、梅川サトがやってきた。

反町は、通いのお手伝いと朝の挨拶を交《か》わした。サトは門柱が水浸《びた》しになっていることに気づいたはずだが、別に何も言わなかった。

「これから、朝食の支度《したく》ですか？」

「はい」

「大変ですね」

「もう馴《な》れましたので、どうということはありません。家にいて息子の嫁に煙たがられるよりも、こちらにいたほうがいいんですよ」

お手伝いの老女は複雑な笑《え》みを浮かべ、慌ただしく家の中に入っていった。

反町はボルボとレクサスのタイヤや車体の底を点検した。おかしな細工はされていなかった。

家の中に戻る。努が食堂で、話題のソフトでゲームに熱中していた。パジャマ姿だった。井手は、まだベッドの中にいるらしかった。

「それ、面白《おもしろ》いのか？」

反町は努に喋りかけた。

「面白いよ、とっても。おじさんもやってみる？」

「いや、いいよ。こっちは手先があまり器用じゃないんだ。フリースクールに通ってるんだって？」

「うん、そう」

努が画面を見つめながら、短く答えた。画面では、筋骨隆々《きんこつりゅうりゅう》のヒーローが悪漢たちを相手に超人的な格闘技を披露《ひろう》していた。

「フリースクールは楽しいかい？」

「学校よりは、ずっと楽しいよ。学校の子たちは、みんなと同じことができなかったり、人と違う意見を言ったりすると、すぐにハブりたがる。だから、学校なんか大嫌いだよ」

「学校なんか無理してまで行くことはないさ。生きてるだけで、自然にいろんなことを学べるからな」

反町は言ってから、すぐに後悔した。

他人に説教じみたことを言う人間は好きではなかった。人生のプロは、ひとりもいない。たとえ数奇《すうき》な半生を過ごしたとしても、他者に何かを諭《さと》したりするのは思い上がりだ。また、どんなに教養を積んだ年配者でも、もっともらしく若い者に何かを教えるのは傲慢《ごうまん》だろう。生きることには、誰もが素人《しろうと》なのだ。

反町は、奥の客間に引き取った。

ダークグレイの背広に着替え、きょうはネクタイを結ぶ。反町は洗顔を済ませて、食堂に戻った。ダイニングテーブルにはコーヒーが用意されていた。梅川サトが淹《い》れてくれたのだ。

コーヒーを啜《すす》っていると、二階からガウン姿の井手が降りてきた。

「あなたがいてくれたので、きのうはぐっすり眠れました」

「それはよかった。きょうの予定は、どうなっています？」

反町は問いかけた。

「午前中は事務所で仕事をして、午後から顧問をしている会社を二、三社回るつもりです」

「わかりました」

「反町さん、一睡《いっすい》もしてらっしゃらないんじゃありませんか？　午前中、事務所の長椅子で横になってください」

「そのへんは適当にやらせてもらいます」

「ええ、そうしてください」

井手が言って、向かいの椅子に腰かけた。

サトがいいタイミングで、コーヒーと朝刊を運んでくる。井手が朝刊を掴み上げた。

社会面を拡げたとき、表情に変化が生まれた。驚きと恐怖の交錯《こうさく》したような顔つきだった。

「お知り合いが事故か何かに巻き込まれたんですか？」

反町は気になって、探りを入れた。依頼人はすぐに平静さを取り戻し、黙って首を振った。

井手は何かを隠しているのではないか。反町は依頼人の顔を見つめた。

しかし、むやみに追及はできない。反町はマールボロをくわえた。井手が新聞をざっと読み、食卓の上にばさりと置いた。

「ちょっと見せてもらいます」

反町は朝刊を取り上げた。

杉本雅美に関する記事を真っ先に読む。残念ながら、新しい情報は得られなかった。ネットニュースもチェックした。だが、徒労だった。

やがて、朝食の準備が出来た。トーストのほかに、ハムエッグや野菜サラダがあるだけのありふれたメニューだった。父子はトーストを一枚食べたきりだったが、反町は勧められるままに四枚平らげた。

それでも満腹にはならなかった。ハムエッグをお代わりしたかったが、さすがにそこまで厚かましくはなれなかった。

努は、午前八時前にフリースクールに向かった。反町が依頼人と一緒にボルボに乗り込んだのは八時半ごろだった。

目的のオフィスには、九時十数分過ぎに着いた。すでに所員たちは顔を揃えていた。きのう、藤巻が接触した小柄な女性事務員の姿もあった。

反町はいったん所長室に入ってから、すぐに廊下に出た。スマートフォンで藤巻に連絡を取るためだった。

電話はなかなか繋がらない。

留守なのか。電話を切りかけたとき、藤巻の寝ぼけ声で応答があった。

「起こしてしまったらしいな」

「いや、いいんす。きのうは真夜中まで、水谷麻理を張ってたんで、つい寝過ごしちゃって」

「で、どうだった？」

反町は訊いた。

「別に変わったことはありませんでしたっすよ。一度、食事に外出しただけで、後はずっとマンションにいたっす」

「そうか。来客は？」

「誰も訪れなかったすね。報告すべきこともなかったんで、連絡が遅くなっちゃって」

「それは気にしないでくれ」

「一応、彼女を隠し撮《ど》りしておきました」

藤巻が言った。

「そいつは、ありがたい。藤巻ちゃん、午後の予定は？」

「特にありません」

「だったら、半日だけ、おれの代役を務《つと》めてもらえないか。水谷麻理と志賀佳代に会っておきたいんだ」

「おれに代役が務まるかなあ。腕力のほうは、自信ないっすからね」

「陽《ひ》が高いうちは、依頼人が襲われることはないだろう」

反町は言った。

「そうっすかね。そういうことなら、いいっすよ」

「それじゃ、正午に依頼人のオフィスに来てくれ。おれは、エレベーターホールで待ってる」

「わかりました」

藤巻が先に電話を切った。

反町は依頼人の事務所に戻るなり、井手に言った。

「ちょっとお願いがあるんですよ」

「なんでしょう？」

「午後のガードは、藤巻という助手に任せたいのですがね。わたしは、ちょっと調べておきたいことがあるんですよ」

「その方も何か格闘技を心得ているんでしょうか？」

「パワー空手の有段者です。優男《やさおとこ》に見えますが、腕っぷしは保証できます」

「それなら、安心だな」

井手は、反町のはったりを少しも疑わなかった。

「勝手を言いまして……」

「いいえ。それより、少し横になったほうがいいですよ」

「それでは、お言葉に甘えさせてもらいます」

反町は軽く頭を下げ、革張りの長椅子に身を横たえた。

ほんの数十秒で、眠りに落ちた。

固定電話のベルで眠りを突き破られたのは午前十一時四十分ごろだった。反町は上体を起こし、長椅子を離れた。

電話をかけてきたのは顧問先の経理担当者のようだった。井手は、法人税の節税の仕方を指南している。

三時間弱の仮眠だったが、頭はだいぶ軽くなっていた。もう瞼《まぶた》も重くない。

反町はトイレに立つ振りをし、そっと所長室を出た。

衝立《ついたて》の横で、化粧っ気のない四十絡みの女性事務員とぶつかりそうになった。反町は火傷の具合を問うた。何か勘違いされたらしく、女が媚《こ》びるような目をした。

女好きの反町だったが、慌てて視線を外した。まったく食指《しょくし》の動かない相手だった。

「ちょっと煙草を切らしてるんだ」

反町は言って、逃げるように廊下に出た。地味な女性事務員は、だいぶ男日照《ひで》りがつづいているのか。

反町はエレベーターホールに急いだ。

和製マーロウを自称している貧乏探偵は、すでに来ていた。きょうは黒っぽいスーツを着ている。ジョルジオ・アルマーニの服か。靴はフェラガモだろう。

「相変わらず、めかし込んでるな」

「どれも、二十四回払いのクレジットで買ったんすよ」

「あんまり見栄《みえ》を張ると、いまにカード破産するぞ」

「これが水谷麻理です」

藤巻が上着の内ポケットから、写真の束《たば》を取り出した。カラー写真だった。

反町はプリントを受け取って、被写体を見た。麻理は妖艶《ようえん》な美女だった。やや肉厚な唇が、なんとも色っぽい。

藤巻が小さな紙切れを差し出した。それには、麻理のマンションの住所が走り書きされている。反町はメモをポケットに入れ、藤巻を井手の事務所に導いた。

藤巻が小柄な女性事務員に笑いかけた。相手は微笑した後、しきりに首を傾《かし》げていた。

地味なベテラン女性事務員は、反町に恨みの籠った目を向けてきた。女心を傷つけてしまったようだが、仕方がない。

反町は、井手に藤巻を紹介した。

井手は細身の藤巻を見て、いくらか不安そうな顔になった。しかし、何も言わなかった。

応接ソファで雑談をしていると、女性事務員のひとりが三人分の鰻重《うなじゅう》を運んできた。重箱には、川魚料理の老舗《しにせ》の名が入っていた。天然鰻《うなぎ》なのだろう。

反町は昼食をご馳走《ちそう》になると、ひとりで事務所を出た。

不審な人影はどこにも見当たらない。エレベーターで地下駐車場まで降りた。

反町は、先に努の母親に会うことにした。

ボルボを霞《かすみ》が関《せき》ランプに向け、高速三号渋谷線に乗った。池尻ランプで降り、玉川《たまがわ》通りから左に折れる。

志賀佳代の借りているマンションは、かつて防衛省技術研究所があった場所の裏手だった。白っぽい磁器タイル張りの十一階建てだ。

反町は車をマンションの前の路上に駐めた。

マンションの表玄関は、オートロック・システムにはなっていなかった。管理人もいなかった。

反町は七階に上がった。七〇五号室のチャイムを鳴らす。

ややあって、女の声で応答があった。佳代だった。

反町は素姓《すじよう》を明かした。

佳代は少しためらってから、玄関ドアを開けた。目鼻立ちが努とそっくりだ。芥子《からし》色のニットドレスを着ていた。体の線は、さほど崩れていなかった。

「こちらのことは、同居されている戸張さんから聞いてるでしょ？」

反町は訊いた。

「ううん、何も聞いてないわよ。彼、昨夜は帰ってこなかったの。多分、友達のとこに泊まってるんだと思うわ」

「きのう、戸張さんは井手氏の事務所にやってきたんですよ。あなたの代理人と称して、慰謝料の残金を取りにね」

「なんですって⁉　わたし、彼にそんなこと頼んでないわよ。いやだわ、勝手なことをして」

「ちょっと話を聞かせてもらいたいんですがね」

「いいわ、入って」

佳代がスリッパラックに腕を伸ばした。

反町は居間に通された。間取りは2ＬＤＫのようだ。リビングソファに向かい合うと、反町は井手に雇われた経緯《いきさつ》を詳しく話した。

「慰謝料のことで井手と揉めてることは事実よ。でも、彼を脅すようなことはしてないわ」

　佳代が心外そうに言った。

「別段、あなたを疑ってるわけじゃないんですよ。誰か思い当たる人物がいたら、教えてほしいんです」

「誰も思い当たらないわ。井手は秘密主義者めいたところがあって、わたしにもあまりオープンじゃなかったの」

「そうですか」

「そういう陰気な性格に厭気がさして、なんとなく夫婦仲がしっくりいかなくなっちゃったのよ。もちろん、わたしのほうにも悪い点はあったと思うけど」

「離婚される前に、井手氏が仕事で何かトラブルを起こしたことは？」

　反町は問いかけ、マールボロをくわえた。火を点けたとき、佳代が声を発した。

「特になかったと思うわ」

「金銭の貸し借りは、どうです？」

「借金はあるはずよ。好景気のころに井手は株にのめり込んで、三億円近い借金を負ったの。そのときの借金が、まだ七、八千万円あるんじゃないかしら？」

「融資を受けたのは？」

「五菱《いつびし》銀行よ。小日向の自宅は、まだ担保に入ってるの。約二億円は別の不動産を処分して返済したのよ」

「残りの七、八千万円の返済の目処《めど》はついてるんだろうか」

　反町は煙草の灰を落とした。

「なんとかなるんじゃないかな。井手は割に稼いでるから」

「井手氏の年収は？」

「五、六千万円はあると思うわ」

「それだけあれば、返済は可能だろうな。ところで、井手氏の知り合いで狩猟を趣味にしてる人物はいませんか？」

「いないと思うけど、はっきりしたことはわからないわ」

「そうですか。熊を飼育してる者か、料理関係者で親しい人物は？」

「どういうことなの？」

　佳代が問い返してきた。

「具体的なことは話せないのですが、ひょっとしたら、そういう人間の中に井手氏の命を狙ってる奴がいるかもしれないんですよ」

「そうなの。でも、ちょっと思い当たらないわね」

「そう」

「あなた、かなり飲めるんでしょ？」

「酒は嫌いなほうじゃありません」

反町は言いながら、煙草の火を消した。

「だったら、宮益坂《みやますざか》の『バード』ってスナックに遊びに来て。そのお店、わたしの親友がやってるの」

「そう」

「一応、わたし、チーママなのよ。商売のコツを覚えたら、勇次さんとこぢんまりしたスナックを開くつもりなの」

佳代が小娘のように目を輝かせた。

「長いこと専業主婦だったあなたがにわか勉強しただけで、そう簡単に水商売で成功するとは思えないな」

「そうかしら？　ああいう仕事は、わたしにとっても向いてると思うの。だから、きっとうまくいくわよ」

「そうなることを祈りましょう。どうもお邪魔しました」

反町は話の腰を折って、勢いよくソファから立ち上がった。佳代は呆気《あっけ》に取られたような様子だった。

期待したほどの収穫は得られなかったが、無駄ではなかった。井手が借金を抱えていることを知っただけでも、わざわざ訪ねた甲斐《かい》はある。

反町はマンションを出た。

ボルボに乗り込み、今度は水谷麻理の自宅に向かう。目的地は、そう遠くない。

数十分で、めざすマンションに着いた。南欧《なんおう》風の九階建てのマンションは、東急東横《とうきゅうとうよこ》線の都立大学《とりつだいがく》駅の近くにあった。

反町はマンションの隣の児童公園の際《きわ》に車を駐めた。

集合インターフォンの前に立ち、水谷麻理の部屋番号を押す。五〇三号室だった。

ややあって、部屋の主の声がスピーカーから流れてきた。反町は井手貢との関わりを打ち明け、来意を告げた。

麻理は、面会の申し出を快く受け入れてくれた。すぐにオートドアのロックが解かれた。反町は五〇三号室に入った。

麻理は写真よりも若々しかった。枯葉色のざっくりとした綿《コットン》セーターを着ていた。下は、オフホワイトのスパッツだった。

反町はリビングに案内された。

１ＬＤＫだが、割にゆったりとしている。ＬＤＫだけで、二十畳はありそうだ。

二人はリビングソファに坐《すわ》った。ロータイプのソファだった。

「最初に申し上げておきますが、こちらがここに伺ったことは井手氏は知りません」

反町は言った。

「そうなんですか。でも、なぜ彼には内緒で？」

「依頼人に関する客観的な情報が欲しいと思ったわけです。ですので、当方と会ったことはできたら内分《ないぶん》に願いたいんですよ」

「わかりました。彼には何も申しません」

「よろしく。早速ですが、井手氏に何か恨みを持つ者にお心当たりは？」

「特に思い当たる人はいません」

「そうですか。井手氏が東和商事の顧問を先月、解任されたことはご存じですよね？」

「はい、聞きました」

麻理が神妙にうなずいた。

「そのことで井手氏は東和商事に少し腹を立てているようですが、何かこれまでに揉め事は？」

「ありません、一度も」

「質問を変えます。井手氏は、別れた奥さんのことをどんなふうに言っていました？」

「牝猫《めすねこ》のような女だと。それから、慰謝料のことで揉めているとも洩《も》らしていました」

「それだけですか？」

「ええ。志賀佳代さんのことは、彼、あまり話したがらないんですよ。多分、わたしを気遣ってくれているんだと思います」

「でしょうね。井手氏が株で三億円近い借金をこしらえたことをご存じでした？」

「その話は知っています。でも、もう借金はないはずよ。彼が遺産相続した馬込《まごめ》の宅地と軽井沢《かるいざわ》の別荘を手放して、五菱銀行の債務をきれいにしたと何度も言っていましたので」

「そうなんですか」

反町は、あえて何も言わなかった。佳代と麻理の話には喰い違いがある。どちらが正しいのか。

「ハーブティーでもお持ちしますね」

麻理がソファから腰を浮かせ、ダイニングキッチンに足を向けた。

反町は遠慮して見せたが、麻理は戻ってこなかった。マールボロに火を点け、何気なく正面の飾り棚に目をやった。

絵皿や陶製の置き物の横に、十数冊の単行本が並んでいる。

その中に、杉本雅美の著者が一冊混じっていた。『新しい生き方を求めた女性たち』という書名のノンフィクションだった。

反町は喫いさしの煙草を灰皿に載《の》せ、さりげなく立ち上がった。

飾り棚に近寄り、殺された女性の著書を抜き取った。水谷麻理宛の献呈本だった。著者の流麗《りゅうれい》なサインが入っている。

今回の仕事は、杉本雅美の死と何か繋がりがあるのだろうか。

反町は四六判の本を元の場所に戻し、ふたたびソファに腰を沈めた。

煙草の火を消したとき、麻理が二人分のハーブティーを運んできた。香りはよかったが、あまりうまくはない。紅茶のほうが、ずっとましだ。

麻理は官能的な唇をすぼめ、おいしそうにハーブティーを飲んでいる。すぼめた赤い唇が淫猥《いんわい》な連想をさせた。

「フリージャーナリストの杉本雅美の著書をお持ちなんですね。彼女の文章は読みやすくて、論評もなかなか鋭い」

反町は飾り棚の単行本を見ながら、もっともらしく言った。短いルポ記事さえ読んだことはなかった。

「杉本さんとは、大学で同期だったの。専攻は別々だったんですけど、フェンシング部で一緒だったんですよ」

「フェンシングをやってらしたのか」

「ええ。それで彼女、わたしに署名本をくれたんです」

「いまでも、親しくされてるんですね？」

「いいえ。卒業してから数度会ったきりで、なんとなくプライベートなつき合いは途絶《とだ》えてしまったの。だから、きのうのニュースで杉本さんが殺されたと知って、本当に驚きました」

「そう言えば、殺されたんでしたね。まだ若いのに、気の毒だな」

「ええ、本当に」

麻理がうつむいた。

「杉本さんは、どういう女性だったんです？」

「ちょっと男勝《まさ》りみたいな面もありましたけど、気立てのいい人でした。社会悪に対して、常に憤《いきどお》りを感じているようでしたし、どんな権威にも臆《おく》するところがなくて」

「フリージャーナリストには、ぴったりの性格だな。彼女の葬儀には出られるんでしょ？」

「最近はつき合いもありませんでしたので、どうしようか迷っているんですよ」

「そうですか。あなたは、井手氏の秘書をされていたそうですね？」

反町は話題を転じた。

「はい、短い間でしたけど。彼と親密な関係になってから、すぐに退職してしまったんです。スタッフの少ない職場でしたから、何かとやりにくくて」

「そうだろうな。井手会計事務所に入る前は、西急クレジットにお勤めだったとか？」

「ええ。社長秘書をしていたんですけど、仕事がハードすぎて」

「そうですか。それはそうと、井手氏の知人でハンティングをされる方はいませんか？」

「さあ、ちょっとわかりません」

「熊を飼ってるような方は？」

「く、熊ですか⁉」

麻理が裏声を発した。

「ええ。あるいは、料理関係者とか」

「彼は中華料理が大好物なんですけど、コックさんと特に親しくしてるということはないと思います。熊に関わりのある人物が、彼を脅してるんですか？」

「まだ何とも言えません。急に押しかけまして、ご迷惑だったと思います」

反町は話を切り上げ、玄関口に向かった。

麻理に見送られて、部屋を出る。すぐにエレベーターに乗り込んだ。

ボルボのドア・ロックを解いているとき、スマートフォンが鳴った。井手からの電話だった。

「息子が、努が誰かに連れ去られたようなんです」

「どういうことなんでしょう？」

反町は訊いた。

「フリースクールの先生からの連絡を受けた所員の話によると、十五分ぐらい前に三十代後半の男が教室に現われ、わたしが交通事故で大怪我《おおけが》をしたからと言って、努を連れ出したらしいんですよ。その男は、わたしの友人だと騙《かた》ったそうです」

「努君は誘拐《ゆうかい》されたにちがいない」

「反町さん、どうしたらいいんでしょう⁉」

井手は取り乱していた。

「犯人から、何か連絡があるでしょう。いまは、出先ですね？」

「ええ。大手町にいます」

「それじゃ、オフィスに戻ってください。こちらも、すぐ銀座に向かいます」

反町は大急ぎで運転席に坐り込み、エンジンを唸《うな》らせた。

第二章　消えた依頼人

1

空気が重苦しい。

井手会計事務所の所長室だ。反町は藤巻と応接ソファに坐《すわ》っていた。井手は自分の席に着いている。

午後七時半を回っていた。

事務所には、反町たち三人しかいなかった。反町がここに戻ったのは午後四時ごろだった。努を拉致《らち》した犯人からは何も連絡がない。

小日向の自宅には梅川サトが待機しているが、そちらにも犯人からの電話はなかったそうだ。

「反町さん、まさか努が殺されるようなことはないでしょうね？」

依頼人が静寂を破った。

「それはないと思います」

「なぜ、犯人は何も言ってこないのでしょう？　努が連れ去られて、もう四時間近くなります」

「おそらく犯人には、何か考えがあるんでしょう」

「どんな考えがあると……？」

「犯人の狙いは身代金じゃないのかもしれません。犯人は努君を人質に取って、あなたをどこかに誘《おび》き出す気なんだろうか」

「そうなんですかね。それなら、努がひどい目に遭うことはないな」

「ええ、多分。あなたを誘き出すには、ある程度、人目が少なくなってからでなければ、犯人側には危険です」

「それはそうでしょうね。それにしても、何か言ってきてもよさそうだがな」

「井手さん、落ち着かない気持ちはわかりますが、待つしかありません」

反町は言った。

「そうですね」

「おおかた敵は努君を解放して、あなたを拉致する気なんでしょう。こっちは犯人が指定した場所に先に行って、息子さんを救出します。あなたは、助手の藤巻にガードさせます」

「どうやって、わたしを護《まも》ってくれるんです？　きっと犯人は仲間を使って、わたしの動きを探《さぐ》らせているにちがいありません」

「そのあたりのことは、うまくやりますよ」

「よろしく頼みます」

井手が椅子から立ち上がって、窓辺に寄った。ブラインドを巻き揚げ、窓の外に視線を放った。

「おれ、ちゃんとガードできるかな」

藤巻が不安顔で呟《つぶや》き、ラッキーストライクをくわえた。鳴らしたライターはジッポーだった。

「そっちに危ない思いはさせないよ。藤巻ちゃんはスマホで、犯人側の動きを報告してくれればいいんだ」

「それなら、なんとかやれそうっす」

「大丈夫だよ。心配はいらない」

反町は言って、マールボロの箱から煙草を抓《つま》み出した。

ちょうどそのとき、井手の机の上で固定電話が鳴った。井手が肩をびくっとさせ、体ごと振り返った。

「電話の遣《や》り取りがスピーカーから流れるようにしてください」

反町はそう言い、ソファから腰を上げた。藤巻も煙草の火を消し、慌てて立ち上がる。

井手が自分の机に戻り、スピーカーモードにした。

ほとんど同時に、男の人工的な声が洩れてきた。ボイス・チェンジャーを使っているにちがいない。

「井手だな？」

「ええ、そうです」

「午後九時に江東《こうとう》区の夢《ゆめ》の島《しま》公園に来い。努ってガキは、そこで自由にしてやる」

「息子の声を聴《き》かせてくれないか。努は無事なんだろうね？」

「ああ。いま、声を聴かせてやろう」

男の声が沈黙した。数秒後、努の涙声が響いてきた。

「お父さん、怖いよ。早く救《たす》けに来て！」

「わかった。必ず救けてやるから、もう少し辛抱《しんぼう》するんだ。いいね！」

井手が、わが子を力づけた。努の声が遠ざかり、男の声がした。

「念のために言っておく。警察に泣きついたら、すぐにガキは始末するぞ。もちろん、おまえもぶっ殺す」

「なぜ、わたしの命を狙うんだっ。わたしが何をしたって言うんです？」

井手が懸命に訴えた。

しかし、相手の返事はなかった。電話が乱暴に切られた。反町は左手首のコルムを見た。七時四十一分過ぎだった。

「ここの灯《あか》りは消さずに、藤巻のランドクルーザーでいったん自宅に戻ってください」

反町は依頼人に言った。

「なぜ、そんな面倒なことをするんです?」

「助手の車が万が一、エンストを起こしたら、まずいでしょ。あなた自身がレクサスを運転して、夢の島公園に向かってください」

「助手の方は?」

「レクサスの後部座席のフロアに潜《ひそ》ませます」

「わかりました」

井手が大きくうなずいた。

反町は藤巻に密に連絡を取れと指示を与え、先に依頼人のオフィスを出た。

地下駐車場のボルボXC60に乗り込むと、グローブボックスの中を検《あらた》めた。高圧電流銃《スタンガン》とスリングショットも点検する。どちらも不備な点はなかった。特殊短杖《たんじょう》以外の武器は車に常備してあった。

反町はボルボを発進させた。

時間は、たっぷりある。焦る必要はないだろう。

反町は、故意に江東区と逆方向に車を走らせはじめた。尾行の有無《うむ》を確かめるためだ。丸《まる》の内《うち》のオフィスビル街を大きく迂回《うかい》して、わざわざ日比谷《ひびや》通りに出る。

追尾してくる車はなかった。

大手町交差点から永代《えいたい》通りに入る。そのまま直進し、江東区南砂《みなみすな》の日曹橋《にっそうばし》で右に折れた。明治《めいじ》通りだ。道なりに進むと、夢の島公園の横に出る。新砂《しんすな》の工場地帯を低速で抜ける。民家の数が、ぐっと少なくなった。

砂町《すなまち》運河に架《か》かった夢の島大橋を渡ると、車輛《しゃりょう》の数も減った。トラックが目立つ。乗用車は疎《まば》らだった。

ほどなく左手前方に、夢の島公園が見えてきた。園灯が瞬《またた》いているが、人影はほとんど見当たらない。公園は広大だった。園内の一隅には、熱帯植物館がある。巨大なドーム型の温室が三つ連結していた。かなり高い。

反町は時刻を確かめた。

午後八時十二分過ぎだった。車で公園の外周路をゆっくりと走った。怪しい車も人影も目につかなかった。

犯人が複数であれ、単独であれ、必ずここに先に来ているはずだ。

反町は外周路を三周し、ボルボを公園に隣接している新江東清掃工場の脇に駐めた。

荒川《あらかわ》側だった。公園の外周路からは、死角になる場所だ。

反町はグローブボックスから高圧電流銃《スタンガン》とスリングショットを取り出し、ベルトの両脇に差し挟んだ。

ベアリングボールに酷似《こくじ》したスリングショットの弾《たま》は、上着の右ポケットに入れた。十数発だった。特殊合金で、球面にアメリカのメーカー名の刻印が入っている。

スリングショットの威力は侮《あなど》れない。

兎《うさぎ》やリスなら、一発で仕留められる。眉間《みけん》を狙えば、鹿《しか》や猪《いのしし》も倒せるだろう。人間にも、かなりのダメージを与えることは体験済みだった。

反町は清掃工場を回り込んで、夢の島公園に足を踏み入れた。

植物館のそばの広場に、十代と思われる男女が五、六人いた。ラジオカセット・レコーダーのラップミュージックに合わせ、体をくねらせている。

その向こうでは、空手着姿の若い男がひとりで型《かた》の練習をしていた。サラリーマンのようだ。ベンチには、猫を抱いた老女がぽつんと坐っていた。独居者の散歩だろうか。

反町は植え込み伝いに園内を一巡した。

気になる人影は見当たらなかった。反町は明治通り側の繁みに身を隠した。そこから、出入口は見通せた。

反町は掌《てのひら》で煙草の火を覆《おお》いながら、マールボロを吹かした。

上着の内ポケットの中でスマートフォンが震動したのは、一服し終えた直後だった。発信者は藤巻だった。

「いま、小日向の井手邸を出たとこか？」

「出発したのは数分前っす。反町さん、気になるバイクが尾《つ》けてるみたいなんすよ」

「どんなバイクだ？」

「井手さんの話によると、スズキのバイクだそうっす。紺《こん》と白のツートーンらしいんす。おれは頭を持ち上げるわけにはいかないんで、自分の目では見てないんすよ」

「だろうな。ライダーは、どんな奴だって？」

反町は問いかけた。

「黒のフルフェイスのメットを被《かぶ》ってるんで、顔ははっきりしないらしいんすよ。でも、体つきは若い感じだそうっす」

「そうか。そいつをマークしつづけるよう井手氏に言ってくれ」

「了解しました。そちらの様子は、どうっすか？」

「まだ敵の影は見えない。間もなく姿を現わすと思うがな」

「そうっすかね。それじゃ、また！」

藤巻が電話を切った。

反町はスマートフォンを内ポケットに収め、ふたたび煙草をくわえた。火を点けかけたとき、外周路に小豆《あずき》色のワンボックスカーが見えた。

徐行運転をしている。どうやら車内から、公園の中を覗《のぞ》き込んでいるようだ。

反町は煙草を投げ捨て、右の内ポケットを探った。

そこには、ロシア軍の将校用暗視望遠鏡《ノクト・スコープ》が入っていた。密輸品ではない。日本の貿易商が正式ルートで、ロシアから輸入した暗視望遠鏡だった。

現に、ガンショップで〝装飾品〟として不可動実銃《ふかどうじつじゅう》が堂々と売られている。暗視望遠鏡の類《たぐい》は兵器と見なされずに、自由に輸入できるわけだ。

反町は出入口のそばまで走り、ロシア軍の将校用暗視望遠鏡を目に当てた。長さ十数センチで、直径は三・八センチと小さい。だが、レンズの倍率は高かった。旧型の赤外線式の暗視望遠鏡のように物が赤く見えたりしない。真昼のように鮮明に映《うつ》る。

ワンボックスカーは、かなり遠ざかっていた。

それでも、車内が透けて見えた。後部座席には努が乗せられていた。その隣にパーマ頭の男が坐っている。三十歳前後だろうか。

ドライバーと助手席の男の顔は、よく見えなかった。二人の男は、やくざかもしれない。反町はワンボックスカーのナンバーを三度唱《とな》え、頭に刻《きざ》みつけた。

少し経《た》つと、ワンボックスカーが引き返してきた。

反町は運転席にレンズの焦点を合わせた。

剃髪頭《スキンヘッド》の男がステアリングを握っている。眉まで剃《そ》り落としているせいか、のっぺらぼうに見えた。二十五、六歳だろうか。

助手席には、口髭《くちひげ》をたくわえた三十二、三歳に見える男がいた。白っぽいブルゾンを着ている。

努は、今朝と同じ服装だった。縛《しば》られてはいなかった。しかし、すっかり怯《おび》えきっている様子だ。

ワンボックスカーが停《と》まった。

反町は躍《おど》り出たい衝動に駆られた。だが、危険な賭《か》けは避けなければならない。勇み立つ自分を戒《いまし》め、じっと動かない。

運転席の男が車を降りた。

頭をくるくるに剃り上げた男は、意外にも小柄《こがら》だった。しかも、細身だ。特殊短杖で胸を突いただけで、尻餅《しりもち》をつきそうだった。

剃髪《ていはつ》頭の男は公園の中に入ると、左右を忙《せわ》しくうかがった。そのまま公園の端まで歩き、外周路に出た。反町は繁みの中を横に移動し、ワンボックスカーの真横で足を止めた。十メートルも離れていない。

剃髪頭の男が車の中に戻った。

ヘッドライトが消された。反町は、また飛び出したくなった。三人の男はなんとか倒せそうだ。しかし、人質が傷つけられてしまったら、元も子もない。

もどかしいが、人質の安全が第一だ。反町は衝動を抑えた。

五分が流れ、十分が過ぎた。

左手から黒塗りのレクサスが現われたのは、八時五十分ごろだった。

ワンボックスカーのヘッドライトが点滅した。井手の車がワンボックスカーの後ろに回り込む。口髭を生《は》やしたリーダー格の男が、ワンボックスカーを降りた。パーマをかけた男がスライドドアを滑《すべ》らせ、努を引きずり出した。

井手がレクサスから出た。

反町は腰からスリングショットを引き抜いて、手早く弾を込めた。Y字形の部分は軽合金だ。生ゴムを耳の横まで引き絞《しぼ》った照準は、口髭の男のこめかみに合わせてあった。

弾を放つ。標的が弾《はじ》かれたように倒れた。パーマ頭の男が大声を張り上げた。運転席の剃髪頭が転がるように運転席から出てきた。

反町はスリングショットをベルトの下に戻し、素早く特殊短杖を引き抜いた。

タッチボタンを押し、外周路に躍り出る。

リーダー格の男は倒れたまま、唸《うな》り声を発していた。

パーマをかけた男が片腕を努の首に回し、腰のあたりに手をやった。匕首《あいくち》を呑《の》んでいるらしい。

反町は走った。

助走をつけて、高く跳《と》ぶ。反町は特殊短杖で、パーマ頭の男の脳天《のうてん》を強打した。男が膝《ひざ》から崩れる。反町は努を男から引き離した。そのとき、井手が短い悲鳴をあげた。剃髪頭の男が井手の頭髪を摑《つか》んで、喉《のど》に西洋剃刀《かみそり》の刃を押し当てる。

反町は、頽《くずお》れたパーマ頭の男を楯《たて》にする気になった。

男を引き起こそうとすると、すぐ近くに倒れていた口髭の男が起き上がった。その右手には、消音器付きの拳銃が握られている。

H《ヘッケラー》&K《コック》VP9だった。ドイツの警察や軍隊で使われている自動拳銃だ。

「人質を返してもらうぜ」

「でっけえ口をききやがって」

「それが、どうした？」

反町は特殊短杖で、男の鳩尾《みぞおち》を突いた。

口髭の男はくの字になりながらも、発砲してきた。放たれた銃弾は、反町の耳の上を掠《かす》めた。衝撃波が鼓膜《こまく》を撲《う》つ。一瞬、聴覚を失った。

反町は頭を振って、特殊短杖を振り被った。数分後、努が口髭の男に手首を摑まれた。引き寄せられ、後頭部に消音器を押し当てられる。

努が泣きはじめた。

「五歩退《さ》がれ!」

口髭の男が反町に命じた。

もはや反撃のチャンスはない。反町は諦《あきら》め、言われた通りにした。

「おい、レクサスの中を検《しら》べろ」

口髭の男が、パーマをかけた男に指示した。

相手はすぐに井手の車を覗いて、藤巻を引きずり出した。藤巻は脇腹に短刀の切っ先を当てられ、小刻みに震えていた。

「わたしは、どこにでも行くよ。だから、息子だけは家に帰らせてやってくれ。頼む!」

井手が、拳銃を持った男に哀願した。

「いいだろう。ガキは足手まといだからな」

「反町さん、努を頼みます。わたしに万が一のことがあったら、息子を佳代の許《もと》に連れていってください」

「井手さん、申し訳ない」

「いいんです、仕方ありませんよ」

「しかし……」

反町は、なんとか敵の隙を衝《つ》きたかった。

だが、三人も楯にされては手も足も出せない。口髭の男に急《せ》かされ、井手がワンボックスカーの後部座席に乗り込んだ。剃髪頭の男が、あたふたと運転席に入る。

「ガキは返してやらあ」

口髭の男が努を押し、パーマ頭の男に目配せした。

パーマをかけた男は刃物で藤巻を脅しながら、助手席に回り込む。

反町は泣きじゃくっている努を勇気づけながら、井手を奪回する機会をうかがった。しかし、ほとんど絶望的だった。パーマ頭の男が藤巻の顔面に頭突きを浴びせ、助手席に乗り込んだ。すると、口髭を生やした男がふたたび引き金《トリガー》を絞った。

発射音は小さかった。

空気の洩れるような音がしただけだった。だが、銃口炎《マズル・フラッシュ》は割に大きかった。

反町は努を抱き寄せ、片膝をついた。二弾目は、かなり的《まと》から逸《そ》れていた。単なる威嚇《いかく》射撃《しゃげき》だろう。

口髭の男がワンボックスカーに乗り込んだ。スライドドアが閉まる前に、小豆色の車は急発進した。

「お父さーん！」

努が涙混じりに叫び、車を追おうとした。

反町は努を押し留《とど》めた。

「おじさん、用心棒《ボディガード》なんでしょ。早くお父さんを救《たす》けてよ」

「いまに必ず救けてやる」

「お父さんが、お父さんが連れてかれちゃうよ」

努が声をあげて泣きはじめた。

そのとき、ワンボックスカーが急ブレーキを掛けた。ヘッドライトの光の中に、一台の単車が見えた。ライダーは、黒のフルフェイスのヘルメットを被っていた。

「藤巻ちゃん、この子のそばにいてやってくれ」

反町は和製マーロウに言って、ワンボックスカーを追った。

いくらも走らないうちに、ワンボックスカーが猛然とダッシュした。バイクが慌てて路《みち》を開ける。ワンボックスカーは、風のように走り去った。

反町は単車に駆け寄った。スズキのバイクだった。井手の車を尾けていたバイクにちがいない。

ライダーがヘルメットを取った。三十一、二歳の端整《たんせい》な顔立ちの男だった。

「警察の方でしょうか?」

「いや、そうじゃないが……」

「しかし、それは特殊警棒なんでしょ?」

「これは警棒じゃない」

反町は特殊短杖を縮め、逆に問いかけた。

「おたくこそ、何者なんだ？　井手貢を尾けてたそうじゃないか」

「ええ。でも、怪しい者ではありません」

「正体を明かせ。こっちは、井手氏の身辺護衛を任せられてたんだ」

「というと、警備会社の方ですね？」

　男が確かめた。

「いや、個人経営の用心棒《ボディガード》だよ。それより、そっちは？」

「唐沢《からさわ》、唐沢厚博《あつひろ》です。フリーのカメラマンです。交際していた女性が、井手貢氏の名刺を持ってたんですよ。彼女の交友関係で公認会計士は異色なんで、もしかしたら、井手氏が事件の背景を知ってるかと思って、接触のチャンスをうかがってたんです。しかし、どうも様子がおかしいので、しばらく尾行することにしたわけです」

「そっちの彼女は、何か事件に巻き込まれたんだね？」

　反町は訊《き》いた。とたんに唐沢が顔を翳《かげ》らせ、憤りと悲しみの入り混じった表情で答えた。

「ええ、殺されました。きのうの朝、清水谷公園で彼女の無残な遺体が……」

「杉本雅美さんのことだな。死体の第一発見者は、こっちなんだ。おれが一一〇番通報したんだよ」

「えっ、あなたが第一発見者だった⁉」

「そうなんだ。妙な因縁《いんねん》だな。こんなことは、そうそうあるもんじゃない」

「でしょうね。死んだ雅美が、ぼくをあなたに引き合わせてくれたのかもしれません」

「おれたち、情報交換をしたほうがよさそうだな。井手氏の息子さんを家に送り届けたら、少しつき合ってもらえないか」

「いいですよ。ぼくも、あなたから井手氏のことを伺いたいし」

「悪いが、こっちの車の後にくっついてきてくれないか」

反町は踵《きびす》を返した。努を自分の車に乗せ、レクサスは藤巻に運転させるつもりだ。

2

泣き腫《は》らした目が痛々しかった。

努は思い詰めた顔つきで、コーヒーテーブルの一点を見つめている。井手宅の居間だ。

「フリースクールから連れ出された後のことを教えてもらいたいんだ」

反町は、正面に坐った努に語りかけた。

努が小さくうなずいた。藤巻と唐沢は食堂で、梅川サトと小声で話している。

「きみを迎えに来た奴は車に乗ってたんだね？」

「そう。黒いセレナだったよ。ぼく、車が好きなんだ」

「きみはセレナに乗せられ、どこに連れていかれたのかな？」

「わからないよ。おじさんがひっきりなしに話しかけてきたし、お父さんのことが心配で外なんか眺める余裕はなかったんだ。でも、マンションだったよ。ぼく、そこが病院じゃないってわかったから、変だなって思ったんだ。だけど、おじさんに腕を掴まれてたんで、逃げられなかったんだよ」

「そう」

「ぼくが逃げてれば、お父さんはあんなことにならなかったのに」

努が下唇を噛んだ。

「きみのせいじゃない。運が悪かったんだ」

「そうかもしれないけど」

「きみを騙《だま》した男は、さっきの三人の中にはいなかったんだね？　ここに帰ってくる途中で、きみはそう言ってたが……」

「あの三人の中にはいないよ。あいつらは、顔に疣《いぼ》のある男に電話で呼ばれたんだ」

「きみを連れ出した男の顔には、疣があったのか」

「うん、右の眉の上にね」

「マンションには、疣のある男しかいなかったのか？」

反町は問いかけ、緑茶で喉を湿らせた。さきほど梅川サトが淹《い》れてくれた茶だった。

「ちょっとケバい感じの女の人がいたよ。多分、疣男の彼女か何かだと思う」

「なぜ、そう思ったのかな？」

「だって、二人はぼくの前でエッチなことをしたんだ」

「男は、きみのそばにずっといたのか？」

「ううん、一度、部屋を出ていったよ。お父さんの事務所に電話をしてからね。電話を切ると、疣男はぼくをロッキングチェアに縛りつけて、外に出ていったんだ。その後は、女の人が見張りを……」

「女は乱暴なことをしたのか？」

「ううん、割に親切だったよ。ジュースを飲ませてくれたり、シュークリームも食べさせてくれたんだ」

　努が答えた。

　反町は質問を重ねた。

「疣のある男の名前、わからないか？」

「それはわからないな。女の人は、あいつのことをあんたとしか呼ばなかったからさ」

「部屋の表札は見なかった？」

「見なかったよ」

「表札を見るだけの余裕はなかったんだろうな」

「うん、怖かったから」

「疣のある奴は、お父さんのことで女に何か言ってなかった?」

「ううん、別に何も言わなかったよ。身代金のことなんかも全然ね」

　努が答えた。

「男は、きみのお父さんに何か恨みを持ってるようには見受けられなかったか?」

「よくわからないよ。恨みを持ってるようには感じられなかったけど、心の中では、ぼくのお父さんを憎んでるのかもしれないしね」

「ワンボックスカーの三人組の名前はわからないだろうな?」

「名前はわからないけど、パーマをかけてた奴と坊主頭の二人は、髭を生やしてる男のことを兄貴、兄貴と呼んでたよ」

「そうか」

「おじさん、さっきサトさんが警察に電話しようとしたとき、なんで反対したの? お父さんが殺されてもいいのっ」

「警察に通報したら、この家に大勢の刑事たちがやって来る。そうなったら、犯人どもは捨て鉢《ばち》な気持ちになって、お父さんをすぐに殺してしまうかもしれないじゃないか」

　反町は穏やかに言った。

「だけど、このままじゃ……。とにかく、早くお父さんを救け出して」

努が縋《すが》るような眼差《まなざ》しを向けてきた。

「ああ、わかった。きみは、もう寝たほうがいいな。今夜はサトさんが泊まってくれると言ってたから、安心して眠るんだね」

「眠れないかもしれないけど、ぼく、自分のベッドに入るよ」

「そうしてくれないか」

反町は努に言って、梅川サトに声をかけた。

努はサトとともに、二階に上がっていった。

反町は食堂に移った。藤巻と唐沢が何か言い交わしていた。

「お待たせしてしまって、申し訳ない」

反町は唐沢に詫《わ》び、藤巻のかたわらに腰かけた。と、唐沢が口を開いた。

「努君、少し落ち着いたようですね？」

「そうみたいだな」

「反町さん、努君の母親を呼んだほうがいいんじゃないっすか？」

藤巻が口を挟んだ。

「もう少し様子を見てからにしよう。そのほうがいいと思うよ」

「しかし、努君、心細いでしょ？」

「それはな。しかし、もう十一歳なんだ。五つや六つの子供じゃない。何かに耐《た》えることも必要だろう」

反町は言った。

藤巻が同調して、ラッキーストライクをくわえた。反町は唐沢に顔を向けた。

「杉本雅美さんとは、どのくらいの仲だったのかな？」

「丸三年のつき合いでした。知り合ったころ、どちらも『週刊トピックス』で仕事をしてましてね。一緒に組んで、大都会の空洞地帯というルポをやったことがきっかけで、なんとなく親しくなったんですよ」

「どちらも社会派だったようだな」

「からかわないでください。雅美にも、ぼくにも、そんな気負《きお》いなんかありませんでしたよ。ただ、二人ともパンを得るだけの生き方は面白くないと思ってたんです」

「立派なもんだな。こっちは金と女のことしか頭にない」

「なんだかからかわれてるようだな」

唐沢が苦く笑った。

「話が脱線したね。報道によると、杉本さんはこの春先から頻発《ひんぱつ》してる国会議員秘書の襲撃事件を取材してたとか？」

「ええ、そうなんです。雅美は一連の事件に何かとてつもない陰謀が隠されてると睨《にら》んで、被害者の周辺を洗ってたんですよ」

「それで、何か摑んだのかな？」

反町は煙草に火を点けた。

「具体的なことは教えてくれませんでしたけど、もう少し裏付けが固まったら、総合月刊誌の『現代公論』の編集長に会いに行くつもりだと言っていました」

「もしかすると、杉本さんはメールかファクスで『現代公論』の編集部に企画のアウトラインぐらいは伝えてたんじゃないのかな」

「ぼくもそう思いまして、昼間、編集部に行ってみたんですよ。しかし、雅美が企画を売り込んだという事実はありませんでした」

唐沢が言って、冷《さ》めた日本茶を啜《すす》った。藤巻が短くなったアメリカ煙草の火を消し、生《なま》欠伸《あくび》を嚙み殺した。

「そう。しかし、杉本さんの取材メモや録音音声、それから写真データなんかが高円寺の自宅にあると思うんだがな」

「ぼくも、そんな気がしたんですよ。で、預かっていた合鍵《あいかぎ》で彼女の部屋に入って、そういう物がないかと探してみたんです。ですが、それらしき物は何もありませんでした」

「警察が捜査資料として持ち出したか、杉本さん自身が身に危険を感じて、どこかに移したのかもしれないな」

反町はマールボロの火を揉《も》み消した。

「ぼくは後者だと思っています。雅美は半年ぐらい前、高円寺の商店街で擦《す》れ違った男に傘の先で胸を刺されそうになったことがあるんですよ。それ以来、彼女は見えない敵にとても神経質になっていました」

「なら、杉本さんが録音音声や写真データをどこかに保管してる可能性はありそうだな」

「ええ」

「傘で刺されそうになったとき、杉本さんはどんな事件を追ってたんだろう？」

「大手の製薬会社が副作用の強い制癌剤《せいがんざい》の試薬を都内のホームレスに金をやって、かなりの量を服用させてたという事件です」

唐沢が答え、急に目頭《めがしら》を押さえた。恋人の無残な死が痛ましく思えたのだろう。

反町は口を閉じ、唐沢の顔から目を逸《そ》らした。慰《なぐさ》めの言葉は、ほとんど無力だ。相手の肩を無言で叩《たた》くのも、どこかスタンドプレイめいている。

「すみません」

「いいんだ。人体実験をしてたっていうのは？」

「服部《はっとり》製薬です」

「大手も大手だな。杉本さんは、その事件の裏付《ウラ》けはどこまで……」

「かなりの証拠を押さえてたと思います。雅美の話によると、服部製薬の総務部長が彼女に接触してきて、証言音声を二千万円で譲ってほしいと言ったそうです」

「それが事実なら、服部製薬は未認可の新薬の人体実験をやってたんだろう」

「ぼくも、そう直感しました。で、いろいろ調べて、総務部長の名がわかったんです。市《いち》村義男《むらよしお》という名でした。明日にでも、市村部長に会ってみるつもりです」

唐沢が言った。

「そいつは無駄だと思うな。詰問《きつもん》したところで、事実を明かすわけない」

「しかし……」

「早く犯人を突き止めたいという気持ちはわかるが、杉本さんが押さえた証拠を見つけ出さなきゃ、告発の仕様がないよ」

反町は言いながら、手帳に服部製薬の総務部長の名を書き留めた。

「そうでしょうか」

「ああ。杉本さんは議員秘書襲撃事件の取材にかかりっきりだったの？」

「いいえ。その事件と並行して、雅美は大掛かりな恐喝事件の噂《うわさ》も調べていました」

唐沢が言って、また茶を啜った。

「その話をもう少し詳しく話してもらえないか」

「はい。雅美は業界誌の記者をよくニュースソースにしてたんですが、メガバンク、巨大商社、パチンコの業者団体なんかが、正体不明の恐喝組織にそれぞれ十億円前後の巨額を脅し取られたらしいという噂をキャッチしたのですよ。それで、その噂の真偽を確かめてたんです」

「何かわかりかけてたのかな？」

「耳にした噂は、どれも事実のようだと言っていました」

「どんな弱みで、メガバンクや商社は謎《なぞ》の恐喝組織に強請《ゆす》られたんだろう？」

反町は自問した。

「雅美は断片的なことしか話してくれなかったのですが、京和《きょうわ》銀行神田《かんだ》支店の支店長が愛人の女子行員と結託して、オンラインの操作で他支店の金を横領したらしいんですよ」

「あり得る話だな」

「京和銀行はその二人を解雇したらしいんですが、刑事事件にはしなかったそうです」

「そりゃ、そうだろうな。身内の恥を世間に知られるのは、何かとまずいからね」

「ええ。丸菱《まるびし》商事や五井《ごい》物産など大手商社五社はODA資材調達の入札を巡る談合の事実を材料《ネタ》に、それぞれ恐喝組織に十億円前後の金を毟《むし》られたみたいですよ」

「巨大商社は大儲《おおもう》けしてやがるから、同情する気になれないな」

「そうですね。それからパチンコ業者たちは警察OBの天下《あまくだ》りを期待して、キャリアに現金を掴ませたり、その家族を海外旅行に招待してたらしいんですよ」

唐沢が少し言いにくそうに言った。話の成り行きから、反町は元SPだったことを彼に話していたのだ。

「その話は事実だろうな。そういうことは、昔からあった」

「そうなんですか」

「恐喝組織については、どうなんだろう?」

反町は、また煙草に火を点けた。

「組織については、まだ尻尾《しっぽ》も摑んでいないと言ってました」

「そうか。脅迫された相手から察して、ただのごろつき集団じゃなさそうだな」

「かもしれませんね」

「杉本さんは、あちこちの藪《やぶ》を派手につついたようだから、蝮《まむし》が何匹も鎌首《かまくび》をもたげたんじゃないか」

「確かに犯人を絞り込みにくいですね」

唐沢が唸るように言った。

「杉本さんの両腕をわざわざ切断したのは、異常者の犯行に見せかけたかったんだろうな」

「ええ。レイプされてなかったそうだから、猟奇殺人ではないんでしょうね」

「遺体は、いま、どこに?」

「所沢《ところざわ》の実家に安置されています。きょうが通夜なんですよ。これから、ぼくは雅美の実家に行くつもりです」

「忙しいところを引き留めてしまって、悪かったね。もう二、三、訊きたいんだ。杉本さんは、井手氏とどこで会ったんだろう？」

「それは、わかりません。雅美の名刺整理帳に井手さんの名刺が入ってたんですよ。雅美からは何も聞いていませんでした。実を言いますと、最初は井手さんが丸菱商事あたりの交渉人かと思ったんですが、あの人は弁護士じゃありませんので、そういうことはあり得ないと……」

「井手氏が交渉人とは考えにくいね。杉本さんから、水谷麻理という女性のことを聞いたことは？」

反町は問うた。

「誰なんです、その方は？」

「杉本さんの大学の同期生で、井手氏の愛人だよ」

「それじゃ、雅美はその女性に井手さんを紹介されたんじゃないのかな。多分、雅美はどこかで、井手さんたち二人に偶然に会ったんでしょう」

「そうだったのかもしれないね」

「申し訳ありませんが、ぼくはこのへんで失礼させてもらいます」

唐沢がソファから腰を浮かせた。

反町は煙草の火を消し、玄関先まで見送った。食堂に戻ると、梅川サトと藤巻が何か小声で話していた。

「努君、いま、眠ったそうっす」

「そうか。藤巻ちゃん、もうしばらくここにいてほしいんだ」

「出かけるんですか？」

「ああ。知り合いの刑事に、井手氏の捜索をこっそり頼んだんだよ。小《こ》一時間で戻るから、それまで代役を頼むな」

反町は藤巻に言って、大急ぎで玄関を飛び出した。

あと数分で、十一時だった。警視庁組対部の力石正則とは、十一時に神楽坂《かぐらざか》のスナックで落ち合うことになっていた。力石の馴染《なじ》みの店だった。

反町はボルボを疾駆させた。

待ち合わせた店に着いたのは、十一時十五分ごろだった。巨体の力石は、カウンターの奥でビールを傾けていた。

小さな店だった。テーブル席は二つしかない。常連客が五、六人いるだけだ。

反町は遅れたことを詫《わ》び、力石の横に腰かけた。

力石はにこやかに笑い、無口なマスターに新しいグラスを催促《さいそく》した。反町はグラスにビールを受けた。飲酒運転することになるが、まったく気にしなかった。ほとんど疚《やま》しさも感じていない。

一気に飲み干すと、力石がすぐにグラスを満たした。

「小豆色のワンボックスカーの所有者は？」

反町は酒棚を眺めながら、小声で訊いた。

「経友会《けいゆう》という総会屋事務所の車でした。暴力団直系の総会屋です。関東一心会《かんとういっしん》関口《せきぐち》組の組長の長男の関口保《たもつ》が代表者になってます。事務所は、ここです」

力石が箸袋《はしぶくろ》を横に滑らせた。住所は新宿区歌舞伎町《しんじゅくかぶきちょう》一丁目だった。

「事務所は、関口組の縄張り《シマウチ》内にあるんだろう？」

「そうです。しかし、関口保は一見、商社マン風で、筋者《すじもの》には見えません。年齢は四十四歳です。残念ながら、井手氏との関係は掴めませんでした」

「充分だよ。面倒かけたな」

反町は箸袋を上着のポケットにしまい、マスターにビールの追加を頼んだ。ついでに、数種のオードブルも注文する。

「警察学校で同期だった奴が新宿署にいますので、関口保を何か引きネタで、しょっぴかせましょうか？」

「いや、別件でしょっぴくのはよそう。明日、おれが経友会を探ってみるよ」

「そうですか」

力石がビールを半分ほど呷《あお》って、ハイライトをくわえた。引きネタとは別件逮捕のことだ。

「杉本雅美の事件《ヤマ》のほうは、どうだった？」

「捜査本部は、この春からの国会議員秘書襲撃事件を洗い直してるようです。それから、流しの犯行の線もまだ捨ててないみたいですよ」

「死体検案書を覗くチャンスはなかった？」

「ええ。やっぱり、無理でした。でも、被害者は電気の延長コードで絞殺《こうさつ》されたそうです」

「死亡推定時刻は？」

「きのうの午前二時から四時の間らしいですよ」

「おれが死体《ロク》を発見する数時間前だな。両腕を切断されたのは？」

「遺棄される寸前に特殊大型カッターで一気に切り落とされたんじゃないかと見てるようです」

「犯人の物と思われる遺留品《リュウ》は？」

反町は問いかけた。

「遺棄現場には遺留品《リュウ》はなかったそうです。ただ、杉本雅美の頭髪の中から、姫沙羅《ひめしゃら》の病葉《わくらば》の欠片《かけら》が出てきたらしいんですよ」

「おれ、植物に弱いんだ」

「自分も同じです。それで、ちょっと調べてみたんですよ。姫沙羅はツバキ科の落葉喬《きょう》木《ぼく》で、高原なんかに自生してるらしいんです。葉っぱは楕円《だえん》形で、夏には白色五弁の花をつけると記述されていました。樹皮は赤黄色で、滑《なめ》らかだそうです」

「珍しい樹木なのか？」

反町は手酌《てじゃく》でビールを注《つ》いだ。

「いいえ、それほど珍しくはないと思います。高原の林には、たいてい生《は》えてるようですんでね。ただ、清水谷公園にはないようですが……」

「それなら、杉本雅美は姫沙羅の樹木のそばで殺《や》られたんだろう」

「ええ、おそらくね。特殊な植物や土砂、それから昆虫の死骸《しがい》なんかが遺体に付着してたというのなら、殺害現場をかなり絞り込めるんでしょうけど」

力石が無念そうに言った。

「そうだね。姫沙羅はどの林にも見られるというんじゃ、その線から犯人に行きつくのは難しいだろう」

「ええ。井手の拉致《らち》事件と杉本雅美の殺害は、どう結びついてるんです？」

「結びついてるかどうかは、まだわからないんだよ。ただ、杉本雅美は井手と面識があるようなんだ。雅美は、井手の名刺を持ってた」

「そうなんですか。それなら、二つの事件《ヤマ》はどこかでリンクしてるのかもしれませんね」

「おれは、そう睨んでる。まあ、飲んでくれ」

反町は力石のグラスにビールを満たし、注文した酒肴《しゅこう》を勧めた。

依頼人父子のことが気掛かりだったが、調査の協力者にあまり素《そ》っ気《け》ない態度も取れなかった。力石には、引きつづき情報集めをしてもらうつもりだった。

3

悪い予感が消えない。

反町は妙に落ち着かない気持ちで、ボルボXC60の車体に凭《もた》れていた。井手宅のカーポートだ。翌日の正午前である。昨夜、三人組の男に拉致された井手貢の消息は不明のままだった。

もう依頼人は始末されてしまったのではないのか。数時間前から、そんな禍々《まがまが》しい思いが反町の胸を領《りょう》していた。

玄関の重厚なドアが開き、藤巻がポーチの石段を降りてくる。

瞼が腫《は》れぼったい。気のいい貧乏探偵は努に同情し、きのうの晩、井手家に泊まったのだ。藤巻が庭を斜めに横切り、反町の前で足を止めた。

「そっちまで、おれにつき合うことはなかったのに」

反町は先に声を発した。

「そうなんすけどね」

「マーロウの決め台詞《ぜりふ》を忠実に見倣《みなら》ったってわけか。タフじゃなければ生きられない、優しくなければ生きている価値がない。確か、そんな台詞だったよな？」

「そこまでマーロウを気取ったわけじゃないんすけど、努って子を見てたら、帰るに帰れない気持ちになっちゃったんすよ」

「芝大門のマンションに帰っても、どうせゴキブリしか待ってないもんな」

「そこまで言うことはないでしょっ」

藤巻が口を尖《とが》らせた。

「おれは根が正直なんでな。だから、言葉を飾るのが下手《へた》なんだよ」

「ただ、口が悪いだけでしょうが！　それより、何なんすか？　庭に呼び出したりして」

「努はサトさんがきょうも面倒見てくれるって言ってるから、藤巻ちゃんには下請け仕事をやってもらいたいんだ。日当五万円出すよ」

「何をやればいいんす？」

「服部製薬の市村義男って総務部長の弱みを何か摑んでもらいたいんだ。それから、ついでに丸菱商事か五井物産の役員の誰かの弱点を押さえてくれないか」

「なぜ、そんなことを？」

「きのう、唐沢という男が言ってただろう、杉本雅美が大掛かりな恐喝事件も調べてたって」

反町は言った。

「ええ、言ってましたね。なるほど、そういうことっすか。いいっすよ、おれ、やります」

「経費込みで、六、七万渡してやろう」

「金は、後払いでいいっすよ。前の分が、まだ残ってるんで」

「そうか」

「おれ、このまま調査に出ます」

藤巻が自分の車に乗り込んだ。

反町は、依頼人の家の中に戻った。サトと努がダイニングテーブルに着いて、トランプ遊びをしていた。〝神経衰弱《しんけいすいじゃく》〟だった。

「お父さんを捜《さが》しに行ってくるから、サトさんを困らせるなよ」

反町は努に声をかけた。

「お父さん、どこに閉じ込められてるの？」

「そこまではわからないんだが、ちょっと思い当たる所があるんだ」

「そう。おじさん、お父さんを絶対に連れ戻してよね」

努が涙を堪《こら》えながら、くぐもり声で言った。

反町は黙ってうなずき、目顔でサトに努のことを頼んだ。サトは無言で顎《あご》を引いた。反町は玄関に急いだ。

ボルボで新宿に向かう。新宿区役所の裏通りに車を駐めたのは数十分後だった。

関東一心会関口組の事務所は、歩いて数分の場所にある。細長い六階建ての白い建物は自社ビルのようだ。

表玄関のプレートには、関口商事、関口リース、関口重機などという社名が並んでいる。経友会は六階にあった。

組の代紋《だいもん》は、どこにも掲《かか》げられていない。暴力団対策法をきちんと守っているようだ。

しかし、見る人が見れば、すぐに暴力団の牙城《がじょう》とわかるだろう。

防犯カメラが三台も設置されていた。その上、ビルの前には誇らしげに二台のメルセデス・ベンツが駐めてあった。

反町は無防備にはビルに近寄らなかった。

ビルの斜め前にある月極《つきぎめ》駐車場に入った。好景気のころに地上げされたビル用地だったのではないか。

二十台ほどの車がパークされていた。管理の者はいなかった。何気なく奥の方を見ると、黒いセレナが目に留《と》まった。

きのう、努はあの車に乗せられたのかもしれない。

反町はセレナに近づいた。車内を覗き込むと、助手席に書類袋が無造作に置いてあった。経友会という文字が印刷されていた。

やはり、井手を拉致したのは経友会の連中らしい。

反町はセレナから離れ、道路側のフェンスに歩み寄った。

車の陰に屈《かが》み込み、関口組のビルの表玄関を注視しはじめる。

それから十分ほど経ったころ、上着の内ポケットの中でスマートフォンが震えた。マナーモードにしてあったのだ。反町は素早くスマートフォンを耳に当てた。

「昨夜は、すっかりご馳走になっちゃって」

力石だった。

「いや、こっちこそ、悪かったな」

「反町さん、驚かないでください。二十分ほど前に多摩《たま》川の河川敷《かせんしき》で井手貢の血塗《ちまみ》れの上着が発見されました」

「なんだって⁉　で、場所は？」

「大田《おおた》区の西六郷《にしろくごう》です。河口に近い場所です」

「西六郷なら、よく知ってるよ」

「反町さんは大森《おおもり》育ちでしたもんね。背広は六郷橋から数百メートル上流付近で見つかったんです。近所の老人が散歩中に見つけて、一一〇番したようです」

「上着のポケットに、井手貢の名刺入れがあったのかな？」

　反町は訊いた。

「ええ、それから運転免許証もね。井手は河川敷で頭かどこかを鈍器《どんき》で殴打され、多摩川に投げ込まれたんじゃないでしょうか？」

「遺体《ホトケ》は？」

「まだ発見されていません。現在、蒲田《かまた》署と東京空港署が合同で捜索中だそうです」

「そうか」

「井手が殺されたとしたら、犯人も大胆ですよね。被害者《マルガイ》の身許がわかるものをそのままにして逃走したわけですから」

「そうだな」

「経友会の踏んだ犯行《ヤマ》でしょうね？」

　力石が言った。

「おそらく、そうだろうな。しかし、なぜ殺さなきゃならなかったのか？」

「確かに、動機がどうもはっきりしませんね。もしかしたら、井手は何かとんでもない悪さをしてたんじゃないのかな」

「悪さ？」

反町は訊き返した。

「ええ。井手は公認会計士ですので、顧問先の経理面での不正をいろいろ知ってたんじゃないですか」

「そうだろうな」

「その気になれば、顧問先を脅迫できますよね」

「井手に脅された企業が総会屋の経友会に殺しを依頼したかもしれない？」

「そう考えるのが、いちばん自然でしょ？」

力石が言った。

「おまえの筋読みが間違ってるとは言わないが、おれは河川敷に井手の名刺入れや運転免許証が遺《のこ》されてたことが、どうも釈然《しゃくぜん》としないんだよ。なんか作為的な気がするじゃないか」

「ええ、確かにね」

「まだ遺体が収容されたわけじゃないんだ。井手が殺されたと断定するには早すぎるな」

「そうですね」

「力石、何か新しい情報が入ったら、また連絡してくれないか」

反町は先に電話を切った。

スマートフォンを上着の内ポケットに戻し、マールボロに火を点ける。

ワンボックスカーの三人組の誰かが現われたら、痛めつける気でいた。反町は老猟師になったような気持ちで、獲物を待ちつづけた。

張り込みに最も必要なのは愚直なまでの忍耐力だった。

反町は煙草をひっきりなしに喫いながら、時間を遣り過ごした。退屈しのぎに、何度か和香奈のマンションに電話をかける気になった。

そのつど、反町は自分を叱《しか》りつけた。

そうした気の緩《ゆる》みは禁物だった。スマートフォンの数字ボタンをタップしている隙に、獲物が関口組のビルに出入りするかもしれなかった。

張り込んでいるうちに、次第に尿意《にょうい》が募《つの》ってきた。いつしか午後四時を過ぎていた。

立ち小便をしようとしたとき、六階建ての細長いビルから見覚えのある男が出てきた。

昨夜の口髭をたくわえた男だった。右のこめかみに、青黒い痣《あざ》が見える。スリングショットの弾を受けた箇所《かしょ》だろう。

男は白っぽいスーツを着ていた。上着の下には、橙 色《だいだいいろ》の地に派手な模様の入ったプリントシャツを着込んでいる。

口髭の男は茶色の葉煙草《シガリロ》をくわえたまま、さくら通りの方にゆっくりと歩きだした。

反町はスラックスのファスナーを引っ張り上げ、自然な足取りで月極駐車場を出た。一定の距離を保ちながら、口髭の男を尾行していく。

さくら通りの両側には、各種の風俗店が連なっている。ファッションマッサージの店が大半で、個室ビデオの店、女装クラブ、ランジェリーパブ、お見合いパブ、キャッチバーなどが飛び飛びに並んでいた。

口髭を生やした男は、さくら通りの外れにある古ぼけた雑居ビルの中に入っていった。テナントは、消費者金融のオフィスばかりだった。関口組直営の店があるのだろう。五階建てだったが、エレベーターはない。

反町はビルの中に入った。口髭の男は早くも階段を上がりはじめていた。尾行に気づいた様子はなかった。それでも反町は警戒心を捨てなかった。男の後ろ姿が見えなくなってから、初めてステップに足を掛けた。

各階の途中に踊り場があった。ステップを半分昇ると、体の向きを変えることになる。口髭の男の姿が三階で急に掻き消えた。尾行に気がつき、組関係の事務所に逃げ込んだのか。

反町は少し焦った。

だが、気を揉むこともなかった。男は三階の共同トイレにいた。トイレは各階にあったが、男女兼用だった。男性用小便器は二つあるが、大便用のブースは一つしかない。

口髭の男は鼻歌を歌いながら、気持ちよさそうに用を足している。後ろ向きだった。男のほかには、誰もいなかった。

反町はあたりに人目がないのを見届けてから、ベルトに挟んだ高圧電流銃《スタンガン》を引き抜いた。

足音を殺して、男の背後に迫る。男が小便の雫《しずく》を切り、スラックスの前を整えた。

反町は素早く電極を男の首筋に押し当て、スイッチボタンを押した。

鈍《にぶ》い放電音と男の短い叫びが重なった。

個人差もあるが、強力な高圧電流を体に通されると、たいがい十数秒で昏倒《こんとう》してしまう。女性用の護身用スタンガンはわずか数万ボルトの物が多い。その程度では、相手が体に痺《しび》れを感じるだけだ。

口髭を生やした男の腰が砕《くだ》けた。

沈み込むように尻をタイルの上に落とした。白目を剝《む》いていた。反町は、ついでに排尿した。

ここで締《し》め上げるわけにはいかない。反町は高圧電流銃を腰に戻し、気を失った男を肩に担《かつ》ぎ上げた。男は丸腰だった。

トイレから階段をうかがう。人気《ひとけ》はなかった。

反町は男を肩に担いで、最上階まで駆け上がった。屋上に通じる非常扉は、ロックされていなかった。

屋上には、給水塔があるきりだった。

左右の建物は、このビルよりも低い。正面のビルは十数階建てだが、給水塔の陰に入れば、窓から見られることはないだろう。

反町は非常扉を後ろ手に閉め、口髭の男を給水塔の陰に投げ落とした。

床面はコンクリートだった。男が痛みで、意識を取り戻した。

「いつも拳銃を持ち歩いてたほうがいいんじゃないか」

反町はからかって、半身を起こした男の顎を蹴《け》りつけた。鋭い蹴りだった。

男が後頭部を給水塔の鉄骨の下部に打ちつけ、横倒しに転がった。

反町は片膝をつき、大きな手を男の顎に掛けた。一気に顎の関節を外す。骨が軋《きし》んだ。

口髭の男は言葉にならない声をあげながら、被弾した獣《けもの》のように転げ回った。

反町は薄く笑って、男の脇腹を十回近く蹴った。男は血反吐《へど》を撒《ま》き散らしながら、のたうち回った。

反町は、無法者には手加減しない主義だった。先に容赦なく痛めつけ、後でゆっくりと口を割らせることにしていた。

男がぐったりとなった。口からは、血の混じった涎《よだれ》を垂れ流しつづけている。

反町は、男の顎の関節を元通りにした。唾液《だえき》で汚れた手を男の白っぽい上着の裾《すそ》で丹念に拭《ぬぐ》う。

「て、てめえは……」

口髭の男が喘《あえ》ぐように言った。

「名前は？」

「忘れたよ」

「なめるな」

反町は特殊短杖を引き抜き、先端を男の眉間に向けた。ほとんど同時に、ワンタッチボタンを押す。

勢いよく伸びた杖先《つえさき》が、男の眉間をまともに叩いた。男が呻き、また転げ回った。

「名前を言え！」

「須貝《すがい》だよ」

男が唸りながら、弱々しく言った。

「関口組の組員で、経友会の仕事をしてるんだなっ」

「そ、そうだよ」

「井手貢をどうした？」

「兄貴のマンションに連れてった。その後のことは、おれたち三人は知らねえんだ」

「兄貴って、誰のことだっ」

反町は畳みかけた。

「それは勘弁《かんべん》してくれ。兄貴の名を出すわけにはいかねえよ」

「しぶといな。おまえの歯を一本ずつ叩き折ってやろう」

「やめてくれーっ。営業部長の駒崎《こまさき》の兄貴だよ」

「その駒崎って野郎が西六郷で井手を始末したのか？」

「知らねえよ、そんなことは。おれたちは兄貴に言われて、井手って奴を押さえただけだから。嘘《うそ》じゃねえって」

　須貝が言った。

「井手の息子を赤羽のフリースクールから連れ出したのは誰なんだっ」

「それは、兄貴自身だと思う」

「セレナは経友会の車なのか？」

「ああ、社長の名義になってるがな」

「駒崎は、いま、どこにいる？　経友会の事務所か？」

「いや、事務所にはいねえよ」

「それじゃ、どこにいるんだっ」

「多分、女のところだと思うが……」

「その女の家《ヤサ》は、どこにある？」

　反町は矢継《やつ》ぎ早《ばや》に訊いた。

「四谷《よつや》だよ」

「立て」

「えっ⁉」

須貝が肘で体を支え起こした。

「駒崎の女のとこに案内するんだっ」

「そんなことしたら、おれは駒崎の兄貴に殺《や》られちゃうよ。マンションの名前と部屋を教えるから、もう赦《ゆる》してくれねえか」

「おまえをここで放したら、駒崎に連絡するだろうが！」

「兄貴には何も言わねえよ。喋ったら、おれが失敗《ドジ》踏んだことがわかっちまうからな」

「血を拭《ふ》け」

反町は自分のハンカチを須貝の腹の上に落とした。須貝が口許や上着の血糊《ちのり》を拭って、のろのろと立ち上がった。

「逃げようとしたら、ぶっ殺すぞ！」

反町は威《おど》して、須貝のベルトをむんずと摑んだ。

須貝は悪態《あくたい》をつきながらも、おとなしく歩きだした。反町は、ほくそ笑《え》んだ。

4

エレベーターが停止した。

十階だった。須貝はホールに降りようとしない。

反町は膝頭《ひざがしら》で、須貝の尾骶骨《びていこつ》を思うさま蹴った。骨と骨がぶつかる。

須貝が息を詰まらせ、その場に屈みそうになった。

反町は須貝の背を押した。須貝はつんのめるような恰好でエレベーターホールに降りた。首の後ろが赤い。軽い火傷《やけど》だ。

四谷のこのマンションの前まで、反町は須貝にボルボを運転させた。自分は、須貝の真後ろに坐《すわ》った。須貝は赤信号に引っかかるたび、車の外に逃《のが》れようとした。

反町は少しも慌てなかった。冷笑して、須貝の首に高圧電流銃《スタンガン》の電極を短く当てた。数秒だった。それ以上、電極を長く当てていたら、運転できなくなるだろう。

「いい加減に諦めろ」

反町は、須貝の肩を強く突いた。

須貝は険しい顔をしたが、何も言わなかった。不貞腐《ふてくさ》れた表情で長い廊下を進む。

立ち止まったのは一〇〇五号室の前だった。

「インターフォンを押せっ」

「わかったよ。くそっ」

「駒崎にどうしても会いたいって言え。いいな！」

反町は須貝に小声で命じ、玄関ドアの横の壁にへばりついた。

ドア・スコープには映らない位置だった。反町は高圧電流銃をベルトの下に差し込み、特殊短杖を握った。

先端を須貝の左目のあたりに向ける。ワンタッチボタンを押せば、須貝の眼球は潰《つぶ》れることになる。須貝が厭《いや》な顔をして、インターフォンを鳴らした。

ややあって、スピーカーから若い女の声が流れてきた。

「どなた？」

「須貝です。駒崎の兄貴に大事な話があるんですがね」

「いま、お風呂に入ってるのよ」

「ちょっと待たせてもらえないですか？」

「いいわ。いま、ドアを開ける」

「悪いっすね」

須貝が口の中で呟いた。

室内でスリッパの音が響き、金モールのあしらわれた青い玄関ドアが開けられた。反町は須貝の後ろ襟《えり》を摑み、玄関口に躍り込んだ。

「何よ、あんたっ」
二十六、七歳の女が詰《なじ》った。
化粧が厚い。派手なブラウスに、黒のミニスカートという組み合わせだった。

「大声出すと、そっちは死ぬことになるぞ。この棒の先には、毒針が仕込んであるんだ」

「ええっ」

「ちょっと駒崎に用があるだけだ」

反町は須貝を押し、土足で玄関ホールに上がった。すると、女が抗議した。

「靴ぐらい脱いでよっ」

「麗華《れいか》さん、逆らわねえほうがいいですよ。この野郎、クレージーだから」

須貝が女をなだめた。女は不服そうだったが、もう何も言わなかった。

反町は、須貝と女を忍び足で歩かせた。

浴室は玄関ホールから、少し離れた場所にあった。シャワーの音は聞こえなかった。

短い廊下を進むと、リビングにぶつかった。

その右手に洋室、左手に和室があった。反町は麗華にテレビを点けさせた。かなりの音量にさせてから、須貝の額を特殊短杖で強打した。

須貝は頽《くずお》れた。水を吸った泥人形のような崩れ方だった。

「何する気なのよ！」

「そっちは黙っててくれ」

反町は麗華に言って、須貝の首筋に高圧電流銃を長く押し当てた。

須貝は痙攣《けいれん》しながら、俯《うつぶ》せになった。ほどなく意識を失った。

反町は須貝の腰のベルトを引き抜いた。それで、須貝の両手首を後ろ手に縛る。

「あんた、どこの組の人なの？」

「こっちはヤー公じゃない」

「でも、堅気《ネス》がこんなことできないわ」

「少し黙っててくれ」

反町は麗華に言って、気絶した須貝を長椅子の陰に引きずり込んだ。それから彼は、麗華を奥の寝室に押し込んだ。

ダブルベッドの寝具は乱れていた。

室内の空気も腥《なまぐさ》い。少し前まで、麗華は駒崎に抱かれていたのだろう。

「あんた、駒崎に何か恨みでもあんの？」

「いや、個人的な恨みはない。ちょっと訊きたいことがあるだけだ」

「そうなの」

「悪いが、服を脱いでくれ」

反町は言った。

「あ、あたしをどうする気なの⁉」

「そっちが逃げられないようにしたいだけだ。悪さはしない」

「ほんとに？　あんた、何者なのよ⁉」

麗華が浴室の方に走ろうとした。駒崎に救いを求める気になったらしい。

反町は特殊短杖のワンタッチボタンを押した。伸縮式の短杖が、麗華の顔の前で勢いよく伸びた。麗華が短い悲鳴をあげ、立ち竦《すく》む。

「素直に脱がないと、強力な電流を……」

反町は、麗華をベッドの際《きわ》まで連れ戻した。

麗華がブラウスのボタンを外しはじめた。

女好きの反町は視線を外すことができなかった。麗華がブラウスを脱いだ。ブラジャーはしていなかった。乳房は、びっくりするほど大きかった。まさに巨乳だった。

麗華はミニスカートとパンティーを一緒に腰から引き剝《は》がした。

繁みはハート形に刈り込まれていた。砂時計のような体型だった。肌の色は、あまり白くない。

反町は麗華をダブルベッドに俯せにさせた。麗華は夜具で裸身を覆い隠そうともしない。反町は口の端を歪《ゆが》め、壁際《かべぎわ》にある籐《とう》の寝椅子《カウチ》に腰を下ろした。

煙草が喫いたくなったが、我慢することにした。何気なくベッドの人質に目をやると、麗華は張りのある尻をもぞもぞと動かしていた。妖《あや》しい蠢《うごめ》きだった。

どうやら秘めやかな場所をフラットシーツに擦《こす》りつけて刺激しているようだ。小ぶりな西瓜《すいか》ほどの乳房も、平たく潰れている。上半身も小さく揺れていた。

顔は長い枕に埋まっていた。横向きだった。顔は反町とは反対側に向けられている。

反町は裸女を眺めつづけた。

そんなときだった。腰にバスタオルを巻いた裸の男が寝室に入ってきた。

眉の上に小豆大の疣《いぼ》があった。駒崎だろう。中背だが、体は引き締まっていた。首に金色のネックレスをぶら下げている。

「てめえ、そこで何してやがるんだっ」

男が声を張った。麗華が逃げようとした。

反町は寝椅子の上に置いてあった特殊短杖を摑み上げ、麗華の肩口を軽く打ち据えた。かなり手加減したつもりだったが、麗華は肩からカーペットに転がった。

「経友会の駒崎だな！」

「なんで、おれの名を知ってるんだ⁉」

駒崎が後ずさり、急に身を翻《ひるがえ》した。

裸では外に出られない。居間に何か武器になる得物《えもの》を取りにいったのか。麗華の部屋に、銃か日本刀でも置いてあるのかもしれない。

反町は寝椅子から立ち上がり、麗華を摑み起こした。

その直後、駒崎が寝室に戻ってきた。

女性用のゴルフクラブを手にしていた。アイアンだった。

「あんた、この男をやっつけて。こいつね、あんたを殺して、あたしをレイプする気だったんだと思う」

麗華が駒崎をけしかけた。

駒崎が、みるみる怒りの色を深めた。細い三白眼《さんぱくがん》は血走っていた。

救いようのない女だ。反町は麗華の足を払った。麗華が棒のように床に転がった。

「この野郎、頭《ペテン》をぐちゃぐちゃにしてやる」

駒崎がゴルフクラブを上段に振り被って、そのまま突進してきた。

隙だらけだった。剣道三段の反町は、こころもち足を開いたきりで、まだ特殊短杖をだらりと下げていた。その気になれば、機先を制することもできた。しかし、あえて仕掛けなかった。相手を翻弄《ほんろう》する気になったのだ。

「くたばれ！」

駒崎がアイアンを頭上から振り下ろした。

反町は、わずかに横に動いた。跳んだわけではない。ダンスのステップを踏むような歩《ほ》捌《さば》きだった。

空気が裂《さ》けた。

ゴルフクラブがまともに床に叩きつけられ、ヘッドが弾《はず》んだ。駒崎が呻く。手に、痺れが伝わったのだろう。

反町は短杖を横に払った。

駒崎の脇腹が重く鳴った。反町は相手の右腕を叩き、わざと離れた。駒崎が落としたアイアンを拾い上げ、体の向きを変えた。

二人の位置が入れ替わった。

「ほんとに叩っ殺してやるっ」

駒崎が息巻き、アイアンを中段に構えた。

反町は短杖を槍《やり》のように、まっすぐ突き出した。挑発だった。

予想通り、駒崎がクラブを水平に閃《ひらめ》かせた。すでに反町は短杖を引き戻していた。駒崎は勢い余って、背を見せる形になった。

反町は、駒崎の右耳の下に短杖を叩きつけた。

そこは急所だった。駒崎は左肩から床に倒れた。麗華に覆い被さるような恰好だった。

麗華は薄情にも尻で後方に退《さ》がった。

駒崎はベッドの脚《あし》に腰を打ちつけ、長い唸り声を放った。反町は攻撃を急がなかった。

駒崎がアイアンを杖にして、起き上がった。

反町はゴルフクラブを払い倒した。支えを失った駒崎がよろけた。反町は、駒崎の前頭部に短杖を垂直に振り下ろした。

駒崎が動物じみた声をあげ、床に腰を落とした。

反町は、相手の胸に短杖をめり込ませた。駒崎が仰向《あおむ》けに引っ繰り返った。バスタオルが外れた。黒光りしている男根は、すっかり縮み上がっていた。

反町は特殊短杖を縮め、ゴルフクラブを掴み上げた。

「井手の息子をフリースクールから連れ去ったのは、おまえだなっ」

「井手って、誰なんだ？」

駒崎が呻きながら、問い返してきた。

「時間稼ぎはさせないぞ。さっき、須貝を痛めつけたんだよ。須貝はリビングの長椅子の後ろに転がってる」

「あいつを殺《や》ったのか⁉」

「高圧電流銃《スタンガン》で動けなくされただけよ」

麗華が反町より先に言った。

「須貝の奴、しくじりやがって」

「昨夜《ゆうべ》、西六郷の河川敷で井手貢を始末して多摩川に投げ込んだのか？」

「なんのことか、さっぱりわからねえな」

「まだ粘《ねば》る気か。いま、喋りたくなるようにしてやる」

反町はアイアンで、駒崎の膝頭を砕いた。手加減はしなかった。

狙ったのは左膝だった。駒崎は体を丸めて、のたうち回った。

激痛に耐えられなくなったのか、次第に意識が霞《かす》みはじめたようだ。声をかけても、返事をしなくなった。

「ボールに水を入れて持ってきてくれ」

反町は麗華に命じた。

「この人に、水をぶっかけるつもり？」

「当たりだ。そうすりゃ、意識がはっきりするだろう」

「やめてよ、そんなこと。下の階の人に怒鳴《どな》り込まれちゃうわ。要するに、意識をはっきりさせればいいんでしょ？」

「そうだ。ライターの火で、ちょっと炙《あぶ》ってみるか」

「待って。あたしに任せて」

麗華は駒崎の腰の横にうずくまると、ペニスの根元を握り込んだ。

灯油の給油ポンプを圧縮する要領で十回ほど握り込むと、駒崎の性器が少しずつ力を漲《みなぎ》らせはじめた。反町は麗華の動きを見守った。

「もう少しよ」

麗華がそう言い、駒崎の亀頭に軽く歯を当てはじめた。しばらく甘咬《が》みをつづけてから、彼女はいきなり強く歯を立てた。すると、駒崎がうっすらと瞼を開けた。

「協力に感謝するよ」

反町はそう言い、麗華を駒崎から引き離した。

「くそっ、こんなことしやがって」

「早く喋らないと、もう一方の膝も潰すぞ」

「やめろ！　お、おれは社長に言われたことをやっただけだ」

「社長って、関口保のことだな？」

「そうだよ。社長に言われて、井手って奴のガキをさらったんだ。須貝たち三人に井手を拉致させたのも、社長の命令だったんだよ。昨夜、井手って奴を社長の家に連れてったんだが、その後のことは何も知らねえ」

駒崎が息絶え絶えに言った。

「関口保が井手を殺《や》ったのか？」

「わからねえよ、おれには」

「関口保と井手は、どういうつき合いなんだ？」

「それも知らねえ」

「社長は、どこにいる？」

「今朝《けさ》、仕事で札幌《さっぽろ》に出張したんだが、泊まるホテルは知らねえな。四、五日、北海道にいるって話だったよ」

「関口保の自宅は？」

「田園《でんえん》調布《ちょうふ》五丁目に住んでる。正確な住所は知らねえんだ」

「そうかい。だいぶ痛そうだな。少しの間、眠らせてやろう」

反町はゴルフクラブを遠くに投げ、先に駒崎の胸に高圧電流銃《スタンガン》の電極を押し当てた。

放電の火花が散り、じきに駒崎は気を失った。

「あたしには、やらないで」

麗華が這《は》って逃げた。

反町は冷笑し、麗華のヒップに強力な電流を送った。麗華は前のめりに倒れ、じきに気絶した。寝室を出ると、須貝がちょうど身を起こしたところだった。

口髭を生やした男はぎょっとして、ベランダの方に逃れた。ベルトから、まだ手首を抜いていない状態だった。

「いま引き揚げるから、もう少しおねんねしててくれ」

反町は須貝の喉に電極を押し当て、スイッチをしばらく押しつづけた。

須貝は、くたりと崩れた。反町は須貝の上着の内ポケットを探った。住所録があった。それには、関口保の自宅の住所と電話番号が載っていた。

反町は住所録を奪って、玄関に急いだ。

第三章　逆恐喝の疑惑

1

呼び出し音が鳴りはじめた。

反町はスマートフォンを握り直した。麗華のマンションの前の路上だ。関口保の自宅に電話をかけたところだった。

先方の受話器が外れ、女性の声が耳に流れてくる。

「関口でございます」

「わたし、佐藤《さとう》と申します」

反町は、ありふれた姓を騙《かた》った。

「失礼ですが、どちらの佐藤さまでしょうか？」

「高校時代に関口保君と同級だった者です。関口君、おいででしょうか？」

「夫は、きょうの朝に出張で北海道に出かけましたが……」

「そうなんですか。宿泊先は、どちらでしょう？」

「今夜は札幌グランドホテルに泊まる予定だと申しておりましたが、何か緊急なご用なのでしょうか？」

「ええ、まあ。クラス委員長をやっていた中村真吾《なかむらしんご》が、きのう、肝硬変《かんこうへん》で亡《な》くなったんですよ。中村は独身でしたし、もう親兄弟もいないので、われわれ旧友が彼の葬儀をしてやろうってことになったのです」

「そうなんですか。夫から何か連絡がございましたら、そのことを必ず伝えます」

関口の妻が言った。

「いや、こちらがホテルに連絡してみましょう。関口君は、しばらく札幌に滞在する予定なんですか？」

「いいえ、明日は旭川《あさひかわ》の方に行くことになっています。東京には、五、六日後に戻る予定なんですよ」

「わかりました。ありがとう」

反町は礼を言って、電話を切った。

すぐにホームページを開いて札幌グランドホテルの代表番号を調べ、電話をしてみる。

しかし、関口保はチェックインしていなかった。

フロントで偽名を使ったのか。あるいは、今夜は定山渓《じょうざんけい》温泉あたりで、お座敷コンパニオンとでも遊ぶつもりなのかもしれない。北海道に飛んだところで、関口保を押さえられるとは限らないだろう。

反町はボルボに足を向けた。

ドア・ロックを外したとき、スマートフォンが軽《かろ》やかに鳴った。発信者は力石だった。

「先輩、多摩川の河口で井手貢のネーム入りのワイシャツが見つかりましたよ」

「ほかの着衣は？」

「それは発見されていません」

「そうか。関口保が、今朝、北海道に出かけたらしいんだよ」

反町は言った。

「逃げたんでしょうか？」

「きのうのきょうだから、その可能性はあるかもしれないな。しかし、何か腑《ふ》に落ちないんだ」

「遺体《ホトケ》が見つからないことですね？」

「そうなんだが、やくざの犯行《ヤマ》にしちゃ、あまりにも間が抜けてると思わないか？」

「言われてみれば、そうですね、確かに。井手を拉致するのに、自分の組の車を使うなんてドジすぎる。それから、井手の名刺入れや運転免許証を抜き取ることぐらいは、チンピラだって思いつくでしょう」

　力石が言った。

「だろうな。なんか作為が感じられる。偽装工作なのかもしれないぞ」

「井手貢が殺されたように見せかけたんだろうか」

「疑えば、そう疑えないこともない。元妻の話によると、井手には七、八千万円の借金があるそうだ。愛人の水谷麻理は、井手に借金はないと言ってたようだがな」

「井手は街金《まちきん》から金を借りて、取り立て屋《キリトリ》に追い回されてたんですかね」

「いや、それはないと思うよ。もし、そうだったとしたら、それらしき気配があるはずだからな」

　反町は言いながら、ボルボの運転席に坐《すわ》った。習慣的にパワーウインドーのシールドを下げた。場所によって、密閉状態の車内では通話能力がダウンすることがある。

「井手貢が自分を殺されたよう工作したんだとしたら、何か後ろ暗いことをやってたんじゃないですか。前にも言いましたが、井手は誰かを脅迫してたんじゃないのかな」

「力石の推測通りだとすれば、井手は誰を揺さぶってたんだろう」

「先輩の調べでは、関口以外に疑わしい人間はいないんでしょう？　となると、やっぱり井手は関口保に消されたのかな。そう考えるのが、自然なんじゃないですか」

　力石が判断を仰《あお》ぐような訊《き》き方をした。

反町は曖昧《あいまい》な返事をした。別段、予防線を張ったわけではない。自分自身も、どちらか断定しかねていたのだ。

「どちらにしても、井手のことをもう少し探ってみたら、どうでしょう？」

「そうするか」

「何か協力できることがあったら、いつでも遠慮なく声をかけてください」

力石がそう言い、先に電話を切った。

反町はスマートフォンを助手席の上に置き、エンジンを始動させた。いつの間にか、夕闇が濃くなっていた。

反町はボルボを井手邸に向けた。

牛込柳町《うしごめやなぎちょう》の交差点を抜けると、助手席の上でスマートフォンが着信音を刻みはじめた。反町は運転しながら、スマートフォンを耳に当てた。ハンズフリーにしていなかったのである。言うまでもなく、交通違反だ。

「赤坂のホテルに電話したんだがね」

滝信行《たきのぶゆき》の落ち着きのある声が流れてきた。

四十九歳の精神科医だ。かつての飲み友達である。いま滝は断酒中だった。アルコール依存症でしばらく休職していたのだが、いまは週に何日か公立病院で働いている。

「やあ、ドクター」

「とんとお見限りだね。たまには顔を見せてくれよ」

「こっちの顔を見ると、また飲みたくなるでしょ？　だから、わざと遠慮してたんですよ」

「それはわかってるが、家に閉じ籠ってると、妙に人恋しくなってね」

「ドクター、体調はどうなんです？」

「体の具合は悪くないね」

「それはよかった」

反町は心底、そう思った。

一年前の滝の飲み方は異常だった。酒の肴《さかな》をいっさい口にせずに、一晩にウオツカやバーボンのボトルを一本半近く空《あ》けていた。

滝は心優しい。心に深い傷を負った患者に親身に接しているうちに、慢性的な不眠症に陥《おちい》り、つい酒に溺《おぼ》れてしまったのだ。

妻は四年ほど前に他界した。いまは、二十一歳の娘と二人暮らしだ。娘の双葉《ふたば》は名門女子大を一年で中退し、画材店でアルバイトをしながら、児童小説家を志《こころざ》していた。滝の家は世田谷区の松原《まつばら》にある。

「実はね、いたずら半分に地中海風のブイヤベースをこしらえたんだよ」

「すっかり料理に凝《こ》っちゃってますね」

「なあに、ただの暇潰《ひまつぶ》しだよ。例によって、双葉の採点は辛《から》いんだが、自分ではなかなかの出来だと思ってるんだ。そこでホテルで毎日のようにうまいものを喰ってるきみに、客観的な採点をしてもらいたいと思ってね。よかったら、試食してみてくれないか」

「せっかくですが、仕事を抱《かか》えてるんですよ」

「そうなのか。それは残念だな」

「おれも残念です。双葉ちゃん、元気ですか？」

反町は訊いた。

「ああ、元気だよ。男っ気もなく、毎晩、作文に励《はげ》んでる」

「そのうち、新鮮な児童文学作品でヒット作を次々に発表するんじゃないですか。ドクター、楽しみですね」

「娘に期待してることなんか特にないよ。双葉が納得できる生き方を貫《つらぬ》き通してくれれば、親としては、それで充分さ」

「双葉ちゃんは幸せだな。そこまで物分かりのいい親は、そう多くないでしょ？」

「反町君、気が向いたら、わが家に遊びに来てくれよ。わたし用の酒はないが、客用のアルコールは双葉がどこかに隠してあるはずだから」

滝が言った。

「ドクター、まさか娘さんに内緒で盗み飲みしてるんじゃないでしょうね」

「復職する前まではそういうこともあったが、いまは本当に一滴も飲んでない」

「そりゃ、立派だ。うまく職場に復帰できましたね？」

「しかし、少し怖い気もしたよ。自分の目の前で押し込み強盗に両親や姉を殺された十代の少年を、どうすれば救えるんだろう？　実の兄に体を穢《けが》されつづけた女子高校生の心のバランスをどうやって、元通りに戻せるのか」

「辛《つら》い仕事ですね。ドクターに少し手を抜けとも言えませんし」

「患者とまともに向かい合えなくなったら、わたしは精神科医をやめるよ」

「こっちと違って、ドクターは他者の痛みに敏感だからな」

反町は意図《いと》的に軽く言った。早く重苦しさを取り除かなければ、滝がいたずらに自分を責めると感じ取ったからだ。

「そのうち、会おう」

滝が静かに電話を切った。

車は早稲田鶴巻町《わせだつるまきちょう》に差しかかっていた。反町は近道を選びながら、小日向をめざした。

井手邸に着くと、家の中から梅川サトが走り出てきた。

「昼間、蒲田署の方がお二人見えて、旦那《だんな》さまの血の付着した背広が西六郷の河川敷で発見されたと……」

「それで、どこまで刑事に話しました？」

反町は訊いた。

「昨夜、旦那さまが帰宅されなかったことを申し上げただけで、余計な話はしませんでした」

「それは助かります。刑事が来たとき、努君はどこにいました？」

「ご自分のお部屋で何かしてらっしゃいましたね。ですので、警察の方とわたしの遣《や》り取りは聞こえなかったと思います」

「それを聞いて、安心しました」

「あのう、旦那さまはご無事なのでしょうか？」

梅川サトが控え目に問いかけてきた。

「まだ何とも言えません」

「警察の方の話によりますと、河原で怪我をさせられて、多摩川に投げ込まれた可能性があるとのことでしたけれど」

「状況から、その可能性はなくはないと思います。しかし、現在のところ、まだ遺体が発見されていません。ですので、そうだとは断定できません」

「そうですね。旦那さまはとっても思い遣りのある方ですから、誰かに殺されるようなことはないと思いますけど」

「梅川さん、おかしなことを訊きますが、これまでに給与が遅れたことは？」

反町は問いかけた。

「いいえ、一度もございません。毎月、きちんといただいておりますよ」

「ヤミ金業者が取り立てに押しかけたこともありませんか？」

「はい」

「この家に脅迫めいた電話がかかってきたことは？」

「それもありません。ただ、一度だけ……」

サトが言い澱《よど》んだ。

「何があったんです？」

「半月あまり前に、柄《がら》の悪い男たちがこの家の様子をうかがっていたことがありました」

「どんな奴らでした？」

「二人ともやくざっぽい感じでしたね」

「どちらか、口髭を生やしてませんでしたか？」

反町は須貝の顔を思い起こしながら、早口で畳みかけた。

「いいえ」

「その二人は、パーマをかけた奴と頭をつるつるに剃《そ》り上げた男じゃなかったですか？」

「いいえ。ひとりはスポーツ刈《が》りで、もう片方は丸刈りでしたね」

サトが答えた。経友会の者ではなさそうだ。

「その二人組の近くに、眉のとこに小豆大の疣《いぼ》のある三十代後半の男がいませんでした？」

「そういう人物は見かけませんでした」

「そうですか。その二人組は、どんなふうに家の中の様子をうかがっていました？」

「ひとりは塀《へい》によじ登って、庭の方を見ていました。わたし、ちょうど買物の帰りだったんですよ。それで、何か用かと声をかけたら、二人の男はにやついて家から離れていきました」

「ちょっと気になる連中だな」

「ええ。よっぽど旦那さまにお話ししようと思ったのですけど、不安がらせてもいけないと思い留《とど》まったんですよ」

「そうですか。梅川さん、お疲れになったでしょう？　努君の面倒はこっちが見ますので、ご自宅にお帰りください」

「夕食の後片づけが終わりましたら、そうさせてもらいます」

「こっちは、ちょっと家の周《まわ》りを検《しら》べてみます」

反町は敷地内のチェックに取りかかった。

サトが家屋の中に入る。反町は庭木の小枝を掻き分け、庭の隅々まで目を配った。しかし、危険物は見当たらなかった。不審な足跡もない。煙草の吸殻《すいがら》なども落ちていなかった。邸内に侵入者が忍び込んだ様子はうかがえなかった。

反町は家の中に入った。努は居間で漫画本を見ていた。

「戻ったぞ」

「おじさん、父さんは？」

「心当たりの所には、きみのお父さん、いなかったんだ」

「それじゃ、父さんは悪い奴らに殺されてるかもしれないの？」

「そんなことはないだろう」

反町は言った。

「おじさん、何か隠してるんじゃない？」

「なに言ってるんだ。考え過ぎだよ」

「なら、いいんだけどさ」

「夕食が済んだら、お父さんの寝室と書斎をちょっと検《しら》べさせてもらってもいいかな？」

「なんで検べたいの？」

努が問い返してきた。

「もしかしたら、お父さんが監禁されてる場所に見当がつくかもしれないんでな」

「そう。ぼくが立ち会うから、机の引き出しなんかも開けていいよ」

「何か手掛かりになるような手紙やメモがあるといいな」

反町はソファに腰かけ、マールボロに火を点けた。

努は漫画本に目を落とした。しかし、コミックスをじっくり愉《たの》しんでいるようには見えなかった。ページを捲《めく》る速度が速すぎる。不安を紛《まぎ》らすため、見たくもない漫画本を眺めているだけなのだろう。

十分ほど経《た》つと、夕食の用意が出来た。

鰈《かれい》の煮付けと海老《えび》クリームコロッケだった。反町は努と向かい合って、食事を摂《と》った。

サトは茶を啜ったきりで、後片づけに取りかかった。食器を手早く洗って、浴槽に湯を張った。彼女が家路に就《つ》いたのは午後七時半ごろだった。

反町は努に案内され、最初に依頼人の書斎に足を踏み入れた。

造りつけの書棚には、経済関係の専門書がずらりと並んでいる。百科事典や写真集もあった。飴色《あめいろ》の両袖机は窓側にあった。

反町は机の引き出しを丹念に検べた。だが、脅迫状めいた封書は出てこなかった。また、井手が他人の弱みを押さえていることを裏付けるような写真や録音音声も見つからなかった。書棚の本を一冊ずつ引き出してみたが、やはり無駄骨を折っただけだった。

「お父さん、日記はつけてなかった?」

反町は努に問いかけた。

「はっきりわからないけど、日記帳があるとしたら、寝室だと思うよ」

「そう」

「寝室は、こっち、こっち！」

努が書斎を出て、二つ先の部屋に飛び込んだ。

十五畳ほどの洋室だった。ほぼ中央に、セミダブルのベッドが置かれている。

ベッドカバーは、きちんと掛けてあった。出窓には観葉植物の鉢が幾つか載《の》っている。

飾り棚には模型の帆船《はんせん》が並んでいた。シャンデリアは、舵輪《だりん》を台座にしたものだった。

「日記、ここに入ってるかもしれないな」

努が言って、サイドテーブルの引き出しを開けた。

日記帳は、そこに入っていた。革《かわ》表紙の豪華な造りだった。反町はベッドに浅く腰かけ、日記帳を読みはじめた。

内心、期待するものがあった。しかし、どの日の記述も十行以内だった。顧問先を訪ねた時刻や担当者の名が記《しる》され、プライベートなことが短く綴《つづ》られているだけだ。

個人的な記述の大部分は努のことだった。

別れた佳代のことにも少し触《ふ》れているが、愛人の水谷麻理のことは一行も書かれていなかった。依頼人は息子やお手伝いのサトに日記を読まれるかもしれないと思っていたのだろうか。

パソコンもチェックしたが、徒労に終わった。

「おじさん、どう？」

努が話しかけてきた。

「残念ながら、手掛かりはなしだな」

「そう」

「これ、元の場所に戻しといてくれないか」

反町は日記帳を努に返し、腕時計を見た。いつの間にか、九時を回っていた。

二人は階下に降りた。

「ぼく、お風呂に入ってくる」

努がそう言い、浴室に向かった。反町は居間のソファに深く腰かけ、煙草をくわえた。

それから数十分が経過したころ、庭でかすかな物音がした。

反町は耳をそばだてた。波の音に似た音と足音が伝わってくる。反町は緊張した。

そっとソファから立ち上がり、玄関ホールまで忍び足で進む。靴を履《は》いたとき、外壁に液体をぶっかける音がした。

外壁はモルタル造りが主体で、一部がアメリカ杉の羽目板《はめいた》になっていた。

反町は玄関を出た。そのとたん、灯油の臭《にお》いが鼻腔《びこう》を撲《う》った。

アメリカ杉の羽目板の横に、丸刈りのやくざっぽい男がいた。男は補助用のポリタンクを抱えている。キャップは外れていた。羽目板は灯油で濡れていた。庭園灯は、すぐ近くにあった。

「おい、何をしてるんだっ」

反町は大声で咎《とが》めた。

男が薄く笑い、棒マッチを擦《す》った。それを足許《あしもと》の油溜まりに捨てる。

発火音とともに、赤みを帯びたオレンジ色の炎が躍《おど》り上がった。炎は、みる間に羽目板に燃え移った。

丸刈りの男がポリタンクを蹴《け》り倒し、身を翻《ひるがえ》した。黒ずくめの服装だった。

反町は男を追いかけかけたが、すぐに足を止めた。

火を消し止めなければならない。上着を脱ぎ、羽目板の炎を叩《たた》きはじめる。火の勢いは少し弱まるが、消火できそうもない。

今夜に限って、撒水用のホースは見当たらなかった。サトが物置きに仕舞《しま》ったのか。

反町は靴を履いたまま、家の中に駆け込んだ。

消火器は台所の隅にあった。一本ではなく、二本だった。

反町は両方を抱え、すぐにポーチに戻った。炎は階下の羽目板をほぼ舐《な》め尽くしていた。白いモルタル外壁も油煙で煤《すす》けている。

反町は消火器のフックから、ノズルを外した。片方の消火器を小脇に抱え、ノズルを火に向ける。薬品臭《くさ》い白い噴霧が迸《ほとばし》った。

空になった消火器を投げ捨てたとき、家の中で努の叫び声がした。

反町は玄関に飛び込んだ。

玄関ホールに、素っ裸の努がいた。全身を震わせている。湯滴だらけだった。

「どうしたんだ？」

「お、お風呂場の横っちょが燃えてる。誰かが灯油を撒《ま》いて火を点けたみたいなんだ。おじさん、早く火を消して！　家が焼けちゃうよ」

「きみは、ここにいてくれ！」

反町は努に言って、急いでポーチに出た。

未使用の赤い消火器を抱え、建物の裏側に回る。風呂場のそばの羽目板が燃えていた。

反町は、さっきと同じように火を鎮《しず》めた。あたりをうかがってみたが、人影は目に留《と》まらなかった。

反町は玄関に戻った。

「もう火は消したから、大丈夫だよ。逃げた奴を見なかったか？」

「スポーツ刈りの男の姿が、ちらりと見えた。浴室の窓ガラス、少しだけ開けてあったんだよ」

「スポーツ刈りだったたって⁉」

「うん、そう。ぼく、焼け死ぬんじゃないかと思って、湯船から飛び出たんだ。すっごく怖かったよ」

努はそこまで言うと、幼児のように泣きはじめた。

火を放ったのはサトが見かけた二人組と思われる。経友会の関口保に雇《やと》われた男たちなのか。それとも、彼らの雇い主は別の人間なのだろうか。

いずれにしても、努をこの家に置いておくのは危険だ。赤坂のホテルに連れていくことも考えたが、それでは自分の行動が制限されてしまう。

事情を話して、ドクターの家に努を泊《と》めてもらおう。反町は胸中で呟《つぶや》いた。

風に乗って消防車のサイレンが運ばれてきた。近所の者が一一九番したのだろう。小火《ぼや》なら、調査もうるさくはないかもしれない。

「消防車が来るぞ。早くパンツを穿《は》きな」

反町は努に優しく言った。

2

シチュー皿を差し出す。

反町は照れ笑いを浮かべた。三度目のお代わりだった。

松原にある滝信行の自宅のダイニングルームだ。朝食に地中海風のブイヤベースを振る舞われたのだ。

「おい、あんまり無理をしないでくれ」

向かい合っている滝が上機嫌に言った。

「無理なんかしてませんよ。スープにこくがあるし、魚介類にも味が染《し》み込んでて、いくらでも腹に入るんです」

「そうなら、嬉《うれ》しいがね」

「ドクター、お代わりをさせてください」

反町は皿を浮かせた。

滝がシチュー皿を受け取り、キッチンのシンクに歩み寄った。青いデニムシャツにベージュのチノクロスパンツという若造りだが、頭は総白髪《そうしらが》に近かった。職業柄、神経の休まるときがないのだろう。

反町はフランスパンにクリームチーズをたっぷりと塗りつけながら、左手の居間の方を見た。

努は双葉と向き合って、オセロゲームに興《きょう》じていた。二人は、すっかり打ち解けていた。会ってから、まだ何時間も経っていない。

反町が努を連れて滝の家を訪れたのは午前零時過ぎだった。

滝は少し驚いた様子だったが、快《こころよ》く迎え入れてくれた。双葉も、予想もしなかった深夜の来客を歓迎してくれた。努は最初こそ物怖《ものお》じしていたが、じきに滝と双葉に馴染《なじ》んだ。昨夜のショックも、いまはだいぶ薄らいでいるようだった。

今朝からマスコミは、井手の失踪《しっそう》について断片的に報じはじめていた。

反町は最悪の場合は井手が殺されているかもしれないと考え、努に朝刊やテレビを見せたくなかった。そのことを滝父娘《おやこ》にそっと話すと、双葉が進んで努の気を逸らしてくれはじめたのだ。

「どうもお待たせ！」

滝がにこにこしながら、摺《す》り足でテーブルに戻ってきた。

反町はシチュー皿を受け取った。海老、烏賊《いか》、帆立《ほたて》、メバル、ムール貝などが形よく盛りつけられている。

「鍋の底まで浚《さら》ってきたよ。これで、完売だ。昨夜《ゆうべ》は二、三日、自分でブイヤベースを喰わなきゃならないと少しブルーになってたんだがね」

「ドクター、四つ星ホテルのコック並の腕ですよ」

「お世辞《せじ》とわかってても、そう言ってもらえると、作り甲斐《がい》があるな」

滝が嬉しそうに言って、向かい合う位置に腰かけた。

知的な面立《おもだ》ちだ。瞳が少年のように澄んでいる。娘の双葉は、父親によく似ていた。

反町はフランスパンを齧《かじ》りながら、ブイヤベースを食《しょく》しはじめた。

「お客さんが食事中だが、不作法を許してもらおう」

　滝が断って、艶《つや》やかな海泡石《かいほうせき》のパイプに葉を詰めはじめた。葉はカプスタンだった。

「アルコールを断《た》った分、煙草を喫う量が増えてね。つくづく自分が意志薄弱だと思うよ」

　滝がパイプの葉に火を点け、小さく自嘲《じちょう》した。

「いいじゃないですか、そのくらい。あんまり自分を厳しく律《りっ》すると、人生、つまらなくなりますよ」

「そうだろうね」

「双葉ちゃんに努の遊び相手をさせちゃって、申し訳ないな」

「なあに、双葉はちゃっかり取材してるんだよ。努君と遊びながら、児童小説の題材を仕込むつもりなんだろう。さっき、きみに感謝してるなんて言ってたよ」

「そうですか」

　反町はブイヤベースを平らげ、マールボロに火を点けた。

　そのとき、努が悔しそうな声をあげた。どうやらゲームで負けてしまったらしい。

「双葉、年下の男の子には手加減してやるもんだ」

　滝が娘に言った。

「わたし、そういう甘やかしって、好きじゃないの。相手が誰でも、五分と五分の勝負でしょ？」

「それはそうなんだが……」

「妙な甘やかしは、対戦相手に失礼よ。信行さんの中途半端な優しさって、かえって残酷なんじゃない？」

双葉は、いつも自分の父親を友人のように名で呼んでいた。

「双葉こそ、他者にちょっと厳しすぎるんじゃないのか？」

「わたしは自分にも厳しいつもりよ」

「こんなふうに、いつも娘にやり込められてるんだ」

滝が肩を竦《すく》めて、パイプ煙草を喫いつけた。

反町は笑いながら、滝の娘に言った。

「双葉ちゃんも好きな男ができたら、だいぶ丸くなるだろうな」

「反町さん、見損《みそこ》なわないで。わたし、そんな女じゃないわ。だいたい恋愛相手によって、生き方が変わるなんておかしいわよ。お互いの自我を認め合いながらも、二つの魂《たましい》が惹《ひ》かれ合う。それが恋愛でしょ？」

「とても勉強になったよ」

「ちょっと努君と庭で遊んでくるわ」

双葉は父親と反町を等分に見ながら、努を促した。二人はテラスに出て、庭に降りた。

ひとりっ子の努は双葉と遊ぶことを愉しんでいるようだ。消息不明の父親のことは、いつからか、口にしなくなっていた。

「彼の父親のことだが、追いつめられて、狂言を思いついたんじゃないだろうか」

滝が、ぽつりと言った。昨夜、反町はこれまでの経過を滝に話していた。

「つまり、自分が殺されたように偽装工作をしたのではないかってことですよね？」

「そう。西六郷の河川敷には名刺入れと運転免許証が入った上着は遺されてたという話だが、どう考えても作為的じゃないか」

「ええ、それはこっちも感じていました」

反町は短くなった煙草の火を消した。

「おそらく井手氏は、誰かに何らかの理由で狙われたんで、その相手から逃れたかった。それだから、関口保という総会屋のボスと組んで自分が殺されたよう偽装工作をしたんじゃないだろうか。そんなふうに考えられないかね」

「否定はしませんが、偽装工作は時間の問題でバレちゃうでしょ？」

反町は、引っかかっていた疑問を口にした。

「井手氏は逃げる時間が欲しかったのかもしれないな」

「ドクター、待ってくださいよ。井手は十人ほど所員を使ってるんです。それに、息子もいます。そんな無責任な逃げ方をするだろうか。彼は倅《せがれ》をかわいがってたようなんですよ」

「表面的に努君をかわいがってただけなのかもしれないぞ」

滝がいったん言葉を切って、辛そうな顔で言い重ねた。

「わたしの仕事は、まず人間の表情や言動から心の状態を読み取ることなんだよ。努君が親の愛情をいっぱいに受けてるようには見えないな」

「こっちには、それほど淋しい思いをしてるようには見えませんでしたがね」

「ふっとした表情に、努君は孤独感をにじませる。多分、彼は親思いなんだろう。だから、父親に負担をかけるようなことは言わないんだと思うな」

「そうなんでしょうか」

「井手氏には、なんとかいう愛人がいるという話だったね？」

滝が確かめる口調で訊いた。

「ええ、水谷麻理という女です」

「案外、井手氏はその女性の家に隠れてるんじゃないだろうか。偽装工作したんだとすれば、そうするような気がするな」

「麻理のマンションに行ってみるか」

「努君のことは心配いらない。わたしが責任を持って預かるよ」

「ご迷惑でしょうが、よろしくお願いします。ちょっと出かけてきます」

反町は断って、腰を浮かせた。

車は滝の家の前に駐めてある。反町はボルボを走らせはじめた。羽根木《はねぎ》公園の脇を走り抜け、環七《かんなな》通りに出た。柿《かき》の木坂《きざか》の交差点から、目黒通りに折れる。そこから五分ほど走ると、麻理のマンションに着いた。

反町はボルボを路上に駐め、マンションの表玄関に急いだ。

集合インターフォンのテンキーを押したが、なんの応答もなかった。集合郵便受けを見ると、麻理のネームプレートは外されていた。

どういうことなのか。

反町は路上に出た。マンションを見上げると、麻理の部屋から家具を運び出している男たちの姿が見えた。麻理は、どこかに引っ越すようだ。

マンションの前に、運送会社のコンテナトラックは見当たらない。

反町はマンションの地下駐車場に通じるスロープを駆け降りた。運送会社の名の入ったトラックは、どこにも駐まっていなかった。

地下駐車場のエレベーター乗り場の近くに、家具を積み込み中の二トン車が見える。

反町は二トン車に走り寄り、荷台にいる黒いスポーツキャップを被《かぶ》った若い男に声をかけた。

「この荷物は水谷さんのかな?」

「ええ、元はね」

「どういうこと？」

「うちの店が、部屋にある家具や電化製品をそっくり買い取ったんですよ。うち、リサイクルショップなんです」

相手が言った。

反町はトラックの荷台を改めて見た。リサイクルショップの店名が小さく記されている。

「水谷麻理さんの引っ越し先、わかるかな？」

「いいえ、わかりません。道具はきのうの午後、現金で買い取ったんですよ。部屋にいた女性は金を受け取ると、何も言わずに去りました」

「そう。そのとき、そばに四十年配の男はいなかった？」

反町は訊いた。

「いませんでしたよ、誰も。おたくさん、彼女に金でも貸してあったんですか？」

「うん、まあ。このマンションの管理は、どの不動産屋がやってるんだろう？」

「ここは確か駅前の明正《めいせい》不動産が管理を任されてたんじゃなかったかな」

男がダイニングテーブルの脚《あし》を外しながら、大声で答えた。

反町は男に礼を述べ、地下駐車場を出た。

水谷麻理が家財道具一式を売り払ったことは何を意味するのか。別のマンションに移るなら、家具は処分しないだろう。麻理は井手貢と示し合わせて、どこかに逃げる気なのではないのか。反町はそう考えながら、ボルボに乗り込んだ。

　東急東横線の都立大学駅の方に車を走らせた。明正不動産は駅前通りにあった。小さな不動産屋だった。間口は狭かった。

　店内には、六十五、六歳と思われる男がいた。所在なげに新聞を読んでいる。

　反町は、水谷麻理のことを訊いた。とたんに、店主らしき男は無愛想になった。

「最近は、ああいう常識のない客が増えてる。突然、部屋のキーを差し出して、敷金を返せだからね」

「水谷さんの引っ越し先、わかります？」

「教えてくれなかったんだ。少し旅行をしてから、どこかに落ち着くつもりだと言ってたな」

「彼女、いつ部屋のキーを返しに来たんです？」

　反町は訊いた。

「きのうの夕方五時半ごろだったね」

「彼女に連れは？」

「いや、ひとりだったな。キャリーケースを引っ張ってたよ。衣服が入ってるようだったな」

「そうですか。水谷さんがマンションを借りたときの契約書の控えが、こちらにありますよね？」

「あることはあるが、あんた、どういう関係の人なの？」

相手が訝《いぶか》しげに問いかけてきた。

「クレジット関係の調査員です。水谷さん、ちょっと支払いを滞《とどこお》らせてるんですよ」

反町は言い繕《つくろ》った。

「ローンを踏み倒されたんじゃ、たまらないやね」

「ええ、もうかなりの額になってますので。水谷さんの保証人、ちょっと調べていただけませんか？」

「いいよ。妙な騒ぎに巻き込まれたくないからね」

男は立ち上がって、スチールキャビネットに歩み寄った。老眼鏡をかけ、ファイルを抜き取った。

反町は上着の内ポケットから、手帳を掴《つか》み出した。

「保証人は実父になってるね。水谷恭一《きょういち》、会社役員となってるな」

「住所と電話番号を教えてください」

「川崎《かわさき》市高津《たかつ》区……」

男がゆっくりと住所と電話番号を読み上げた。

反町はメモを執《と》り、ほどなく店を出た。ボルボに乗り込み、すぐに水谷麻理の実家に電話をかける。受話器を取ったのは麻理の母親だった。

「わたし、大学の同窓生なんですが、麻理さんの連絡先を教えていただけませんでしょうか。いま、目黒区中根のマンションに連絡したんですが、どこかに引っ越されたということなので」

反町は大学の先輩に成りすました。

「娘は中根のマンションにいるはずですよ。部屋で、ビジネス英語の翻訳《ほんやく》をしていると思いますけど」

「麻理さん、お母さんに黙って引っ越してしまったようなんです」

「まさか⁉」

「しかし、現実に彼女は部屋を引き払ってるんですよ。後で、そちらに電話するつもりなのかもしれないな」

「そうなんでしょうか」

麻理の母は呆《あき》れ声だった。

反町は後日、電話をかけ直すと言って、通話を切り上げた。

すると、待っていたようにスマートフォンが鳴った。貧乏探偵の藤巻からの電話だった。

「反町さん、どこにいるんすか？　てっきり井手邸にいると思って来てみたら、門が閉まってたんすよ」

「昨夜《ゆうべ》、ちょっと小火《ぼや》騒ぎがあって、きのうは努と一緒に滝さんの家に泊めてもらったんだ」

　反町は、前夜の出来事を手短に話した。

　藤巻は滝とも親しかった。娘の双葉に惚《ほ》れているようでもあった。しかし、双葉のほうは、まるで藤巻に関心を示さない。

「そんなことがあったのか。努君、びっくりしたろうな。おれ、滝さんちに行って、彼を励ましてやってもいいっすよ」

「本当は双葉ちゃんに会いたいんだろう？」

「ち、ちがいますよ。努君、なんとなくかわいいじゃないっすか」

　藤巻は、しどろもどろだった。

「努のことより、頼んだことは？」

「ちゃんと調べたっす。服部製薬の市村総務部長の弱みは、きのうの晩に押さえました。市村は会社からタクシーで新宿の大久保《おおくぼ》公園に行って、二十代前半と思われる立ちんぼとラブホテルに入りました」

「総務部長といえば、人一倍、小心な慎重派が多いんだが、大胆なことをするな」

「総会屋やブラックジャーナリストの対応なんかで神経をすり減らしてるから、時にはその反動で大胆なことをするんじゃないっすか」

「で、証拠の写真は？」

「ばっちり撮《と》りました。ついでに反町さんの手間を省《はぶ》いてやろうと思って、立ちんぼとホテルから出てきた市村にホームレスを使った人体実験のことも訊いてみたんすよ」

「そこまでやったのか？」

「まずかったっすかね」

「ま、いいさ。で、どうだったんだ？」

反町は先を促した。

「市村って部長、最後まで頑強《がんきょう》に否定してたっすけど、表情で人体実験があったことは読み取れました。それから、杉本雅美に取材を申し込まれたことは認めたっすよ。けど、突っ撥《ぱ》ねたそうっす。といっても、雅美を始末させたなんてことはあり得ないと言い張りました。嘘《うそ》をついてるようには見えなかったすね」

「そうか。人体実験めいた秘密治験で服部製薬が謎《なぞ》の恐喝組織に巨額を脅し取られたって話については、どう言ってた？」

「それについても否定しましたけど、感触だと、その事実はあったようっすね。なんだったら、これから服部製薬に出かけて、昨夜のスキャンダル写真を市村にちらつかせてもいいっすよ」

藤巻が言った。

「和製マーロウに、そこまでやらせるのは気の毒だな。必要なら、そういうダーティーな仕事はおれがやるよ」

「そうっすか。きょうは丸菱商事の専務か常務を尾《つ》けて、何か弱みを摑むつもりです」

「藤巻ちゃん、あまり無理をするなよ。アメリカのハードボイルド小説と現実は違うんだから」

「わかってるっすよ。でも、一流企業の役員の隠された私生活を探るのは面白そうっすね」

「期待すると、がっかりするぞ。役員どもの弱みといっても、愛人を囲ってる程度のことだろうからな」

反町はそう言いながらも、内心、強請《ゆすり》の材料が増えることを期待していた。

サラリーマン役員とはいえ、大企業の専務や常務ともなれば、そこそこの資産があるだろう。接待費も、ある程度は自由に遣《つか》えるはずだ。

数千万円は楽にせしめられそうだ。悪人《クズ》の金や愛人を奪うことは下剋上《げこくじょう》の歓《よろこ》びに似ていた。一度でも味わったら、その味は忘れられなくなる。

「何か摑んだら、また連絡するっすよ」

藤巻が先に電話を切った。

反町はスマートフォンを上着の内ポケットに収め、ボルボの運転席に腰を沈めた。だが、すぐにはエンジンをかけなかった。

紫煙をくゆらせながら、これまでのことを頭の中で整理してみる。

依頼人の井手が何かに怯《おび》えていたことは間違いなさそうだ。しかし、東和商事が粉飾決算のしくじりで、井手を殺すとは考えにくい。東和商事と関口保との接点もないようだ。

慰謝料の支払いを巡って揉《も》めている別れた妻の佳代にも、別に不審な点はなかった。

といって、関口保が井手を殺害する理由が明らかになったわけではない。いまのところ、関口と井手の利害関係も不明だ。

仮に関口が単なる雇われ人だとしても、背後にいる人物が透《す》けてこない。昨夜、井手の家に放火した二人組の正体は謎のままだ。

あの男たちが火を放ったのは、井手を焼殺したかったからではないだろう。家の中にある何かを灰にしたかったのではないか。

そう考えると、井手は誰かを脅迫していたとも疑える。黒い魔手に怯えた依頼人は、自分が殺されたことにする気になったのかもしれない。さらに、井手が関口と組んで偽装工作をしているとも考えられた。

東京湾で遺体が発見されなくても、正体不明の殺人者が井手の周辺を嗅《か》ぎ回っていれば、行方がわからなくなったことを知るだろう。

そうなったら、追っ手は当然、愛人の水谷麻理を締《し》め上げる気になるにちがいない。

井手はそこまで筋を読んで、麻理に部屋を引き払わせたのではないのか。麻理は自分の母親にも何も告げずに、行方をくらましている。

井手がそうするように指示したとも考えられなくもない。

おそらく井手は生きているのだろう。麻理とどこかに身を潜《ひそ》めているのではないか。麻理の実家の電話引き込み線に盗聴器を仕掛けてみることにした。

反町は煙草の火を消し、シートベルトを掛けた。

3

溜息が出た。

さすがに焦《じ》れてきた。もう数分で、午後十時半になる。

反町は車の中にいた。麻理の実家の裏手だった。なだらかな坂道の両側には、洒落《しゃれ》た住宅が並んでいる。大手のディベロッパーが三十年ほど前に丘陵を均《なら》し、宅地造成した地域だ。

月が出ていた。

切り詰めた爪《つめ》のような形だ。それでも月明かりで、閑静な住宅街は思いのほかに明るい。反町は、ほぼ三十分置きにボルボを移動させてきた。住民に怪しまれたくなかったからだ。

反町は昼間、堂々と麻理の実家の電話外線に盗聴器を仕掛けた。車のトランクに入れてあった作業服に身を包み、電話会社の下請《う》け業者に化けて電信柱をよじ登ったのだ。盗聴器を取り付け中に、何人もの人間が下を通っていった。しかし、不審な目を向けてくる者はひとりもいなかった。

法に触れる行為をする場合は、決してこそこそしてはいけない。盗聴器を仕掛けるときも、夜間よりも昼間のほうが疑われにくかった。心理の盲点《もうてん》を衝《つ》くわけだ。

高津区にある水谷宅には、これまでに四、五回、電話がかかってきた。しかし、どれも麻理からの連絡ではなかった。

反町は左耳《みみせん》に痒《かゆ》みを覚えた。

長いこと耳栓型のイヤフォンを突っ込んでいたせいだろう。イヤフォンは、録音機を内蔵したFM受信機に繋《つな》がっている。水谷家の受話器が外れると同時にレコーダーが回り、音声が自動的に録音される仕組みになっていた。

きょうは空振《からぶ》りに終わりそうだ。

反町はイヤフォンを外し、小指の爪で耳の中を掻いた。ふたたびイヤフォンを付けようとしたとき、ダッシュボードの上でスマートフォンが鳴った。電話をかけてきたのは滝だった。

「努がどうかしたんですね？」

反町は早口で問いかけた。

「なぜだか、急に自分の家に帰りたいと言い出したんだ。双葉と少し前まで、はしゃいでたんだがね」

「父親のことが心配になったんでしょう」

「そうなのかもしれないな。だからって、誰もいない家に帰らせるわけにはいかない。それで、どうしたもんかと思って、きみに電話したんだよ」

滝が済まなそうに言った。

「急いでドクターの家に戻ります」

「いま、どこにいるんだい？」

「川崎市の高津区です。東急田園都市線《でんえんとし》の梶《かじ》が谷《や》駅の近くなんですよ。だいたい用が片づきましたので、そちらに向かいます」

反町は電話を切ると、慌《あわ》ただしく車を発進させた。

厚木《あつぎ》（大山《おおやま》）街道に出る。国道二四六号線だ。渋谷方向に進み、玉川《たまがわ》通りを上馬《かみうま》交差点で左に折れる。

環七通りは、いつになく空《す》いていた。滝の家まで三十分もかからなかった。

反町は滝の家に駆け込んだ。努は玄関マットの上に腰かけ、立てた両膝《ひざ》に顎《あご》を載せていた。両手は紺の長袖トレーナーの袖口に隠れている。

努のそばには、滝と双葉がいた。どちらも困惑した様子だった。

「おい、なんで拗《す》ねてんだ？」

反町は努に声をかけた。

「別に拗ねてなんかないよ」

「どう見ても駄々《だだ》っ子《こ》みたいだぞ」

「おじさん、タクシー代を貸してくれないかな。ぼく、自分の家に帰りたいんだ」

「賛成できないな。小日向の家、また放火されるかもしれないじゃないか」

「でも、ここにはいられないよ」

努が言った。

「どうして？」

「言いたくない。ここじゃ、言えないよ」

「わたし、努君を傷つけちゃったのかしら？」

双葉が話に割り込んだ。

「そうじゃないよ。そんなことじゃないんだ」

「だったら、なぜなのかな。うちの信行さんが努君にいろいろ質問したのが気に入らなかった？」

「ううん、違うよ」

「きっと双葉の言った通りなんだろうな」

滝が悔やむ顔つきになった。努は黙って首を振った。

「甘ったれるのも、いい加減にしろ。もう小五なんだぞ」

反町は努を叱《しか》り飛ばした。努が、きっとした目で睨《にら》み返してくる。

「なんだ、その目は！　言いたいことがあるんだったら、ちゃんと口で言えっ」

「もういいよ。ぼく、家まで歩いて帰る」

「やれるものなら、やってみろ！」

反町は突き放した。

双葉が反町を詰《なじ》り、努の肩を抱いた。次の瞬間、努の瞳が涙で膨《ふく》らんだ。

「ちょっと来い」

反町は、涙ぐんでいる努の腕を摑んだ。そのまま玄関の外に引きずり出す。努は逆らわなかった。

「滝さん父娘《おやこ》の前では言えないことがあるみたいだな？」

反町は穏やかに問いかけた。

「ぼく、双葉さんに迷惑かけたくないんだよ」

「迷惑？」

「そう。双葉さん、二冊目の長編児童小説を書いてるんだって。だけど、まだ最終章のところがうまくまとまらないようなんだ。ぼくがいたら、原稿書けないでしょ？」

「だから、急に家に帰りたいなんて言い出したわけか」

「うん」

努が深くうなずいた。

「怒鳴《どな》って、悪かった。きみは、いい子だな」

「いい子なんかじゃないよ、ぼく。ふつうだよ、ふつう！」

「いや、ふつうのガキなんかじゃない。いいガキだ。おれは好きだよ、努みたいな子は」

反町は努の肩を叩いた。

「おじさん、ぼくんちに戻ろうよ。もしかしたら、父さんから何か連絡があるかもしれないからさ」

「やっぱり、小日向の家は危険だよ。放火した奴らが、もっと荒っぽいことをやるかもしれないからな」

「なら、おじさんのホテルに泊めてよ」

努が言った。

「泊めることはかまわないが、ちょっと問題がな」

「何がまずいの？」

「きみを部屋に残して、親父さんを捜しに出かけるわけにはいかないじゃないか」

「ぼく、おとなしく待ってるよ」

「しかし、放火した二人組がこっちの宿泊先を知ってるとも考えられる。そうだったら、きみが何かされることもあり得るな」

「ぼく、どうすればいいの？」

「池尻のお母さんのマンションに泊めてもらうか？　親父さんは自分に何かあったら、きみをお母さんのとこに連れてってくれって言ってたんだ」

反町は打ち明けた。

「母さんのとこは行きたくない」

「嫌いなのか、お母さんのこと？」

「好きだよ、母さんのことは。だけど、母さんは男の人と一緒に暮らしてるって話だから、行きたくても行けないんだ」

努が哀《かな》しそうに言って、下を向いた。

胸を衝《つ》かれたとき、反町は妙案を思いついた。努を連れて和香奈のマンションに転がり込む気になったのだ。

「いい塒《ねぐら》があるよ」

「どこなの、そこは？」

「こっちの知り合いの女性のマンションさ。そこに行こう。ちょっと待ってろ」

反町は言って、滝の家の玄関に戻った。

父と娘が心配顔で、玄関ホールにたたずんでいた。反町は、とっさに思いついた嘘を言った。

「努の奴、どうも双葉ちゃんを異性として意識したみたいなんだ。それで気恥ずかしくて、自分の家に帰りたいなんて言い出したらしい」

「あら、どうしよう⁉　そんな気配、全然感じられなかったけど」

双葉は赤らんだ頰《ほお》に両手を当てた。

「あの年頃には、よくあることだよ。こっちにも、似たような体験がある」

「おませなのは女の子だけかと思ってたけど、男の子も同じだったのね」

「今夜は知り合いのとこに、おれも努も泊めてもらうことにするよ」

「なんだか申し訳なかったな」

滝が口を挟んだ。双葉がビニールの手提《てさ》げ袋を差し出した。

「これ、努君の着替えなの。バーゲン品ばかりだけど、一応、下着やソックスも入ってるわ」

「あいつ、喜ぶよ。そうだ、努にお礼の挨拶《あいさつ》をさせなきゃな」

「いいのよ、そんなことは。努君、きっと恥ずかしがるわ」

「そうかもしれないな。それじゃ、ここで失礼させてもらおう」

反町は滝と双葉に礼を言って、玄関を出た。

努が父娘に別れの挨拶をしたがったが、そのままボルボの助手席に乗せた。あっけらかんと挨拶をされたら、せっかくの嘘がわかってしまう。

あいにく今夜は、和香奈のマンションのスペアキーを持っていなかった。下北沢は隣町のようなものだ。

反町は車を『マザー』に走らせた。

十分そこそこで、和香奈の店に着いた。軒灯《けんとう》は、まだ消えていなかった。

反町は努を車に待たせ、店に入った。

ジョン・コルトレーンのナンバーが店内を圧《あつ》していた。生演奏ではない。LPからCDに起こされたパワフルな曲だった。

和香奈は常連客の席で、愉《たの》しげに談笑していた。客は十数人しかいなかった。

反町は小声で和香奈を呼んだ。

和香奈が常連客に断って、腰を上げた。真紅《しんく》のロングドレスを身にまとっていた。ゴールドのイヤリングとブレスレットが華やかだ。

反町は一瞬、強い性衝動を覚えた。それほど和香奈の肢体《したい》は肉感的だった。

「仕事、片づいたみたいね」

向き合うと、和香奈が言った。

香水の匂いが一層、欲情をそそる。下腹部が熱を孕《はら》みそうだ。

反町は和香奈の体の線を目でなぞりながら、口に溜《た》まった生唾《なまつば》を呑み下した。

「どうしちゃったの、とろんとした目をして？」

「いや、なんでもない」

「仕事から開放されたんでしょ？」

「それが、まだなんだよ。今夜、和香奈のマンションに依頼人の息子とおれを泊めてもらいたいんだ」

「どういうことなの？」

和香奈が訊いた。

反町は事情をかいつまんで説明した。口を結ぶと、和香奈が言った。

「いいわよ。すぐ部屋のキーを取ってくるから、車で待ってて」

「悪いな」

反町は店を出て、ボルボの運転席に戻った。

すると、努が問いかけてきた。

「泊めてくれるって？」

「ああ、オーケーだったよ。いま、部屋の鍵を持ってくるってさ」

反町は煙草に火を点けた。半分ほど喫《す》ったとき、和香奈が店から出てきた。ロングドレスの裾《すそ》を両手で抓《つま》み、小走りに駆けてくる。

「あのお姉さん、すっごい美人だね。おじさんの彼女じゃないんでしょ？」

努が言った。

「なんで、そう思う？」

「カップルとしては、なんとなく似合わない感じだもん」

「言いたいことを言いやがって」

反町は努の頭を小突《こづ》いた。

和香奈が運転席の横に立ち止まった。反町はパワーウインドーのシールドを下げた。

「きみが井手君ね？」

「はい」

努が緊張気味に答えた。

「わたし、右近和香奈っていうの。話は反町さんから、聞いたわ。お父さんのこと、心配ね」

「はい」

「わたしは独《ひと》り暮らしだから、好きなだけ泊まってもいいのよ」

「ありがとうございます」

「あら、礼儀正しいのね」

和香奈が目を細めた。努ははにかんで、うつむいてしまった。

「お店を閉めたら、なるべく早く自宅に戻るわ。和室の押入れに客蒲団が入ってるから、井手君とあなたの蒲団を並べて敷いといてくれる？」

和香奈が反町に言った。

「えっ、おれは和香奈のベッドで……」

「なに言ってるの。井手君をひとりで和室に寝かせるわけにはいかないでしょ？　それに、あなたとわたしはお友達同士なんだから」

「まいったなあ」

反町は頭に手をやって、部屋のキーを受け取った。

和香奈が車から少し離れた。反町はボルボを走らせはじめた。代沢《だいざわ》、大橋《おおはし》と抜け、青葉台に入った。

和香奈のマンションは邸宅街の一角にある。反町は車をマンションの地下駐車場に入れ、エレベーターで十二階に上がった。マンションは、ひっそりと静まり返っている。和香奈の部屋に落ち着くと、反町は努にシャワーを勧めた。

努がシャワーを浴びている間に、和室に二組の夜具を延べた。一息入れていると、腹の虫が鳴った。

麻理の実家の近くに張り込んでいるとき、数種の菓子パンを食べたきりだった。

反町は勝手に大型冷蔵庫を開けて、生ハムを頰張《ほおば》った。プラムも口の中に放り込んだ。

ダイニングキッチンで一服していると、努が浴室から出てきた。

反町は努に真新しい下着を着けさせ、すぐに夜具に入らせた。

努を早く寝かせつけて、和香奈と睦《むつ》み合う気でいた。しかし、努は落ち着かないようで、いっこうに眠りに落ちない。

そうこうしているうちに、和香奈が帰宅した。彼女は、土産《みやげ》のミートパイを提《さ》げていた。わざわざ青山《あおやま》の深夜レストランに立ち寄り、それを買い求めたらしい。

和香奈は甲斐甲斐《かいがい》しくミートパイを切り分け、努をダイニングテーブルに呼んだ。ミートパイだけではなく、濃《こ》いコーヒーまで努に飲ませた。

いったい、どういうつもりなのか。子供に濃いコーヒーなど飲ませたら、余計に眠れなくなるではないか。反町は和香奈を恨みながら、手摑みでミートパイを頰張った。コーヒーは、たてつづけに三杯飲んだ。

眠気醒《ざ》ましのつもりだった。うっかり寝入ってしまったら、朝まで目を覚まさないかもしれない。そうなれば、もはや和香奈を抱くチャンスは訪れないだろう。

努はミートパイを食べ終えると、和室に引き籠った。

「早いとこ努を寝かしつけてくれよ。後は大人の時間だ。シャワーを浴びてくる」

反町は和香奈の耳許で囁《ささや》き、浴室に足を向けた。

頭を洗い、下腹部にもボディソープの泡をまぶす。和香奈の裸身を思い浮かべると、ペニスが頭をもたげそうになった。

浴室を出ると、和香奈は居間にもダイニングキッチンにもいなかった。

和室の襖《ふすま》は閉ざされ、物音ひとつしない。

どうやら努は寝入ったらしかった。和香奈は自分の寝室に引き取ったのだろう。

反町は腰にバスタオルを巻いた姿で、奥の寝室に忍び寄った。なぜだか、寝室のドアは少し開いていた。

室内は真っ暗だった。和香奈も、その気になったらしい。

反町は舌嘗《したなめず》りしながら、抜き足で寝室に入った。

しかし、ベッドは空《から》だった。反町は寝室を出て、和室に急いだ。

襖をそっと開けると、十畳の和室には夜具が三組並べてあった。

小さな常夜灯《じょうやとう》だけが点いている。努は、中央の蒲団に横たわっていた。小さな寝息を刻んでいた。手前の寝具には、ナイトウェアをまとった和香奈が潜《もぐ》っている。

「どういうことなんだ？」

反町は片膝を畳について、和香奈の耳のそばで囁いた。

「ねえ、親子ごっこをしない？　母親って、どんな感じかなと思って」

「つまらないことを考えるなよ。ベッドに行こう」

「駄目よ、わたしたちの長男が目を覚ますわ。お父さんの蒲団はあっちでしょ？」

和香奈が声をひそめ、壁側の寝具を指さした。

反町は強引に和香奈の夜具の中に潜り込もうとした。と、和香奈に腿《もも》をつねられてしまった。やむなく反町は、努の向こう側の夜具に身を横たえた。しかし、容易に眠れない。

辛い夜になりそうだ。

4

土砂《どしゃ》降りだった。

フロントガラスを伝う雨は、まるで滝だ。ワイパーは作動させていなかった。

反町は、きのうと同じようにボルボを水谷麻理の実家の近くに駐めていた。

午後四時過ぎだった。ここに着いたのは正午前である。耳に嵌《は》めたイヤフォンは沈黙したままだ。車内には、煙草の煙が澱《よど》んでいた。

喉がいがらっぽい。煙草の喫いすぎだろう。舌の先も荒れていた。

反町は車内に新鮮な外気を入れた。

パワーウインドーのシールドが明るくなった。家々の庭木の新緑が雨に濡れ、生き生きと見えた。人通りは絶えていた。反町には好都合だった。

いまごろ努は、和香奈がこしらえたホットケーキを食べているかもしれない。きょう一日、和香奈が努の世話をしてくれることになっていた。

昨夜《ゆうべ》は、ほとんど寝ていない。さすがに頭が重かった。

反町は煙草のパッケージから一本抜き取った。

そのとき、助手席の上でスマートフォンが鳴った。反町はイヤフォンを付けていないほうの耳にスマートフォンを当てた。

「芝大門のタフガイ探偵です」

藤巻が笑いながら、道化《どうけ》た。

「おう！　丸菱商事か、五井物産の役員に接触できたらしいな」

「ええ、丸菱商事の曾根《そね》って常務の弱みを押さえました。曾根常務は、なんと名門女子中学校の三年生の娘《こ》を契約愛人にしてたんすよ」

「ロリコンおっさんなんだろう」

「常務は、わざわざ密会用のマンションを市谷《いちがや》に借りてたんすよ。おれ、部屋から出てきた女子中学生の担任教師に化《ば》けて、曾根常務に会ったんす」

「ずっと先生に成りすましたわけじゃないんだろう？」

反町は問いかけ、マールボロに火を点けた。

「会ってからは、事件屋だと言っておきました」

「で、どうだったんだ？」

「大手商社がＯＤＡ資材調達の入札に絡《から》んだ談合で、謎の恐喝組織に各社十億円前後、脅し取られたことは事実のようっす。曾根は、そういう事実があったとはっきりは認めませんでしたけど、明らかに顔色が変わりましたんで」

「それじゃ、金の受け渡し方法も喋らなかったんだろうな？」

「自社については空とぼけたんすけど、ライバル商社の角紅《かくべに》に関する噂《うわさ》として少し喋ってくれました。角紅を丸菱商事と読み替えてもいいと思うっす。談合の証拠写真や密談音声と一緒に、金の送付先が記《しる》されてたそうです」

「どこだったんだ？」

「香港《ホンコン》の中央郵便局の私書箱宛《あて》になってたようっす。社名は空港清掃会社になってたそうっすけど、丸菱商事で調べてみたら、架空の会社だったという話でした」

藤巻が言った。

「そうだろうな。犯人側が足のつくようなことをやるはずがない」

「ええ、そうっすね」

「で、角紅、いや、丸菱商事は現金《ゲンナマ》を送らされたのか？」

「現金は現金なんですが、円をユーロに替えさせられたそうです」

「ユーロに？」

反町は灰皿に煙草の灰を落とした。

「ええ。おおかた丸菱は十億円相当のユーロを幾つかに分けて、指示通りに香港に航空小包で送ったんでしょう。もちろん、小包の中身はカタログと偽《いつわ》り、差出人名も住所もでたらめだったはずっす」

「犯人側も考えたな。国際書籍小包なんかと違って、印刷物の航空小包は日本の税関で開封されることが少ない」

「ええ、そうっすね。航空小包をすべてレントゲン検査にかけてるわけでもないようなんで、すんなり通ると思うっすよ」

藤巻が言った。

反町は短い返事をし、煙草の火を消した。

恐喝組織は強請《ゆす》り取った金を香港でいったんマネーロンダリングし、自分の秘密口座《ナンバー・アカウント》に入れているようだ。

香港はおよそ二十五年前にイギリスから中国に返還されたが、昔も今も自由港であることに変わりはない。外国の銀行がひしめき、世界じゅうの通貨が出回っている。ユーロを米ドルやポンドに替えることはたやすい。銀行だけではなく、私設の両替屋もある。

どんなに汚れた裏金でも両替によって、取得手段が不明になるわけだ。脅された側が巨額を円からユーロに替えたことで怪しまれることはあっても、捜査の手は犯人側には届かないだろう。

「マネーロンダリングをやってるわけっすから、おそらく恐喝グループは外国のマフィアでしょうね？」

藤巻が言った。

「そうとは限らないぞ。いまや一般市民だって、マネーロンダリングのことや租税回避国の銀行に秘密口座があることぐらいは知ってるからな」

「おれも一応、一般市民だったな」

「年収は一般市民のレベルに達してないだろうがな」

「反町さん、人生は金じゃないでしょ！」

「いや、銭《ぜに》だな。男の人生は金と女さ。そのどちらも追っかけようとしない藤巻ちゃんは、男失格だろう」

反町は言い切った。半分は冗談だったが、半分は本気でそう思っていた。

「時代遅れだな、反町さんの考え方って。それに歪《ゆが》んでますよ。男の人生は、心意気と誇りでしょうが！」

「若いな、藤巻ちゃんは。心意気や誇りだけで生きられるか？」

「経済的には苦しくても、心の充足感があれば……」

藤巻が言葉を途切らせた。

「人生、気楽にやれよ。たかが人生さ」

「されど、人生ですよ」

「どこまでいっても、話は並行したままだな。話を元に戻すぞ」

「いいっすよ」

「服部製薬や五大商社が恐喝《カツアゲ》されたことは事実だろう。杉本雅美は丸菱商事の周辺も嗅ぎ回ってたのかな」

反町は訊いた。

「ええ、彼女が何人かの社員に接触を試《こころ》みてたことは間違いないようっす。しかし、曾根常務は取材に協力した社員はひとりもいないはずだと言ってたな」

「それは、その通りだろう。会社の弱みや恥部を外部に洩《も》らす社員なんて、ふつうはいないからな。ましてや巨大商社に就職したような連中は、何よりも安定を求めてる」

「だと思うっす」

「杉本雅美は恐喝された側に口を封じられたんじゃなく、犯人側に消されたんだろう」

「そうなんすかね」

「藤巻ちゃん、そっちの調査はもう打ち切ってくれ。謝礼は、会ったときに渡すってことでいいか？」

「ええ。その後、井手氏の消息はどうっすか？」

藤巻が問いかけてきた。

「多分、井手貢は生きてるだろう」

「何か確証を掴んだんですね？」

「いや、まだ確証は得てないんだ。水谷麻理がマンションを引き払ったんだよ。それで、おれは井手が生きてるんじゃないかと睨んだんだ」

反町は経過を手短に語り、先に電話を切った。

ほとんど同時に、スマートフォンの着信音が響きはじめた。反町はスマートフォンを耳に当てた。

「唐沢です」

「やあ、きみか」

「一昨日《おととい》、雅美の葬式が終わりました」

「大変だったろうな」

「いいえ、ぼくはろくに手伝いもできませんでしたので。それより、所沢の実家にも雅美の取材メモや録音音声はありませんでした。彼女の部屋を徹底的に探してみたんですがね。きょうは朝から、高円寺の部屋を引っ掻き回してみたんですけど、やはり……」

「誰か友人に預けてるんじゃないだろうか」

反町は言った。

「通夜と告別式に出てくれた雅美の友人にひとりずつ訊いてみたんですよ。ですが、取材メモや録音音声を預かってる者はいませんでした」

「そう。そういえば、水谷麻理は通夜か告別式のどちらかに顔を出したんだろうか」

「いいえ、どちらにも現われませんでした。そのことで、ちょっと引っかかる点があったので、お電話したんですよ」

「どんなことに引っかかったのかな？」

「雅美の家族や友人の話によると、彼女はこの一、二カ月の間、ちょくちょく水谷麻理さんと会ってたらしいんですよ」

唐沢が答えた。

「ちょくちょく会ってたって？」

「ええ。それなのに、水谷さんが通夜にも告別式にも顔を出さなかったことが妙に引っかかって」

「それは、確かにおかしいね」

「何かで二人は仲違《たが》いしたんでしょうか？」

「雅美さんの身内や友達は、そのあたりのことはどんなふうに言ってた?」

反町は訊いた。

「喧嘩《けんか》をした様子はなかったと誰もが口を揃えていました」

「そう」

「これは単なる勘《かん》なんですが、雅美は取材メモや録音音声なんかを水谷さんに預けてたんじゃないでしょうか。しかし、雅美があんな殺され方をしたので、水谷さんは怖くなって、通夜にも告別式にも出られなかったのかもしれません」

唐沢が自分の筋読みを明かした。

フリーカメラマンの推測した通りだったとしたら、雅美を殺害した犯人が水谷麻理を追い回すことは想像に難《かた》くない。麻理があたふたとマンションを引き払ったことの説明もつく。

だが、麻理は雅美と久しく会っていないという意味のことを言っていた。なぜ、彼女は嘘をつかなければならなかったのか。麻理の中に何か疚《やま》しさがあるからなのかもしれない。反町は胸の内で呟いた。

「どう思われます?」

「水谷麻理が取材メモや録音音声を預かってるのかどうかはわからないが、彼女の行動がちょっと気になるね。麻理は二日前に中根のマンションを引き払ったんだよ」

「そうなんですか⁉」

「水谷麻理は親許にも何も連絡せずに、急に姿をくらましてしまったんだ」

「雅美を殺した奴が、水谷さんの周辺に現われたんでしょうか？」

唐沢が問いかけてきた。

「そう考えられなくもないな。あるいは別の理由があって、姿をくらましたのか」

「別の理由というと、どんなことでしょう？」

「これといったことが思い浮かぶわけじゃないんだ。ただ、水谷麻理が重要な鍵を握ってるような気がするな」

「ええ、それはぼくも同じです」

「そんなわけで、きのうときょう、水谷麻理の実家の近くで張り込んでるんだ。ひょっとしたら、麻理が親許に顔を出すかもしれないと思ってね」

反町は、電話引き込み線に盗聴器を仕掛けたことには触れなかった。

「何かお手伝いしましょうか？」

「いまのところ、手伝ってもらいたいことはないな」

「それじゃ、また連絡させてもらいます」

唐沢が先に電話を切った。

反町はなんとなく努のことが心配になって、和香奈のスマートフォンを鳴らした。スリーコールで、電話は繋がった。

「おれだよ。努はどうしてる？」

「いま、ケーキ皿を洗ってくれてるの。外は、すごい雨ね。大丈夫？」

電話の向こうで、和香奈が言った。

「ああ。車の中で頑張ってるよ」

「ねえ、努君をお店に連れてってもかまわないでしょ？」

「きょうは店に出ないで、努の面倒を見てくれるはずだっただろう？」

「その予定だったんだけど、努君がわたしに仕事を休むなって言いつづけてるのよ」

「子供なりに、ちゃんと借りを感じてるようだな」

反町は口許を緩《ゆる》めた。

「そうみたいよ。いいでしょ、お店に連れてっても？」

「酒を飲ませたりしなきゃな」

「うふふ。従業員休憩室で遊ばせておくわよ。飽《あ》きたら、近くのゲームセンターにでも連れてってやるかな」

「悪いが、よろしく頼むよ」

「帰りは遅くなりそう？」

「わからないんだ」

「わたしよりも先にマンションに戻ったら、レトルト食品を適当に温めて、とりあえず空腹を満たしといて」

「ああ。和香奈、今夜も和室で三人で寝ような」

「悪いけど、あなたはわたしのベッドで独り寝をして」

和香奈が言った。

「残酷なことを言うね」

「だったら、別れる？」

「くそっ、こっちの負けだ」

反町は戯言《ざれごと》を口にし、通話を切り上げた。

雨脚はいっこうに衰《おとろ》えない。黒い路面で、大粒の雨が撥《は》ねている。

反町はヘッドレストに後頭部を預け、軽く目を閉じた。

それから十数分が過ぎたころ、麻理の実家の受話器が外れた。反町は反射的に背筋を伸ばした。耳栓型のイヤフォンから、麻理の声が流れてきた。

「もしもし、わたしよ」

「麻理、なんで急にマンションを引き払ったの？」

「母さん、どうして知ってるの⁉」

「きのう、大学の先輩だという男の人から電話があって、そのことを教えられたのよ。それで、すぐに不動産屋さんに問い合わせたら、やっぱり引っ越したって」

「先輩って、誰なのかしら？　なんだか気味が悪いわ」

「佐藤と名乗ってたわ。声から察して、三十代の後半かしらね」

「心当たりがないな」

「麻理、なぜ急に引っ越したの？」

母親が娘に問いかけた。

「わたし、ストーカーっぽい男にまとわりつかれてたの。それで怖くなって、マンションを引き払ったのよ」

「いま、どこにいるの？」

「恵比寿《えびす》のリースマンションよ」

「リースマンションって？」

「ホテル形式のマンションよ。家具付きの部屋を週単位で借りられるの」

「そうなの」

「ここにしばらくいて、また、どこかにマンションを借りようと思ってるのよ」

「そんな所にいないで、こっちに帰ってらっしゃい」

「急ぎの翻訳の仕事があるのよ。梶が谷の家よりも、ここのほうが仕事しやすそうなの」

「そう。一応、そのリースマンションの名前を教えて」

「いいけど。もし誰かから居所の問い合わせがあっても、絶対に教えないでね。さっき話した変質者っぽい奴かもしれないから」

麻理が念を押してから、マンション名を明かした。

反町は素早く手帳にメモした。

「そのリースマンションは、どのへんにあるの？」

「恵比寿三丁目よ。ほら、恵比寿ガーデンプレイスの真裏にあるの」

「わかったわ。それじゃ、母さん、明日か明後日にでも、さっそく行ってみる。何か欲しい物はない？」

「特に必要な物はないわ。それに、しばらく来てほしくないの」

「あら、なぜ？」

「いま抱えてる翻訳の仕事って、次世代ＡＩの手引書なのよ。厄介《やっかい》な専門用語がたくさん出てきて、すらすらとは日本語にできないの」

「忙しいのねえ」

「そうなのよ。睡眠時間を削《けず》って、ずっと仕事をしてる状態なの。一段落したら、こちらから声をかける。それまでは遠慮してもらえる？」

「ええ、わかったわ。仕事も大事だけど、健康管理も忘れないようにね」

電話の遣り取りが終わった。

レコーダーも停止していた。麻理はリースマンションにいるようだ。

反町は耳からFM受信機のイヤフォンを外し、発進の準備に取りかかった。エンジンが唸《うな》り、ワイパーが勢いよく動きはじめた。

第四章　暴かれた真相

1

ホテルのようなエントランスロビーだった。

反町は車の中から、恵比寿第一リースマンションを見ていた。午後六時過ぎだった。

ロビーの正面には受付《フロント》があった。

初老の男が立っている。フロントというよりも、管理人に近い仕事をしているようだ。

さきほど男は、宅配便の荷物を受け取っていた。

出入口はオートロック・システムにはなっていなかった。受付の男の目を盗めば、八階建てのマンションの中に忍び込める。

部屋に押し入る前に、ちょっと確認しておこう。

反町はスマートフォンを用いて、水谷麻理に電話をかけた。

ややあって、受話器が外れた。麻理の声が響いてくる。警戒するような声だった。

反町は耳を澄ました。わざと何も喋《しゃべ》らなかった。

室内の物音は何も伝わってこない。

「もしもし、どなたでしょう?」

「………………」

反町は黙したままだった。

麻理が先に電話を切った。怪しまれただろうか。それなら、それで仕方ない。反町はスマートフォンを助手席に置いた。

さて、受付をどう突破するか。反町は考えはじめた。

麻理の知人に成りすますこともできなくはない。しかし、各室にフロントと繋《つな》がっているインターフォンがあるのではないか。

フロントが来訪者のことを伝えたら、麻理はすんなりとは部屋のドアを開けないだろう。

ちょっと荒っぽいが、高圧電流銃《スタンガン》を使うことにした。反町はグローブボックスを開けた。高圧電流銃を取り出したとき、リースマンションのエントランスロビーに見覚えのある男が現われた。左足を引きずっている。視線を延ばす。

経友会の駒崎だった。顔に疣《いぼ》のある男だ。

　反町は急いで車をバックさせた。ヘッドライトは消したままだった。

　少し経《た》つと、リースマンションの駐車場から象牙色《ぞうげいろ》のベンツが滑《すべ》り出てきた。ステアリングを握っているのは駒崎だった。同乗者はいない。

　検事に化けることにする。反町は高圧電流銃をグローブボックスに戻し、ウエスの下から偽造身分証明書を抓《つま》み出した。

　東京地検特捜部検事のものだった。一般の市民には偽造した身分証明書とは見抜けないだろう。プロの偽造パスポート屋に作らせた精巧な造りだ。

　ウエスの下には、偽造の警察手帳、麻薬司法警察手帳、東京国税局査察官の身分証明書などが隠してある。反町はそれらを必要に応じて、使い分けていた。これまでは一度も偽造だと看破《かんぱ》されたことはない。

　反町は偽の身分証明書を上着の内ポケットに入れ、ボルボを降りた。

　篠《しの》つく雨の中をリースマンションまで走る。たちまち反町は、ずぶ濡れになった。

　エントランスロビーに走り入ると、受付の男が同情に満ちた目を向けてきた。

　反町は受付に大股で歩み寄って、偽の身分証明書を短く呈示《ていじ》した。

「東京地検の者です。ある汚職を立件するために内偵を進めているんですよ。ご協力願えますね」

「は、はい」

初老の男は神妙な顔で答えた。気の毒になるほど緊張しきっている。

「さっき出ていった男は、このリースマンションの入居者ではないですね？」

「ええ。三〇三号室のお客さまです」

「三〇三号室を借りているのは、この女性でしょう？」

反町は、藤巻が盗み撮りした麻理の写真を見せた。相手が大きくうなずく。

「そうです。検事さん、この方が何か事件に関わっているのでしょうか？」

「間接的ですがね」

反町は返事をはぐらかした。

「立派なキャリアウーマンのようでしたけどねえ」

「さっきの客、何度か彼女を訪ねてきたことがあります？」

「いいえ、初めてですね。多分、同居中の男性のお知り合いなのでしょう」

相手が言ってから、少し悔《く》やむ顔つきになった。

「写真の女と一緒にいるのは四十一、二歳の男ですよね？」

「はい、そうです。ここは、その写真の女性がお借りになったのですが、最初からお二人で住まわれています」

「男のほうは、ほとんど外出することはないんではありませんか？」

「ほとんどというより、まだ一度も外出していませんよ」

「やっぱり、そうですか」

反町は呟《つぶや》き、写真を上着の内ポケットに収めた。麻理と同居しているのは、井手貢と考えてもいいだろう。

「あの男性、政治家か高級官僚に賄賂《わいろ》を使ったのでしょうか？」

「事件のことは話せないんですよ」

「あっ、そうでしょうね。いや、おかしなことを訊《き》いてしまいました。すみません」

「あなたに協力してもらいたいことがあるのですが……」

「なんでしょう？」

「部屋の火災報知機の点検とでも言って、三〇三号室のドアを開けさせてもらえませんか。まだ内偵捜査の段階ですので、家宅捜索の令状を取ってないんですよ。つまり、強引には部屋に踏み込めないわけです」

「わかりました。協力させてもらいます」

相手がためらいをふっ切るように言った。

反町は相手と一緒にエレベーターに乗り込んだ。三階で降り、無言で三〇三号室に向かう。ほどなく部屋の前に達した。

フロントの男が三〇三号室のチャイムを押し、指示した通りのことを喋った。反町はドア・スコープの死角に身を潜《ひそ》めた。

室内で走る音がした。反町は、初老の男を受付に戻らせた。

ドアが開けられる。

反町は室内に躍《おど》り込んだ。水谷麻理が口に手を当て、数歩後ずさった。驚愕《きようがく》の色が濃い。

「井手氏と一緒だね？」

反町は後ろ手にドアを閉め、抓《つま》み部分を倒した。

「何をおっしゃってるの⁉ ここには、わたししかいません」

「そうかな」

「彼は、井手さんは行方がわからないんです。会いたくたって、会えないんですよっ」

麻理が急に声を高めた。どうやら奥にいる井手に身を隠すチャンスを与えたようだ。

「ちょっとお邪魔させてもらうよ」

「こ、困ります。女のひとり住まいですので、本当に困るんです。お引き取りください」

「ここから、総会屋グループの人間が出てきたのを見てるんだ」

反町は鎌《かま》をかけた。

「総会屋グループの人って？」

「関東一心会関口組直系の経友会の駒崎のことですよ。眉のとこに、小豆大の疣がある男です。おおかた井手氏に何か用があったんでしょう」

「そんな男性、ここには来ませんでしたよ」

「とにかく、上がらせてもらいます」

「お帰りください。無理に上がろうとしたら、一一〇番しますよ」

麻理が美しい顔を引き攣《つ》らせた。

「どうぞ、お好きなように。困るのはこっちじゃなく、井手氏のほうだろうからね」

「そんなこと……」

「失礼するよ」

反町は靴を脱いだ。

麻理が立ち塞《ふさ》がる。反町は麻理を押しのけ、玄関ホールに上がった。短い廊下の先に、広いリビングルームがあった。マンションふうの造りだった。本来は、分譲マンションとして建てられたのではないか。

しかし、入居希望者が集まらなかったため、リースマンションに変更されたのだろう。都内にはこの種のリースマンションが増えている。間取りは1LDKだった。

リビングセットのコーヒーテーブルの上に、読みかけの新聞が拡げてあった。その上には、見たことのある縁《ふち》なし眼鏡が置かれている。

依頼人の眼鏡にちがいない。だが、居間には人影がなかった。

「井手さん、出てきてくれませんか」

反町は大声で呼びかけた。

人の動く気配は伝わってこない。麻理は居間の仕切りドアの横に立っていた。絶望的な表情だ。ほとんど血の気がない。

反町は奥の寝室に駆け込んだ。

二つのベッドが並んでいる。片方はセミダブルだった。夜具は少し乱れていた。

反町は屈《かが》んで、二つのベッドの下を覗《のぞ》き込んだ。

依頼人は潜んでいない。クローゼットの中にも隠れていなかった。

反町は寝室を出て、トイレや浴室のドアを開けた。

井手は、どちらにもいなかった。居間に戻ると、麻理が安堵した顔つきで言った。

「ほら、ごらんなさい。やっぱり、わたしだけだったでしょ?」

「そこに井手氏の眼鏡がある」

反町はコーヒーテーブルを指さし、ベランダ側のサッシ戸を見た。

白いレースのカーテンの裾《すそ》が、戸枠《とわく》とサッシ戸の間に挟まっていた。後ろで、麻理が溜息をついた。

反町はにっと笑って、サッシ戸を横に払った。

雨が手摺《てすり》を叩《たた》いている。ベランダを覗くと、井手が背を丸めて屈み込んでいた。頭に包帯をしている。

「もう観念したほうがいいな」

「なぜ、わたしがここにいることがわかったんです？」

「あなたの偽装工作がラフすぎたからですよ」

「えっ⁉」

「居間で話を伺いましょうか」

反町は穏《おだ》やかに言った。だが、鋭い目をことさら吊《つ》り上げる。威嚇《いかく》するときの癖《くせ》だった。井手が泣き笑いに似た表情で立ち上がった。反町は麻理に顔を向けた。

「残念だったな」

「反町さん、何も見なかったことにしてもらえません？」

「見てしまったものは、そう忘れられるもんじゃない」

「お金なら、少しあるわ」

麻理が言った。瀬踏《せぶ》みするような言い方だった。自分のほうから、具体的な額を提示する気はないようだ。

「何もかも忘れてくれたら、一千万円出してもいいが……」

井手が言って、サッシ戸を閉めた。

「金には魔力がある。金は大好きですよ」

「なら、それで折り合いをつけてもらえないだろうか」

「こっちにとって、一千万円は大金とは言えません」

反町は素《そ》っ気《け》なく言った。

「もう一千万円、上乗せしてもいい。それで、どうだろう？」

「二千万円も端《はし》た金《がね》だな。こっちの口にチャックを掛けたかったら、最低一本は用意してもらわないと」

「一億円出せって言うのか⁉」

井手の声が裏返った。

「こっちは他人《ひと》の金も大好きだが、悪党どもの愛人も嫌いじゃないんですよ」

「それ、どういう意味なんだ⁉」

「わざわざ説明しなくても、わかるでしょうが？」

反町は唇をたわめた。

井手が苦渋に満ちた顔になり、天井を仰《あお》ぎ見た。重苦しい沈黙を麻理が突き破る。

「わたしを抱いたら、目をつぶってもらえるの？」

「麻理、何を言い出すんだ⁉」

井手が目を剝《む》いて、愛人の顔をまじまじと見た。

「あなたは黙ってて。それで、苦境を乗りきれるなら……」

「しかしね、そんなことをきみにさせたくない」

「それなら、二人で反町さんを殺してしまう？」

「おい、正気なのか⁉」

「もちろん、実際には殺人なんかできやしないわ。でもね、わたしたちはそこまで追いつめられてるのよ」

麻理が言い諭《さと》す。井手は何か言いかけたが、すぐに口を噤《つぐ》んだ。

反町は依頼人の愛人を改めて見た。

長袖のシルクブラウスに、オリーブグリーンのフレアスカートを身に着けていた。彫金《ちょうきん》のネックレスが似合っている。知的でありながら、充分に官能的なムードを漂わせていた。肉感的な肢体《したい》は、よく撓《しな》りそうだった。シーツの上で魚のように裸身をくねらせる麻理の姿が想像できた。

「寝室に行きましょう。口止め料の交渉は、終わってからにしていただきたいの」

麻理が近寄ってきて、反町の腕に白いしなやかな指を添えた。井手が呻くように言った。

「考え直してくれ、麻理……」

「わたしは平気よ。これも、あなたのためですもの」

「それだから、やめてほしいんだっ」

「いいのよ、わたしは。あなたはヘッドフォンを付けて、何か音楽を聴《き》いてて」

「それじゃ、駄目だ」

反町は麻理の言葉を遮《さえぎ》った。

「何がいけないの？」

「そっちを抱くなら、井手さんの見てる前じゃなきゃな」

「いくらなんでも、そんなことはできないわ」

麻理が井手と顔を見合わせ、驚きを露《あらわ》にした。目には蔑《さげす》みの色が差している。

「こちらの条件を突っ撥ねたきゃ、それでもいいんだ。金もいらない。その代わり……」

「待って。なんとか彼を説得してみるわ」

「そいつは無理だろうな」

反町は煙草をくわえた。

マールボロに火を点けたとき、麻理が真顔《まがお》で井手を説得しはじめた。当然のことながら、井手は麻理の話に耳を傾けようとしなかった。

世話を焼かせる依頼人だ。反町は不運を呪《のろ》わずにはいられなかった。

井手が悪意を持って自分を裏切ったのなら、話は簡単だ。腕ずくで、井手の企《たくら》みを喋らせればいい。

しかし、そういう悪意はそれほど感じられなかった。悪いことに、反町は弩に好感を抱《いだ》きはじめていた。その少年の父親を殴《なぐ》りつける気にはなれなかった。

煙草を喫い終えても、井手は麻理の説得を受け入れようとしなかった。

「仕方がない。不本意だが、少し手荒なことをさせてもらうぞ。見なかったことにするしないは別にして、やっぱり、どうしてもからくりが知りたくなったんでね」

反町は井手を見据えながら、わざとオーバーに指の関節を鳴らした。

麻理が必死になって、パトロンを掻き口説く。

井手はひとしきり首を振りつづけていたが、やがて麻理の説得に不承不承《ふしょうぶしょう》、応じた。インテリは暴力を極度に恐れる。

といっても、反町は井手を殴打《おうだ》する気はなかった。井手は、麻理が反町に抱かれることに耐えられなくなるだろう。そのうちに、必ず真相を明かすのではないか。

反町は、そう踏んでいた。

三人は寝室に移った。反町は井手をシングルベッドの上に押し上げた。井手は諦め顔で、胡坐《あぐら》をかいた。

麻理がセミダブルのベッドの枕許《まくらもと》に立ち、反町に背を向けた。

すぐに彼女は衣服を脱ぎはじめた。ためらいは少しも感じられない。ブラジャーとパンティーだけになると、案の定、井手が悲痛な声で言った。

「きっと後悔することになるぞ、麻理」

「もう何も言わないで」

麻理が先にブラジャーを外し、パーリーグレイのパンティーを取り除いた。

井手が吐息《といき》を洩らし、瞼を閉じた。

「目をつぶらないでもらいたいな」

反町は言った。

井手がどこまで耐えられるか試してみたかった。

反町は麻理を抱き寄せ、性感帯を愛撫《あいぶ》しはじめた。すぐに麻理は喘《あえ》いで、切なげな声を洩《も》らした。

すると、井手が喚《わめ》いた。

「もうやめてくれーっ」

「こちらの質問に素直に答えてくれなきゃ、中断はしない」

「何が知りたいんだ？」

「経友会の関口保に頼んで、あなたは息子を誘拐《ゆうかい》させ、自分も総会屋事務所の若い者に拉致させたんでしょ？」

反町は訊いた。

井手が顔を背《そむ》ける。反町は麻理の合わせ目を探った。しとどに濡れている。

反町は肥厚した小陰唇の間に指を入れ、ピアニストのように指先を躍らせた。愛液が音をたてる。淫猥《いんわい》な音だった。

「もうやめてくれーっ。その通りだよ。わたしの狂言だったんだ」

井手が、とうとう白状した。

麻理が何か小声でぼやき、上体を起こそうとした。反町は、それを許さなかった。

「経友会の関口さんは、数年前からの知り合いなんだ。彼は、わたしが顧問をやっている晴光《せいこう》電機の与党総会屋なんですよ。株主総会を仕切ったり、ごろつき総会屋を追い払っている」

「西六郷での偽装には、関口保が手を貸してるんでしょ？」

「ええ。彼に頼んで拳《こぶし》大の石で頭を軽く叩いてもらったんですよ。傷は浅かったんだが、思ったより出血がひどかったな」

「だから、上着が血塗《ちまみ》れになったのか」

「そうなんです。わたしは勿怪《もっけ》の幸いだと思いました。他殺と思わせるためには、そのほうが好都合だからね」

「なるほど。その後の細工のことは省《はぶ》いてもらって結構です」

「反町さん、なぜ、わたしの偽装工作のことがわかったんです？」

井手が首を傾《かし》げた。

「あなたを連れ去った連中の線をたどって、昔の同僚から情報を入手したんですよ。後は自分が調べた事実と合わせて、推測しただけです。あなたは何か危《ヤバ》いことをしたんでしよ？　それだから、刺客《しかく》を放った人物に自分が誰かに始末されたと思わせたかった。そうなんですね」

「ええ、その通りです。ああでもしなければ、ずっと死の恐怖から逃れられないと思ったんですよ」

「いったい何をやったんです？　あなたを消そうとしたのは誰なんですか。そいつを教えてほしいな」

「それは言いたくない」

「そんなことを言ってる場合じゃないでしょ！」

反町は苛立《いらだ》ちを覚え、思わず語気を強めた。井手は黙りこくったままだった。

「諦めが悪いな」

反町は鋭い目を細め、高度なフィンガーテクニックで麻理の官能を煽《あお》った。

親指の腹で陰核を刺激し、埋めた中指でGスポットをこそぐるように削《そ》ぐ。残った指で花びらと肛門《アヌス》を弄《もてあそ》んだ。

「もうこれ以上は見ていられない。頼む、早く指を抜いてくれーっ」

井手が膝《ひざ》立ちになって、涙声で哀願した。

「口を割ったら、抜きますよ。彼女は残念がるかもしれないが……」

「わたしは西急クレジットの鎌田峰久《かまたみねひさ》社長に頼み込んで、無担保で二億円ばかり強引に融資してもらったんです。実は株で五億数千万円の借金をこしらえてしまったんだ。別れた佳代には、借金の額を少なめに言っておいたが。三億ちょっとは不動産を処分して、銀行に返済したんだが、残りの分がなかなか返せなかったものだから……」

「無担保融資なんて、考えられないな。鎌田って社長の弱みを握って、二億円を脅し取ったんでしょ？」

「いや、そうじゃない。余裕が出来たら、返すつもりだったんですよ」

「貸借契約書は交わしたの？」

「それは交わしていない」

「なら、恐喝だな」

「そういう側面もなくはないだろうが」

「苦しい言い訳だな」

反町は薄く笑って、麻理の体内から二本の指を引き抜いた。夥《おびただ》しい愛液に塗れていた。

井手が、ほっとした表情になった。麻理は不満顔だ。肩透かしを喰ったような心持ちなのだろう。

「西急クレジットの鎌田社長は不景気になってからも、友人の経営するゴルフ場開発会社に六百億円の不正融資をしてたんですよ。最初《はな》っから回収の見込みがないことを知ってて融資を実行したのは、鎌田が友人に六十億円のキックバックをさせる肚《はら》だったからなんだ。事実、鎌田社長は六十億円を懐《ふところ》に入れてた」

「鎌田って奴の特別背任のことは、どうやって嗅《か》ぎつけたんです?」

反町はハンカチを抓み出し、愛液に濡れた指を拭《ぬぐ》った。

麻理が恥ずかしそうに目を逸《そ》らし、ぽつりと言った。

「そのことは、わたしが教えたんです」

「そっちは以前、西急クレジットの社長秘書をしてたんだな」

「ええ。それだけじゃなく、わたし、鎌田の世話になっていたんですよ」

「つまり、愛人だったと……」

反町は、みなまで言わなかった。

「ええ、そうです。わたし、鎌田に三年間、尽くしました。いつか後妻にしてもらえると思ってたの。だけど、鎌田は結婚話を餌《えさ》にして、わたしの体を弄んだだけだったのよ」

「その腹いせに、鎌田の不正行為を井手氏に教えたのか」

「ええ、そう」

麻理が後ろ向きになって、ランジェリーを着けはじめた。

「鎌田って男は卑劣な奴なんですよ。麻理が結婚を強く迫ると、半グレどもに彼女を輪姦《りんかん》させたんです」

井手が言った。

「だからって、二億円を脅し取ってもいいってことにはならないな」

「ええ、それはね」

「鎌田に雇《やと》われた連中に、命をつけ狙われたんですね？」

反町は確かめた。

「ええ、多分」

「多分って、はっきりしないんですか？」

「実はわたし、別に金になりそうな材料を探ってたんですよ。親父《おやじ》から譲り受けた土地や別荘を売ってしまったことが申し訳ない気がしたので、なんとか処分した不動産を買い戻したかったんです」

「で、どんなスキャンダルを追ってたんです？」

「一つは、この春から頻発《ひんぱつ》してる国会議員秘書襲撃事件です。わたしは、襲われた秘書たちが表に出せない裏金を運んでたんじゃないかと直感して、麻理の友人の女性フリージャーナリストに、自分の推測を話してみたんですよ。そうしたら、その彼女はとっても興味を示しまして、独自に取材しはじめたんです」

井手が長々と喋った。

「その女性フリージャーナリストというのは、杉本雅美ですね？」

「ええ、そうです。反町さんは、もうそこまで調べ上げてたのか⁉　杉本さんは深入りしすぎて殺されたにちがいありません」

「こっちが調べたところによると、そっちは杉本雅美としばしば会ってたな」

反町は、身繕《づくろ》いを終えた麻理に顔を向けた。

「それは事実です。杉本さんは何か摑《つか》んでるようだったけど、わたしには教えてくれようとしなかったわ」

「おたくらは杉本雅美を唆《そその》かして、一連の襲撃事件の首謀者を探り出させる肚《はら》だったんだな」

「ええ。でも、一種のギブ・アンド・テイクよ。杉本さんもうまくやれば、大スクープを……」

「そういうやり方は気に入らないな。悪党どもから大金をせしめたかったら、何もかも自分らがやるべきだ」

「杉本さんにも功名心《こうみょうしん》があったんだから、遣《や》らずぶったくりというわけじゃないでしょ！」

麻理が鼻白んだ顔つきになった。

反町は、ふたたび井手の方を見た。井手が小さくうなずき、すぐに言葉を発した。

「もう一つは、友人の弁護士から聞いた話をちょっと調べはじめてたんですよ」

「どんな事件なんです？」

「一流企業の役員たちが何かのパーティーに出席した後、正体不明の恐喝組織に次々に一億円前後の金を脅し取られたらしいんです。友人の話だと、被害者たちは罠《わな》に嵌《は》められたと言っていましたが、具体的なことは何も教えてくれませんでした」

「その弁護士は企業顧問をやってるのかな？」

「そうです。一流企業ばかりです、彼が顧問をやってるのは。矢吹健人《やぶきけんと》という名で、四十三歳だったかな」

「オフィスは、どこにあるんです？」

「西新宿です」

「矢吹弁護士を紹介してほしいな。これから、オフィスに案内してくれませんか」

「これから⁉」

「ええ、そうです。鎌田から二億円を脅し取ったことを公《おおやけ》にされたくなかったら、こっちに協力したほうがいいと思うな」

反町は言った。井手が反射的にベッドから降りた。

2

信号が変わった。

赤になった。前走車は交差点を抜け損《そこ》なって、停止ラインを少し越えてしまった。

反町はブレーキペダルを踏んだ。

渋谷の並木橋《なみきばし》の交差点だった。明治通りである。雨は、いっこうに止む気配がない。

「努のこと、申し訳ありません」

助手席の井手が唐突に言った。

「こっちが面倒見てること、なぜ知ってるんです？」

「経友会の若い人に、あなたをこっそり尾《つ》けてもらってたんですよ」

「さっき駒崎がリースマンションを訪れたのは、息子さんの様子を伝えにきたのか」

「それもありますが、わたし、関口さんにも刺客を差し向けた人物を探ってもらってたんです」

「おれでは、頼りにならないと思ったわけか」

反町は皮肉を言った。

「別にそういうことじゃないんです。あなたには、身の護衛をしてもらえればと思ってたんですよ。しかし、爆発物が送りつけられ、杉本さんが殺されたのを知って……」

「で、総会屋のボスは敵の正体をどこまで？」

「わたしを主に尾けてるのは、スポーツ刈りと丸刈りの男たちだったそうですが、残念ながら、その二人の正体はまだ摑めていません。その二人組が、わたしの自宅に火を放ったのでしょう。駒崎さんの下の者が、あなたが火を消し止めたことも見てたらしいんです。何から何まで、ご迷惑をかけてしまって」

井手がそう言い、深々と頭を垂れた。

「なぜ、努君まで誘拐させたんです？」

反町は、疑問に感じていたことを訊いた。正体不明の敵や自分の目を欺《あざむ》くためなら、井手だけ拉致されたと見せかければよかったのではないか。

「わたしだけ経友会の連中に拉致させる偽装工作だと、反町さんに計画を阻止されてしまうだろうと考えたんです。それで、先に努をさらわせたわけですよ。つまり、息子が人質になれば、あなたの動きは制限されます」

「要するに、偽装拉致の成功率が高くなると考えたんだ？」

「ええ、そうです」

「なんで、努君と一緒に拉致されたと見せかけなかったんです？」

「それは、麻理と二人だけで暮らしたいと思ったからですよ。わたしがいなくなれば、佳代が努を引き取ってくれるだろうと……」

井手がうなだれた。

信号機の色が変わった。反町は、車を発進させた。少ししてから、言葉を発した。

「無責任だな」

「え？」

「父親失格だってことですよ。他人《ひと》に偉そうなことは言える柄《がら》じゃないが、努君はあなたのたったひとりの子供でしょうが！」

「返す言葉がありません。今夜にも、努を引き取ります」

「そういうことじゃないっ。こっちは、そんなことを言ってるんじゃないんですよ」

「わかります。おっしゃりたいことはわかる」

「だったら、せめて電話ぐらい……」

「そうですね。努は、反町さんのお知り合いの女性のお宅にいるそうですね。その方の電話番号は？」

井手がダッシュボードの上のスマートフォンに腕を伸ばした。

反町は井手の手からスマートフォンを奪い取り、和香奈にスピーカーモードで電話をかけた。

スリーコールで、和香奈が受話器を取った。反町は井手が無事だったことを告げ、努を電話口に出させた。

「父さん、生きてたんだって？」

努の声は喜びに弾《はず》んでいた。

「ああ。ちょっと事情があって、わざと姿をくらましてただけだったんだ」

「よかった！　父さん、元気なの？」

「ああ、大丈夫だよ。頭にちょっと怪我をしてるが、たいした傷じゃなさそうだな。いま、お父さんと替わるよ」

反町はスマートフォンを井手に渡した。

車は渋谷で青山通りに入っていた。井手が言葉を詰まらせながら、くどくどと息子に詫びた。努は涙ぐんでいることだろう。

「今夜じゅうに迎えに行くからな。東京ディズニーランドの近くのホテルに泊まろう。それじゃ、後でな」

井手が通話を切り上げた。声を殺して、泣きはじめる。肩口が笑っていた。

反町はカーラジオの電源スイッチを入れた。パティ・ページというアメリカの女性歌手のブルージーな歌が控え目に流れてきた。自分を棄《す》てた男の突然の死を悼む女の歌だった。

曲が変わったとき、反町は後ろの黒いクラウンが妙に気になった。渋谷駅のあたりから、追尾してきていた。

反町は減速し、ミラーに目をやった。

雨とヘッドライトの光で、クラウンの車内はよく見えなかった。人影は二つだった。

「ちょっと回り道をしましょう」

「尾行されてるんですか⁉」

井手が体を強張《こわば》らせた。

「振り向かないで」

「は、はい」

「念のために確かめてみましょう」

反町は表参道《おもてさんどう》の交差点を左に折れた。

低速で原宿駅《はらじゆく》方面に向かう。黒塗りのクラウンは追走してきた。

反町は代々木《よよぎ》公園の脇にボルボを寄せた。

クラウンは少し速度を落としたが、そのまま走り抜けていった。反町は充分に間《ま》を取ってから、怪しいクラウンを追った。

クラウンは山手《やまて》通りにぶつかると、左に曲がった。富ケ谷《とみやや》を走り抜け、駒場《こまば》の東大《とうだい》のキャンパスの裏に駐まった。二人の男がクラウンを降り、キャンパスの暗がりに消えた。誘いだろう。どうも罠っぽい。

それでも反町は怯《ひる》まなかった。特殊短杖《たんじよう》をドア・ポケットから抜き出し、腰の後ろに差した。

「車の外に出たら、危険だと思います」

井手が言った。

「大丈夫ですよ。井手さんは、ここにいてください」

「わたしも行きます。ひとりよりも二人のほうがいいでしょう?」

「せっかくだが、足手まといになりそうだ。あなたは車の中で待っててください。一応、ドア・ロックをしといたほうがいいな」

反町はそう言い、車を降りた。

大粒の雨が全身を撲《う》った。雨の雫《しずく》が額を濡らし、頬《ほお》を伝う。顎《あご》の先に雫がぶら下がった。反町はクラウンに走り寄った。

あと四、五メートルという所で、いきなり目の前が赤くなった。爆発音も聞こえた。耳をつんざくような音だった。

クラウンが爆《は》ぜ、炎に包まれた。シールドの欠片《かけら》が飛び散った。

反町は爆風で、濡れた路面に叩きつけられた。

怪我はしなかった。受け身のおかげだ。すぐに起き上がる。炎上する車から離れたとき、闇から何かが放たれた。

それは反町の首筋数センチのところを掠《かす》め、民家の石塀に当たった。撥ね返され、路上に落ちる。馬蹄《ばてい》形の特殊ナイフだった。

反町はSP時代、その奇妙な形のナイフを写真で見たことがあった。踵《かかと》ナイフと呼ばれているもので、第一次世界大戦までイギリス軍の兵士が軍靴の踵に装着していた。

本来は脱出用具だ。敵軍に両手足を縛られたとき、刃を外側に開いて縄を断ち切る造りになっている。窓の半円錠に似たつまみを操作することによって、刃が開いたり閉じたりする造りだ。落ちた踵ナイフの刃は、むろん開いた状態だった。

反町は特殊短杖を腰から引き抜き、いっぱいに伸ばした。

ちょうどそのとき、暗がりから二人の男が現われた。日本人ではない。どちらも彫《ほ》りが深く、肌が浅黒かった。頭髪は漆黒《しっこく》だ。鼻柱が高い。西アジア系の面立《おもだ》ちだ。イラン人か、イラク人だろうか。二十代の後半と思われる。

片方は、アラブの暗殺用ナイフを手にしていた。肋骨《ろっこつ》の間を水平に刺し貫く目的でデザインされたナイフである。アラブ圏の武器がイランあたりに流れ込んでいるのだろうか。

遠い昔、アラブ暗殺団のリーダーだったハサンの本拠地であるカスピ海沿岸のアラムートで多く用いられた武器だ。暗殺《アサシン》という英単語の語源は、このハサンだと言われている。ハサンは、アラビア語で大麻樹脂《ハシシ》のことだ。

もうひとりの男は、火箸《ひばし》に酷似した細長い特殊短刀を握っていた。

刃は三角形だった。三角形の傷口は出血量が多くなる。初めて見る刃物だった。

「イラン人か？」

反町は男たちの前に立った。

どちらも無言だった。右から、暗殺用ナイフが突き出された。

反町は下から、特殊短杖を掬《すく》い上げた。

男の手からナイフが飛んだ。すかさず反町は、男の喉笛を短杖で突いた。男がのけ反る。左から、火箸に似た棒ナイフが繰り出された。反町は半歩退《さ》がり、相手の首を短杖で払った。男が横に転がった。

そのとき、炎にくるまれたクラウンがふたたび凄まじい爆発音を轟《とどろ》かせた。

いつの間にか、路上には付近の住民が群れていた。イラン人らしき二人組は目配せし合うと、東大のキャンパスに逃げ込んだ。どちらも武器を遺したままだった。

反町は二人を追わなかった。

車に駆け戻り、大急ぎで運転席に入る。井手は無事だった。暴漢は近づいてこなかったそうだ。

反町は車を急発進させた。いったん上原《うえはら》方面に走り、大きく迂回《うかい》した。山手通りに出ると、井手が口を開いた。

「さっきの二人はイラン人のようでしたね」

「多分、そうなんでしょう。長引く不況で仕事を失った外国人不法滞在者たちが喰いつめて犯罪集団化したり、日本のやくざの下働きをしてるからな」

「あの二人も金で誰かに雇われたのでしょうか？」

「おそらく、そうなんだろうな。雇い主が西急クレジットの鎌田社長かどうかはわかりませんがね」

反町は徐々にスピードを上げていった。

大雨にもかかわらず、車の流れはスムーズだった。西新宿四丁目まで、それほど時間はかからなかった。

矢吹健人の事務所は高層オフィスビルの十八階にあった。

案内に立った井手が事務所のドアを押し、短い叫びを上げた。反町は井手の肩越しに事務所の中を覗き込んだ。

人の争った痕《あと》が歴然とうかがえる。

事務机が乱雑に並び、椅子が転がっていた。ファイルや本も床に落とされている。所内は明るかったが、誰もいなかった。

「矢吹弁護士はどこかに連れ去られたんじゃないでしょうか?」

井手がそう言いながら、奥の部屋に走った。

反町は井手に倣《なら》った。所長室も荒されていた。執務机が斜めに傾き、応接セットのソファも本来の位置から大きくずれていた。観葉植物の鉢も転倒している。飾り棚から古伊万里《こいまり》と思われる壺《つぼ》が転げ落ち、無残に砕け散っていた。

反町は執務机のそばに、何か光る物が落ちているのに気がついた。しゃがんで、それを拾い上げた。弁護士バッジだった。矢吹のバッジではないか。

机の真下には、写真立て《フォトフレーム》が転がっていた。
四十二、三歳の小太りの男が満面に笑《え》みを浮かべて、十歳ぐらいの少女の肩を抱いていた。背景から察して、どこかの湖畔《こはん》で撮影したものらしい。
「写真の男性が矢吹弁護士ですよ。Ｖサインをしてる女の子は、娘さんです」

井手が言った。

反町はフォトフレームを机の上に置き、抓み上げた弁護士バッジはガラス製のペン皿の中に入れた。もちろん、手に取った物は入念に拭って自分の指紋や掌紋も消した。

「矢吹さんは、おそらく正体不明の恐喝組織に拉致されたんでしょう。彼は、妙なパーティーに出て一億円前後のお金を脅し取られた一流企業の役員たちの相談を受けてたようですからね」

「その件で知ってることがあったら、できるだけ詳しく教えてもらえませんか」

反町は頼んだ。

「相談者たちに泣きつかれて、犯人側との交渉人めいたことをやらされたようなことを言ってましたね」

「役員連中は全財産を吸い上げられても仕方がないような弱点を握られたのでしょう」

「ええ、そういうことなんだと思います。矢吹さんの話しぶりから察すると、乱交パーティーに参加してる動画を盗み撮りされて、役員たちは脅迫されたようです」

井手が言った。

「その程度の弱みじゃ、致命的な弱みとは言えないな。おそらく、脅かされた連中はもっと危《ヤバ》いことをやってたんでしょう」

「たとえば、どんなことが考えられます？」

「具体的には挙《あ》げられないが、想像を絶するようなことをやったんじゃないかな」

反町は言いながら、アメリカの多重人格者や異常殺人者たちのことを思い起こしていた。

「警察に届けるべきだろうか」

井手が独《ひと》りごちた。

「もう少し様子を見るべきでしょうね。犯人側を刺激したら、悪い結果を招くことになるからな」

「そうですね。もう少し待ちましょう」

「何か手掛かりがあるかもしれない」

反町は言って、窓際のスチール製キャビネットの引き出しを次々に開け放った。

顧客名簿は最下段にあった。反町は名簿を繰りはじめた。

ところどころ、頁《ページ》が引き千切《ちぎ》られている。矢吹を連れ去った人間が不都合な箇所《かしょ》を破り棄《す》てたのだろう。机の脇にある屑《くず》入れを検《しら》べてみたが、引き千切られた頁は見当たらなかった。

「ちょっとトイレに行ってきます」

井手が断って、所長室から出ていった。

反町は顧客名簿を少し傾けてみた。名簿の文字は黒いボールペンで綴《つづ》られていた。かなり筆圧が強い。破られた頁の次頁に、うっすらと文字の痕《あと》が残っていた。

反町は名簿を傾けながら、一字ずつ読み取った。

読んだ字を手帳に書き写す。正体不明の恐喝組織に強請《ゆす》られ、矢吹に善後策を相談したのは十一名だった。

そのうちの七人は東証プライム（旧一部）上場企業の役員で、残りは大物政治家、著名なプロゴルファー、美容外科医、人気コメンテーターである。

顧客名簿をキャビネットに戻したとき、事務所の出入口のあたりで絶叫が上がった。

井手の悲鳴だった。

反町は矢吹の専用室を走り出た。そのとき、ドアの近くに立った三十歳前後の男とまともに目が合った。頬骨の尖った男は、血糊《ちのり》の付着した青龍刀《せいりゅうとう》を握りしめていた。切っ先から、赤い雫が雨垂《あまだ》れのように滴《したた》っている。

井手は男の足許に倒れていた。首から喉にかけて、真紅に染まっている。

反町は自分の迂闊《うかつ》さを呪った。なぜ、井手のそばにいなかったのか。プロのボディガードとして、恥ずべきミスだった。無念でならない。誇りも傷つけられていた。

青龍刀を持った男が早口の中国語で何か言った。中国の福建省《フジエン》か、上海《シャンハイ》あたりから流れてきたマフィアだろう。

反町は特殊短杖のワンタッチボタンを押した。六角形の特殊杖が勢いよく伸びた。

男が急に背を見せた。反町はすかさず追った。通路に飛び出すと、逃げた男は血刀を提げて階段を駆け降りようとしていた。

反町は猛然と走りだした。次の瞬間、井手の異様な呻き声が耳に届いた。

見殺しにはできない。反町は矢吹弁護士の事務所に取って返した。

井手は白目を見せて、全身を痙攣《けいれん》させていた。首が深く裂《さ》けている。皮下脂肪と肉の間から、血糊がどくどくと噴《ふ》き上げていた。

「井手さん、しっかりするんだ」

反町は依頼人の上体を抱き起こした。

返事はなかった。井手は震えながら、喉から笛のような音を洩らしていた。

「すぐ救急車を呼ぶから、もう少し頑張って！」

反町は井手を仰向けに床に寝かせ、近くの机に駆け寄った。

スマートフォンは車の中だった。救急車を要請し、すぐに電話を切る。井手のいる場所に戻ると、すでに息絶えていた。

きっちり決着《オトシマエ》をつけてやる！

反町は胸に誓った。床の血溜まりは夥《おびただ》しかった。

努に父親の死をどう伝えればいいのか。気が重くなった。

反町は暗然とした気持ちで、死体を見据えた。

3

ひどく見苦しい。

反町は耳を塞《ふさ》ぎたかった。

井手宅の広い仏間《ぶつま》である。故人の叔父《おじ》や従兄弟《いとこ》たちが遺児の親権を巡って、志賀佳代と一時間以上も前から言い争っていた。

井手貢が骨になってから、まだ数時間しか経っていない。午後四時過ぎだった。

依頼人が殺されたのは一昨日の夜だ。

反町は殺害現場から逃げるわけにはいかなかった。事件の通報者ということもあって、警察の事情聴取は厳しかった。殺人の疑いさえ持たれた。反町は最後まで空とぼけ、真相は明かさなかった。

諍《いさか》いは熄《や》みそうもない。

日本酒やビールを黙々と運んでいる梅川サトは、露骨に眉をひそめていた。しかし、精進落《しょうじんお》としの料理をつついている身内の者は、誰もそれに気づかなかった。

故人の縁者たちは、この家の不動産を狙っているにちがいない。地価が下がったとはいえ、井手邸の宅地を処分すれば、まとまった金を手にできる。

「みんな、やめてよ」

不意に努が大声を張り上げ、オレンジジュースの入ったコップを卓上に乱暴に置いた。座が鎮《しず》まり返った。水を打ったような静寂だった。

「ぼく、誰の養子にもならないよ。ここで、ひとりで暮らす。ご飯は、サトさんに作ってもらう」

「努君、きみはまだ小学生なんだよ。そんなことは無理だ」

故人の叔父が言った。従兄弟も同調した。

「小学生だって、ひとりで暮らせるよ。お金がないんだったら、ぼく、新聞配達をやる」

「それだけじゃ、とても暮らせやしない」

故人の従兄弟が諭《さと》すように言った。

「朝刊も夕刊も配るよ。それから、どこかのお店で働かせてもらう」

「努君、お父さんはね、かなり借金をしてた。生命保険金だけじゃ、とても間に合わないんだ。いずれ、この家は売らなきゃならないんだよ」

「いやだ、そんなの」

「辛いだろうけど、そうするしか途《みち》はないんだ。わたしの家で一緒に暮らそう。家を売ったお金は、ちゃんと預かる。もちろん、わたしが勝手に遣《つか》ったりしない」

「あなた、何を言ってるの！　わたしは努の母親なんですよ」

佳代が故人の従兄弟に喰ってかかった。

「しかし、あんたはもうこの家の人間じゃない。法律的には、井手家と無縁です」

「でも、努の母親だわ。息子の面倒は、わたしが見ますよ。明日でも、この家に戻ってくるわ。そして、井手の借金をわたしが責任を持って返済します」

「よくもそんな図々《ずうずう》しいことが言えるね。あんたは、もう貢とは赤の他人なんだ」

故人の従兄弟の言葉に、二十数人の縁者たちが大きくうなずいた。

佳代が下唇を嚙んで、飲みかけのビールを呷《あお》った。気まずい空気が流れた。

「みんな、帰ってよ。帰ってったら！」

努が立ち上がった。

弔問客《ちょうもんきゃく》はうつむいただけで、誰も腰を上げようとしない。努は祭壇に駆け寄り、遺影の前に坐《すわ》り込んだ。サトがさりげなく近づき、努に何か話しかけた。

薄汚ない連中ばかりだ。そんなに金が欲しかったら、自分の才覚で稼げ！

反町は居合わせた男女を睨《ね》めつけ、すっくと立ち上がった。もはや耐えられなかった。

努に歩み寄り、庭に連れ出す。向き合うと、努が声を発した。

「おじさん、父さんを殺した奴を見つけてよ。ぼくの貯金箱の中に二万円と少しあると思うから、それを渡す。足《た》りない分は大人になってから、必ず払うよ」

「犯人を捜すのは警察の仕事だ」

反町は即座に言ったが、自分の手で井手を葬った人物を捜す気持ちは失っていなかった。それどころか、自分のプライドを傷つけた殺人者に殺意めいた感情すら抱いていた。

「それはそうだけど、おじさんに先に見つけてもらいたいんだ。おじさんだって、そうしたいはずだよ」

「なぜ？」

「だって、おじさんはプロのボディガードなのに、父さんをガードしきれなかったんだから。悔しいはずだよ」

「ああ、悔しいな。責任も感じてるよ」

「それなら、中国人っぽい犯人とそいつを雇った奴を捜し出して！」

「わかった。どこまでやれるかわからないが、できるだけのことはやってみよう」

「約束だよ」

努がそう言い、右手の小指を差し出した。

反町は小さく笑って、指切りをした。自分の指と較《くら》べると、努の小指はいかにも頼りなげだ。自分のミスで、努を父なし子にしてしまった。この借りは返さなければならない。

反町は自分に言い聞かせた。

「いま、貯金箱をぶっ壊《こわ》すよ」

「金は、後払いってことにしよう」

「それで、いいの？」

「ああ。それより、しばらく青葉台のマンションで暮らすか？　夜は、おじさんのホテルに来てもいいよ」

「ぼく、本当にこの家で暮らしたいんだ。当分、サトさんが泊まってくれるって。それから、お給料も出世払いでいいってさ」

　努は、いくらか明るさを取り戻していた。

「そうか。そのほうがいいかもしれないな。しかし、本当はお母さんと暮らしたいんだろう？」

「そりゃあね。だけど、母さんにもいろいろ都合があるみたいだから、無理なことは言えないでしょ？」

「大人なんだな」

「そうでもないけど、これからは独りで生きなきゃならないからさ」

「ああ、そうだな。独立心を持つことは悪いことじゃないよ」

反町はそう言い、上着の内ポケットを探った。煙草とライターを摑み出したとき、二人の弔問客が訪れた。

片方は経友会の駒崎だった。

連れは四十年配の男だ。風体《ふうてい》は商社マン風だが、目の配りは堅気《かたぎ》のものではなかった。関口保と思われる。井手の死を知って、予定より早く帰京したようだ。

「家の中に戻ったほうがいいな」

反町は努に小声で言った。努が素直にうなずき、すぐにポーチの石段を駆け上がっていく。

反町は二人の男に歩み寄り、四十絡《がら》みの男に話しかけた。

「失礼ですが、関口保さんでしょうか」

「ええ。おたくは反町さんかな?」

「そうです」

「おたくのことは、井手さんや駒崎から聞いてました。うちの駒崎がお世話になったそうで。それはそうと、中村君の葬儀は無事終わったのかな」

関口がにたりとした。

「井手氏とそちらの間に、シナリオが出来てるとは読めなかったんで、ちょっと手荒なことをやってしまって……」

「そのことはいいんですよ。駒崎だけじゃなく、わたしもいい勉強になりました」

「勉強？」

反町は問い返した。

「ええ。わたしの練ったプランは少し甘かったようです。部下に任せっぱなしにしたことも、綻《ほころ》びに繋がったんでしょう。こうも簡単に、おたくに細工を見破られるとはね。あんた、たいしたもんだ」

「こっちは、引き受けた仕事をこなしたかっただけです」

「堅気にしておくのが惜《お》しいな。うちの顧問にでもなっていただきたいくらいだ。なあ、駒崎？」

関口が余裕のある表情で言い、疣男に同調を求めた。駒崎は曖昧に笑っただけだった。

「一つ二つ、情報をもらえませんかね。スポーツ刈りと丸刈りの二人組の正体は、その後もわからないんですか？」

反町は関口に顔を向けた。

「そいつらのことは、きのう、ようやくわかりました。義誠会《ぎせいかい》の構成員でした。スポーツ刈りにしてるのが地引《じびき》、丸刈りのほうは坂尾《さかお》です」

「義誠会の縄張《シマ》りは渋谷だったな」

「そうです。関東《う》一心《ち》会とは一応、友好関係にあるんですが、跳《は》ねっ返りの若い奴らの中には小遣い欲しさに仁義を破るのがいましてね。地引や坂尾が西急クレジットに頼まれて、こっそり取り立《キリトリ》てをやってることは義誠会の上層部も知らなかったようです」

「奴らは西急クレジットとつき合いがあったのか」

「ええ。義誠会は地引と坂尾を破門にすることにしたそうですが、二人の行方がわからないらしいんですよ」

「そうですか」

「地引と坂尾が井手さんを追い回して、この家に放火したことは間違いありません。二人を取っ捕まえたら、少し締《し》めてやります」

関口の目に凄みが宿った。

「青龍刀で井手さんの首をぶった斬った中国人は？」

「親父の下の代貸《だいがし》に言って、新宿の中国人マフィアを洗わせてるところです。おそらく福《フ》建《ジェン》マフィアの一員でしょう。北京《ペキン》マフィアや上海マフィアと違って、福建省出身の連中はノーリンコ54の密売ぐらいしか稼《シノ》ぎがありませんからね」

「中国でライセンス生産されてるトカレフのノーリンコ54はだぶつき気味で、いまや一梃《ちょう》十万円を切ってるとか……」

「ええ、まあ。それじゃ旨味《うまみ》がないんで、奴らは日本人の荒っぽい下請け仕事をやってるんですよ。井手さんを殺《や》らせたのは西急クレジットの鎌田だと睨んでるんですがね」

「井手さんは鎌田以外に揺さぶりをかけてなかったのかな？」

反町は探りを入れた。

「鎌田のことは聞いてたが、それ以外のことは知らないね」

「そうですか」

「縁があったら、また会いましょう」

関口が駒崎を従えて、ポーチに向かった。

ただの総会屋のボスとは、明らかにタイプの異なる男だった。経済やくざとして、のし上がれそうな才覚を備えていた。筋者《すじもの》としての凄みも充分にある。敵に回したら、怕《こわ》い人物になるだろう。

鎌田に張りつくことにした。反町は門扉《もんぴ》から出た。ボルボは路上に駐めてある。

ボルボの向こうに、黒い礼服をまとまった女性がたたずんでいた。水谷麻理だ。

麻理の前の塀には、白いカーネーションの束が凭《もた》せかけてあった。彼女が捧《ささ》げたにちがいない。

反町は麻理に近づいた。

気配で、麻理が振り返る。長い睫《まつ》毛《げ》が濡れていた。反町は語りかけた。

「辛いだろうな」

「ええ。ショックが大きすぎてね」

「こっちが付いていながら、井手氏を死なせてしまって、申し訳ないと思ってる」

「あなたのせいじゃないわ。寿命だったのよ。そう思わなければ、諦めがつきません」

麻理が白いハンカチで、目頭を押さえた。

反町は、わざと話しかけなかった。二分ほど過ぎると、麻理の忍び泣きが熄《や》んだ。

「井手氏は独身だったんだ。堂々と弔《とむら》ってやればいいのに」

「でも……」

「きみは彼の秘書をやってたんだから、ふつうに弔問しても少しもおかしくないよ」

「けど、お身内ばかりなんでしょ？　それに、きっと別れた奥さんもいらっしゃる」

「何も遠慮することはないんじゃないか。ひとりじゃ入りにくいなら、つき合うよ」

「いいえ、いいの。ここで、もう彼にお別れしたので」

「そうなのか。これから、恵比寿のリースマンションに帰るのかな？」

反町は訊いた。

「ええ」

「泣いたばかりじゃ、電車やタクシーには乗りにくいだろう。車で送ってやろう」

「ありがたいけど、悪いわ」

麻理が遠慮した。

反町は半《なか》ば強引に麻理をボルボの助手席に乗せた。単なる親切心ではなかった。まだ彼女から何か探り出せるかもしれないと思ったのだ。

ボルボXC60を飯田橋《いいだばし》方面に走らせ、外堀《そとぼり》通りに入る。リースマンションに着いたのは、およそ三十分後だった。夕陽《ゆうひ》は沈みかけていた。

「ご迷惑じゃなかったら、少し弔い酒をつき合っていただけません？」

麻理がシートベルトを外しながら、ためらいがちに言った。

「弔い酒を？」

「きのうから独りでずっと飲んでたんですけど、なんだか気が滅入《めい》ってしまって」

「つき合うよ」

反町は相手の気持ちが変わらないうちに、素早く車をリースマンションの駐車場に入れた。

麻理と肩を並べてエントランスロビーに入ると、受付の初老の男が怪訝《けげん》そうな顔をした。しかし、何も言わなかった。

部屋に落ち着くと、麻理はすぐに酒の用意をした。居間のコーヒーテーブルに置かれたのは、シーバス・リーガルとノッカンドウだった。

どちらもスコッチウイスキーだ。シーバス・リーガルのほうは、まだ封が切られていなかった。ノッカンドウは半分近く残っているだけだった。

「どちらにします？」

「ノッカンドウは、シングルモルトだったな」

「ええ。喉越《のどご》しの切れがいいから、いくらでも飲めちゃうの」

「こっちはシーバスを貰おう。ロックでね」

反町は言って、マールボロに火を点けた。

麻理が手早く二人分のオン・ザ・ロックをこしらえた。どちらも氷は一つだった。

二人はソファに向き合って、グラスを傾けはじめた。

麻理のピッチは速かった。五、六分でグラスを空《あ》け、ノッカンドウをなみなみと注《つ》ぐ。

反町は、いつものペースを崩さなかった。アルコールには強い体質だったが、無防備に酔うわけにはいかない。ピッチをやや落とす。

「井手さんにはよくしてもらっただけで、何もしてあげられなかったわ。それが悔やまれて……」

麻理が済まなそうに言い、グラスを大きく傾けた。のけ反らせた白い喉が、妙になまめかしかった。

「きみは井手氏に夢を与えた。夢という言葉が稚《おさな》すぎるなら、張りと言い換えてもいいな」

「張りって、どんな?」

「彼は、ひと回り近く若いきみと再婚することを心のよりどころにしてたんだろう。若死は若死だが、きみと過ごした日々は充実してたにちがいない」

「そうだといいんだけど」

「こっちには、そう見えたよ」

反町は言いながら、井手や杉本雅美のことを深く探るチャンスを待った。

しかし、その機会はなかなか訪れなかった。麻理は問わず語りに井手との思い出話をつづけながら、浴びるようにグラスを重ねた。

反町は麻理が酔い潰《つぶ》れることを恐れた。しかし、酒を控えさせる理由が見つからなかった。

一時間あまり経ったころ、麻理が急にコーヒーテーブルに突っ伏した。

シャギーマットに横坐りになり、いまにも床に崩れそうだった。しどけない姿が婀娜《あだ》っぽかった。

「なんだか酔っちゃった。少し眠くなったわ。でも、反町さんは飲んでいて。わたしをひとりにしないでね」

「わかった」

「ひとりになるのが怖いのよ。自分が何をしでかすかわからない気がしてね」

「少し横になったほうがいいな」

反町は言った。

「足を取られちゃったらしくて、歩けない感じなの」

「それじゃ、そっちの長椅子に横になるんだね」

「身を起こすのも大儀だわ」

麻理がそう言い、シャギーマットの上に崩れるように横たわった。

「そんなとこで寝たら、風邪《かぜ》ひくぞ」

「平気よ。あなたは飲んで。ウイスキーはたくさんあるから」

「ベッドで寝たほうがいいな」

反町はソファから立ち上がって、麻理を抱《かか》え上げた。両腕で支える恰好《かっこう》だった。麻理は両手を反町の首に巻きつけた。

反町は麻理を寝室に運んだ。

シングルベッドに麻理を寝かせようとすると、彼女が全身でしがみついてきた。

「ね、抱いて」

「えっ⁉」

反町は一瞬、わが耳を疑った。空耳だったのか。

「ほんのいっときでも、わたしの悲しみを忘れさせて。お願い！」

「だいぶ酔ってるな」

「わたし、本気よ。何かをしてないと、自分がどうかなりそうで不安なの」

麻理が反町の右手首を摑み、薬指をくわえた。

舌の動きは、ひどくエロチックだった。ペニスに舌を這《は》わせられているような錯覚《さっかく》に陥《おちい》りそうだ。もう依頼人に遠慮することはないだろう。抱かれたがっている女性に恥をかかせるのは罪な話だ。

反町は静かに指を引き抜き、ふたたび麻理を両腕で掬《すく》い上げた。

セミダブルのベッドに移すと、麻理は情熱的に唇を重ねてきた。嚙みつくようなキスだった。すぐに舌を絡ませてきた。

反町は斜めに覆《おお》い被《かぶ》さり、麻理の黒いフォーマルスーツを優しく脱がせはじめた。

4

マールボロが短くなった。

反町はダッシュボードの灰皿の中で煙草の火を揉《も》み消した。

車はジープ・ラングラーだった。麻理と肌を重ねてから、いったん赤坂のホテルに戻った。反町は礼服をカジュアルな服に着替え、この四輪駆動車に飛び乗り、渋谷にやって来たのだ。

公園《こうえん》通りである。坂道のちょうど中ほどだった。斜め前には、西急クレジット本社ビルがそびえている。

午後九時過ぎだった。

社長室のある十階は、まだ明るかった。鎌田社長がまだオフィスにいることは、さきほど偽電話で確認済みだった。

反町は義誠会の地引の名を騙《かた》って、秘書に取り次ぎを頼んだ。少し待たされた。

鎌田の声が流れてきた。反町は無言のまま電話を切った。鎌田とスポーツ刈りや丸刈りの男との結びつきを確認することが目的だった。電話で脅してみても、鎌田が自分の悪事を喋るはずない。

悪党を相手にする場合は、自分も悪知恵を働かせなければならない。それは一匹狼の自己防衛本能だった。

反町は鎌田をマークし、その背後関係を探る気でいた。誰とも接触しないようだったら、手っ取り早く鎌田を痛めつけるつもりだ。

情事が終わると、反町はさりげなく鎌田や杉本雅美のことを探りはじめた。

麻理はためらいながらも、鎌田の顔かたちや身体的な特徴を教えてくれた。行きつけの高級クラブやスポーツクラブも明かした。

新しい愛人の名や住まいまで語った。鎌田が銀灰色《ぎんかいしょく》のロールス・ロイスに乗っていることも喋ってくれた。お抱え運転手がハンドルを握っているときは商用で、自《みずか》ら車を転がしている場合は私用で出かけるらしい。

　杉本雅美とは、しばしば会っていたそうだが、何も預かっていないと繰り返した。嘘《うそ》をついているようには見えなかった。また、殺された井手貢が鎌田以外の人間を強請《ゆす》っていた気配はなかったという。

　反町は、煙草のパッケージからマールボロを一本振り出した。

　フィルターを抓んだとき、助手席の上でスマートフォンが鳴った。右近和香奈からの電話だった。

「よう」

　反町は、無意識に相手の機嫌を取るような声を出していた。麻理を抱いたことで、いくらか後ろめたさを感じているせいか。

「なんなの、その明るさは？」

「別に、いつもと同じ声だと思うがな」

「大根！」

　和香奈が言い放った。声には、わずかに笑いが含まれていた。

「なんだよ、それは？」

「芝居が下手だってことよ。女遊びも結構だけど、もう少しうまくやってほしいわね。それがステディに対する最低の礼儀なんじゃない？」

「おれがどれだけ和香奈に惚《ほ》れてるのか、知ってるだろうが」

反町は内心の狼狽を取り繕《つくろ》った。

「いい加減な男ね。それはそうと、さっき努君に電話したのよ」

和香奈が声の調子を変えた。

「なぜ和香奈は、井手さんの通夜にも告別式にも出てやらなかったんだ？　ちょっと薄情じゃないか」

「わたし、悲しみにくれてる努君を見たら、彼を青葉台のマンションに連れ戻しそうで、なんだか怖かったのよ」

「怖かった？」

反町は訊き返した。

「ええ、なんだか怖かったのよ。井手さんのお宅に行ってたらわたし、きっと子さらい《チャイルド・スナッチ》をやってたわ。だって、努君はかわいいもの。できたら、養子にしたいくらいよ」

「結婚はしたくないが、いつかおれの子を産みたいって言ってた話はどうなってるんだ？」

「わたし、そんなこと言った⁉　そうだとしたら、多分、酔っ払ってたんだと思う」

和香奈が小さく笑って、すぐに言い継《つ》いだ。

「努君、大丈夫かしら？　とっても心配なの」

「当分、お手伝いのサトさんが泊まり込むそうだよ」

「そう。彼のお母さんは?」

「明日からでも努と一緒に暮らすと言ってたが、同棲《どうせい》中のヒモみたいな野郎がそれを許すかどうかかな」

「お母さんが小日向の家に戻らないようだったら、わたし、本当に努君を引き取ろうかしら」

「努はアイドル並の人気だな」

反町は言った。

「うふふ。それはそうと、裏商売《ビジネス》のほうはうまくいきそうなの?」

「まだ太った獲物はブッシュの中なんだ」

「条件次第では、わたし、協力してもいいわよ」

「そっちの出番がきたら、声をかけるよ。無名のジャズミュージシャンに職探しをさせるようなことになったら、和香奈にずっと恨まれることになりそうだからな」

「よろしく!」

「できるだけ小日向に行くようにするよ」

「ええ、そうして」

和香奈が電話を切った。どうして浮気がバレたのか。反町は苦笑しながら、掌《てのひら》の上でスマートフォンを弾ませた。

　そのとき、着信音が響きはじめた。発信者は警視庁組対部の力石だった。反町はきのう、巨漢刑事に頼みごとをしてあったのだ。

「新宿署に置かれた捜査本部は、歌舞伎町の中国人マフィアの洗い出しを急いでます」

　力石が報告した。

「で、何か情報は？」

「福建省からの流れ者が五人ほど大久保のアジトから消えたそうですよ」

「いつから？」

「五日前からだという話です。その連中は、前の晩に反目し合ってた北京マフィアの大幹部を青龍刀で叩っ斬ったらしいんですが、井手氏の事件に絡《ヤマ》んでる可能性もありそうだということでした」

「その根拠は？」

「五人はこの春から、日本人の男とちょくちょく風林《ふうりん》会館の近くのチャイニーズ・レストランで会ってたというんですよ」

「会ってた男は暴力団の人間なのか？」

　反町は確かめた。

「いいえ、堅気のようです。新宿署に出張《でば》ってる本庁《うち》の捜一にいる友人が、その人物の洗い出しを急いでますんで、もう間もなく男の正体がわかると思います」

「そうか。ご苦労さんだったな」

「感謝されるほどのことはしてませんよ。それにしても、不法滞在の外国人の犯罪が増えましたね」

「そうだな。イラン人は偽造テレカが商売にならなくなってからは、コカインやマリファナを新宿駅や上野《うえの》駅周辺で売ってるし、パキスタン人や中国人は同じ民族同士の勢力争いをしてる。コロナ禍で仕事にあぶれた連中は、日本のやくざの下働きをしてるよな」

「ええ、そうですね。考えてみれば、彼らも気の毒だよな。好景気のときは日本人のいやがるような仕事を安い賃金でやらされ、デフレ不況になったら、たちまちお払い箱ですもんね」

　力石の声には、同情が感じられた。

「そうだな。連中はぎりぎりの暮らしまで追い込まれてるから、同国人同士で金を奪ったり殺し合ったりしてるんだろう」

「だと思います。中国人マフィア同士の抗争が最近、やたら目につきますんで」

「彼らにとっては、喰うか喰われるかなんだろう」

　反町は長く息を吐いた。話しているうちに、何やら気持ちが重くなってきた。貧困が生む犯罪は何か哀しい。

「福建マフィアと接触してる日本人の正体がわかったら、すぐに連絡します」

「ああ、頼むな。力石、その後、杉本雅美のほうの事件《ヤマ》はどうなってる？」

「捜査は難航してるようです」

「そうか」

「雅美と井手氏の事件は、繋がってないんですかね？」

「まだ、わからないんだ」

「きょうの報告はこんなところです。では、また！」

力石が電話を切った。

反町はスマートフォンを助手席に置き、マールボロをくわえた。煙草を吹かしながら、さらに張り込みをつづける。

注視しているビルの地下駐車場から銀灰色のロールス・ロイスが走り出てきたのは、午後十時過ぎだった。

反町は運転席を見た。五十代後半と思われる男がステアリングを操《あやつ》っていた。年恰好や顔立ちから見て、鎌田に間違いなさそうだ。

ロールス・ロイスが車道に出た。神南《じんなん》方向に走りだす。

反町はロールス・ロイスを追った。

銀灰色の高級車が横づけされたのは、六本木《ろっぽんぎ》の裏通りにある会員制のサウナだった。

鎌田らしき男は車の鍵《キー》をポーターに渡すと、サウナ会館の表玄関に入っていった。

反町はダッシュボードから、吸盤型の高性能盗聴器を取り出した。

厚さ五メートルのコンクリートの向こう側の音声まで鮮明にキャッチできるアメリカ製の製品だった。しかも、人間の声だけを拾うこともできる優れた盗聴器である。

耳栓《みみせん》型のイヤフォンの付いた手帳ほどの大きさの受信機をジャケットの内ポケットに入れ、反町は車を降りた。

サウナ会館の受付カウンターには、ホテルマンと似たような制服を着た若い男が立っていた。

反町は例によって、東京地検特捜部の検事を装《よそお》った。偽の身分証明書をちらりと見せると、若い男の顔が引き締まった。

「いま、西急クレジットの鎌田社長が受付を通りましたよね？」

反町は小声で確かめた。

「は、はい。鎌田さまはオープン時からの会員《メンバー》でありまして、よくご利用いただいております」

「ある事件の内偵調査中なんですよ。ちょっとサウナ室を覗《のぞ》かせてもらってもかまわないでしょ？」

「はい。あのう、鎌田さまは何を？」

「そういう質問には答えられないことになってるんですよ。悪いが、ビジター用のバスローブを貸してもらえないだろうか」

「はい、ただいま」

男が器用に体をターンさせ、背後のキーボックスに腕を伸ばした。差し出されたのは、ロッカーの鍵だった。

反町は奥に進んだ。ロビーには、野鳥のさえずりや川のせせらぎを録音した環境サウンドが控え目に流れていた。

右手に更衣室、正面には広い休憩室がある。左側がサウナ室だった。

全体にゆったりとした造りだ。大衆向けのサウナとは何もかも違う。休憩室のコーナーには、洒落《しゃれ》た造りのドリンクコーナーがあった。あちこちに高級な熱帯植物の鉢が置かれている。

反町は更衣室に入った。

銭湯のロッカーのような造りではなかった。ロッカーは区切られたブースの中にあった。左手がメンバー用ブースで、右手がビジター用ブースになっていた。鎌田の姿はどこにも見当たらない。

反町は一応、裸になった。

マスタードカラーのバスローブを着込み、吸盤型の盗聴器と受信機をポケットに忍ばせた。反町は更衣室を出て、休憩室に足を向けた。経済的に余裕のありそうな中高年のメンバーが、思い思いの恰好で寛《くつろ》いでいる。休憩室にも、鎌田の姿はなかった。

反町は自然な足取りで、サウナ室に近づいた。

スペースの異《こと》なるサウナルームが五つ並んでいる。その奥には、水風呂や湯のあふれる浴槽があった。

反町は五つの覗き窓に次々と顔を寄せた。

ロマンスグレイの鎌田は、最も奥のサウナ室にいた。ベンチの端には、スポーツ刈りと丸刈りの男がいた。井手の自宅に火を放った二人組にちがいない。

やはり、あの二人は鎌田に雇われていたのだろう。

反町は吸盤型盗聴器を壁に押し当て、さりげなく背中で隠した。そのままの姿勢で、受信機のイヤフォンを耳に嵌める。ラジオを聴いているようにしか見えないはずだ。

反町は、受信機のチューナーを回した。

すぐに周波数が合い、雑音《ノイズ》が消えた。男たちの遣り取りが響いてきた。

「きみたちには感謝してるよ。おかげで、先月は焦《こ》げついてた債権を大きく回収できた」

鎌田の声だろう。

「社長、もっとわれわれに仕事をやらせてくださいよ。わたしと坂尾が組んで回れば、どんな図太《ずぶと》い奴だって、滞《とどこ》ってる金を払いますって」

「地引君のその言葉は頼もしいね。不良債権がきれいになれば、わが社はたちまち黒字だよ」

「半端仕事にもつき合ったんですから、もう少し面倒見てほしいな」

「何のことだね、半端仕事って？」

「井手の家の門柱の上にツキノワグマの生首を置いたこととか、放火したことですよ。あの生首は、わざわざ群馬《ぐんま》まで出かけて、地元猟友会の奴から無理に譲ってもらったんですから」

「そうだったね」

「社長、組で請け負った仕事じゃありませんから、回収分の半分くれとは言いませんが、一割というのはちょっとねえ」

　別の声がした。

「坂尾君、きみはなかなかの商売人だね」

「井手の件ではサービスしたんですから、次の取り立《キリトリ》てからは二十パーセントいただけませんか？」

「倍の要求はちょっときついな。十五パーセントで、どうだろう？」

「社長こそ、商売人だなあ」

「正直なところ、わが社もいまは苦しいんだよ。そのうち何とかするから、十五パーセントで手を打ってくれないか？」

「ま、仕方ないでしょう」

「ありがとう。きみらには世話になったね。そうだ、いいものをあげよう」

「なんなんです、それは？」

地引の声だ。

「一粒で三ラウンドはこなせるというスーパー級の精力剤だよ。バイアグラ以上の効き目があるんだ」

「そいつはありがたい。最近は、中折《なかお》れなんて情《なさ》けないこともあるからな」

「だったら、ぜひ、これを試してみるんだね。わたしもこの錠剤を齧《かじ》ったら、二十歳は若返ったよ。あの晩は燃えたっけ」

「よし、さっそく試してみよう」

「いま、齧っても駄目だよ。ベッドインする三十分前に食べると、もっとも効率的なんだ」

「そうですか。とにかく、今夜、試してみます」

「悪いが、わたしは先に帰らせてもらうよ。きょうは妻の誕生日なんだ。きょうぐらいは、少し早く帰ってやらないとね」

「どうぞご自由に。われわれは、もう少し汗を絞《しぼ》ってから帰りますんで」

「そうしたまえ。地引君、きょうも矢吹弁護士のビジターということで、ここに入ったんだろうね？」

「ええ、そうです」

「なら、いいんだ。わたしはざっとシャワーを浴びて、先に出るからね」

鎌田が言った。

反町は吸盤型盗聴器を掌《てのひら》の中に握り込むと、サウナ室から離れた。喫煙室に行き、サービス品の英国煙草をくわえた。

鎌田は矢吹の名を口にした。いまだに行方のわからない弁護士を誰かに拉致させたのだろうか。ひょっとしたら、地引と坂尾が矢吹弁護士を連れ去ったのかもしれない。

反町は二人のやくざを先に締め上げることにした。鎌田をもう少し泳がせ、共犯者か首謀者の有無《うむ》を探るほうが賢明だろう。
五、六分後、鎌田が更衣室に消えた。
反町はソファから立ち上がらなかった。地引と坂尾が出てくるのを待った。しかし、二人はいっこうにサウナ室から出てこない。

反町は痺《しび》れを切らして、様子を見に行った。

と、二人のやくざは俯《うつぶ》せに倒れていた。どちらも、口から粘液を吐いている。二人は身じろぎ一つしない。すでに死んでいるのだろう。

鎌田が錠剤に毒物を仕込んで、地引と坂尾の口を封じたと思われる。
反町はサウナ室から遠のき、更衣室に急いだ。

第五章　快楽殺人の館《やかた》

1

テレビの電源スイッチを切る。

あいにくニュースを流している局はなかった。自前の持ち込みマイクロテレビだ。ネットニュースや朝刊にも、昨夜の六本木の事件は載《の》っていない。

反町はダイニングテーブルから離れた。

赤坂の自分の塒《ねぐら》である。反町はブランチを済ませたばかりだった。

間もなく正午を迎える。反町はリビングソファにゆったりと坐《すわ》り、マールボロを喫《す》った。ガウン姿だった。

煙草を喫い終えると、すぐに芝大門に住む藤巻に電話をかけた。

「探偵仲間から、車輛《しゃりょう》追跡装置を積んでる車を借りてもらいたいんだ」

「お安いご用っす」

「謝礼は一日六万出すよ」

「えっ、そんなに貰えるんすか。嬉《うれ》しいな。老舗《しにせ》の調査会社以外、どこもそう忙しくないんすよ。追跡装置は、すぐにでも借りられます。で、誰を追っかければいいんす？」

藤巻が訊《き》いた。

「西急クレジットの鎌田って社長だよ」

「反町さん、その仕事、やらせてもらえないっすか。都区民税を滞納してて、差し押え処分になりそうなんす。こないだ貰った御礼は、食費に回しちゃったもんでね」

「金なら、いつでも回すよ。和製マーロウにチンケな下請け仕事は回せないからな」

「そういう皮肉を言わないでくださいよ。ほんとにピンチなんだよね。GPS追跡装置を積んでる車を借りる謝礼込みで、一日六万でいいっすよ。人生、金だけじゃないっすからね」

「心意気で生きてる藤巻ちゃんだから、只《ただ》で引き受けると言ってくれると思ってたがな」

反町は雑《ま》ぜ返した。

「反町さんの冗談は、きついんだよなあ。どこまで冗談なのか、わかりにくいっすから。つい皮肉や厭味《いやみ》を言われたんじゃないのかなんて思っちゃう」

「もちろん、皮肉や厭味も含めてるさ」

「これだもんな」

「藤巻ちゃん、できるだけ高性能な車輛追跡装置を借りてほしいんだ」

「それは任せてください。親しくしてる同業者が最近、性能抜群の車輛追跡装置を買いましたんで、そいつを借りるっすよ」

藤巻が言った。

プロの調査員たちは、たいてい車に高性能な受信機を搭載《とうさい》している。被尾行車のバンパーの裏側に強力磁石《じしゃく》付きのGPS端末をこっそり装着させ、そこから発進される電波をキャッチしながら、追尾していくわけだ。

安い受信機だと、受信能力はせいぜい一キロ以内である。しかも、さまざまな電波が飛び交っている大都会では被尾行車を見失いがちだ。

しかし、百万円以上の装置はおおむね受信能力が高い。

三百六十度回転するアンテナで、どんなに弱い電波でも捉《とら》えることができるからだ。交差点や三叉《みつまた》でも、迷う心配はない。そうした機種は十数キロ圏内までカバーできる。

「被尾行者と車のことを詳しく教えてもらえますか」

「わかった」

反町は鎌田社長の年恰好や銀灰色のロールス・ロイスのことをできるだけ細かく伝えた。あいにく鎌田の顔写真はなかったが、それほど不安は感じなかった。藤巻もプロだ。

まさかお抱《かか》え運転手と鎌田を間違えることはないだろう。

「早速、動きます」

「なるべく密に連絡を頼むな」

「了解っす」

藤巻が電話を切った。

反町は、また煙草に火を点《つ》けた。努のことが気掛かりだったが、あえて電話はかけなかった。努にとって、いまは試練の刻《とき》だ。周囲の大人が必要以上に手を差し延べたら、彼の独立心は培《つちか》われない。

遅かれ早かれ、誰もみな、ひとりで生きていくことになる。努、頑張れ。

反町は脳裏《のうり》に浮かんだ努に心で励《はげ》まし、短くなった煙草を灰皿の底に捻《ひね》りつけた。

立ち上がって、浴室に向かう。

反町はシャワーを浴び、素肌にグレイのスタンドカラーの長袖シャツをまとった。下はアイボリーのスラックスを選んだ。

巨漢の力石が訪れたのは、ちょうど午後一時だった。

反町は起き抜けに力石に電話をして、サウナ室で死んだ二人のやくざに関する情報を集めてほしいと頼んでおいたのだ。

「スイートルームはゴージャスですね。反町先輩が羨《うらや》ましくなるな」

「だったら、おれみたいに民間の番犬稼業にシフトするか?」

「自分はフリーになってもいいと思ってるんですが、妻が反対なんですよ。妻は公務員の娘なんで、親方日の丸が一番とか言ってね」

「確かに警察官《サツカン》やってれば、喰うには困らないからな。ま、坐ってくれ」

「はい」

力石がソファに坐り、部屋の中を眺め回した。心底、羨ましげだった。

反町はルームサービスで、二人分のコーヒーを運ばせた。ホテルの従業員が出ていくと、力石が前屈みになった。

「麻布《あざぶ》署にいる同期の奴に、いろいろ教えてもらいました」

「力石は人づき合いがいいから、各所轄《しよかつ》に知り合いがいるんだな。おかげで、こっちは楽できる」

「単に酒が好きなだけですよ。だから、警察学校の同期会には毎回出てるんです」

「義誠会の地引と坂尾は、やっぱり毒殺されたんだろう?」

反町は確かめた。

「ええ。二人が齧った錠剤の中に硝酸《しようさん》ストリキニーネが入ってたようです。午前中に司法解剖が終わったらしいんですが、どちらも胃から三グラム以上の硝酸ストリキニーネが検出されたって話でした」

「ストリキニーネっていうのは、確かなんとかって植物の樹皮や種子などに含まれてる苦みのある白色結晶性の有毒物だったな？」

「馬銭《マチン》科の植物だそうです。どんな植物なのか、見たことはありませんけどね」

「おれは図鑑で見た記憶があるな。もっとも、どんな形をしてたのかよく思い出せないが……」

「自分、法医学関係書にちょっと目を通してきたんですよ。ストリキニーネを含んでる種子を温アルコールで浸《ひた》して蒸発させたものに硝酸を加えると、硝酸ストリキニーネになるんです」

力石が説明した。

「服《の》むと、中枢《ちゅうすう》神経をやられるんだっけな？」

「少量なら、無毒だと書かれていました。目や心臓の病気に、この硝酸ストリキニーネは薬用として使われているようです。もちろん、量は少ないはずですが」

「ストリキニーネ中毒にかかると、全身の運動筋が強直性《ごうちょくせい》収縮するんだろう？」

「ええ、その通りです。地引と坂尾は多量の硝酸ストリキニーネを盛《も》られたわけですから、すぐに横隔膜《おうかくまく》を侵《おか》され、呼吸ができなくなったはずですよ。二人の死亡推定時刻は、昨夜の十時半から十一時半とされています」

「鎌田の犯行《ヤマ》だろう」

反町はコーヒーカップを持ち上げた。いつものようにブラックで啜《すす》る。

「ええ、それは間違いないでしょう。地引と坂尾は殺害現場の会員制サウナに矢吹健人という弁護士のビジターということで、過去五回ほど通ってます。二人がサウナを訪れた日に、きまって西急クレジットの鎌田も……」

「あの会員制サウナは、会員の同伴がなくてもビジターだけで利用できるんだろうか」

「そのことですが、実は電話で問い合わせてみました。そうしたら、地引と坂尾が初めて利用する日に矢吹氏からサウナの受付に電話があって、二人をよろしくと言ったそうですよ」

「殺された二人と矢吹の接点は？」

「それは、ないそうです。それから、電話に出たサウナの従業員の話ですと、矢吹氏の声ではなかったようだと言うんですよ」

「おそらく鎌田が矢吹に成りすまして、サウナに電話したんだろう」

「なるほど、そうだったのか。さすがは先輩ですね」

力石が感心したように言い、コーヒーを口に運んだ。

「おい、しっかりしろよ。そんなことは子供にだってわかるだろうが」

「そうですかね」

「鎌田と矢吹の関係を探る必要があるな。後で、矢吹の自宅に一緒に行ってくれ。現職の力石が一緒なら、弁護士夫人も何か喋ってくれるだろう」

「そうかもしれませんね。つき合いますよ、自分」

「力石、福建マフィアと接触してた日本人の男の正体は依然として、まだわからないのか？」

反町は訊いた。

「おっと、いけない。そいつの正体がわかったんですよ。旧新栄党《しんえい》の大川良樹《おおかわよしき》元党首の公設第一秘書だったんです」

「政治家の秘書だったたって⁉　名前は？」

「えーと、ちょっと待ってくださいね」

力石が紺系の上着の内ポケットを探った。

平成五年に民自党から分かれた新栄党は、元総理大臣を党首にいただいた保守系の新党としてスタートした。副党首も短期間ながらも、首相の座に就《つ》いたことのある人物だった。

しかし、旧新栄党を実際に牛耳《ぎゅうじ》っていたのは大川良樹だ。現在、大川は八十二歳で、いまも策士と言われている。

先の保革連立政権の産みの親とも言える人物だ。その後、大川は派閥の調整にしくじり、権力と信頼を失ってしまった。党内の対立があって、新栄党は平成九年十二月に解党した。大川が率いる一派は最大野党の憲友党《けんゆう》と合流した。連立政権を担《にな》ったが、また野《や》に下った。大川は政権復帰をもくろんでいるようだが、その道は遠い。

「大川の公設第一秘書は山極達生《やまぎわたつお》という名です。四十七歳ですね。この山極が歌舞伎町のチャイニーズ・レストランで、しばしば福建省出身のマフィアと会ってたらしいんですよ」

「国会議員の公設第一秘書と中国人マフィアか。ちょっと気になる結びつきだな。この春から、大物政治家の秘書たちが相次いで正体不明の連中に襲われてる」

反町は煙草をくわえ、頭上のシャンデリアを振り仰《あお》いだ。考えごとをするときの癖《くせ》だった。

「どれも、おかしな事件《ヤマ》でしたよね。深夜や明け方に襲われ、ただ殴打《おうだ》されただけだなんて」

「襲われた秘書たちは、被害事実をありのままに話せなかったんだろう。話したら、それぞれの国会議員の先生が失脚しかねないからな」

「先輩、どういうことなんです?」

力石が身を乗り出した。

「襲撃された秘書たちは、おそらく車に裏金を積んでたんだろう。企業からのヤミ献金や贈賄金《ぞうわい》の類《たぐい》をな。大川の公設第一秘書だった山極は憲友党入りしてからも、同じポストに就いた。その秘書が中国人マフィアを使って、そうした裏金を強奪させてたんだろう」

「仮にも国会議員の秘書が、そんな荒っぽいことを考えますかね。先輩の筋読みは、ちょっと飛躍してるんじゃありませんか？」

「そんなことはないと思うよ。野に下ってから、憲友党の台所はかなり苦しくなっただろう。巨大労働者団体からの献金は大きく減ったはずだし、与党第一党の民自党や第二党の公正党《こうせい》のようにプール金が潤沢《じゅんたく》なわけでもない」

「それは、そうでしょうね。しかし……」

「まあ、聞けよ。憲友党は民自党よりも、ずっと所帯が小さいよな。政権を握るには他野党を取り込んで、党を拡大しなければならない。人を集めるには、それなりの金が必要になってくる。頼りの後援組織からの献金が期待できないとなれば、荒っぽい手を使ってでも活動資金を調達しようと考えるんじゃないのか」

　反町は長々と推測を喋った。力石は長く唸《うな》ったきりだった。

「襲われたのは、民自党の大物議員の公設第一秘書ばかりだったよな？」

「そうでしたね」

「憲友党にとって、民自党こそ最大のライバルだ。宿敵の裏金を奪えば、自分の懐《ふところ》が温かくなるだけではなく、ライバルにダメージを与えられる。まさに一石二鳥《いっせきにちょう》だ」

「しかし、そんな危険な賭《か》けを打ったら、憲友党は下手をすると、自滅することになるでしょう」

「そこまで大川たちは、金銭的にも心理的にも追い込まれてるんじゃないのか」

「そうなのかもしれませんが……」

「おれの筋読みが正しければ、一連の国会議員秘書襲撃事件の黒幕は大川良樹だろうな。山極とかいう秘書が単独犯で踏める犯罪《ヤマ》じゃない。おそらく山極は秘書仲間を通じて、裏金を運ぶ日時を知ったんだろう。でなかったら、民自党の大物政治家の秘書たちの自宅に盗聴器でも仕掛けたにちがいないよ」

反町は喋り終えると、マールボロに火を点けた。

その数秒後、力石のスマートフォンが鳴った。

「本庁からの呼集《こしゅう》か？」

「いいえ。新宿署にいる友人からです。ちょっと失礼しますね」

「早く電話に出てやれ」

反町は卓上のスマートフォンを指で示した。

力石がすぐにスマートフォンを耳に当てる。通話は七、八分つづいた。

通話を終わらせると、巨漢刑事が告げた。

「姿をくらましてた福建マフィアの五人のうち二人が、さきほど新宿御苑《ぎょえん》の近くで警邏《けいら》中の巡査らに検挙《アゲ》られたそうです。ひとりは楊《ヤン》、もう片方は河《ホー》と名乗ってるとか。もっとも、おそらく偽名でしょうけどね」

「その二人は職務質問《バン》かけられたのか？」

「いいえ。若い白人女性を無理やり車に押し込もうとしているところにたまたまパトロール中の警察官たちが通りかかって、その場で緊急逮捕したんです」

「若い白人女性か」

反町は呟《つぶや》いた。

「先輩、何か？」

「去年の秋、六本木で外国人モデルの女が何人か失踪《しっそう》したよな？」

「ええ、三人ですね。その後、日本人の女優の卵が麻布で二人、何者かに連れ去られました。どちらも、いまだに犯人《ホシ》は検挙《アゲ》られていません。女たちも消えたままです」

「そうだな」

「その二件と関わりがあるのかどうかわかりませんけど、この半年で約三十人の家出娘や若い人妻が首都圏で忽然《こつぜん》と消えました。失踪者は共通して、グラマラスな美人です。人身売買組織の仕業《しわざ》と考えられるんですが、どの事件も有力な手掛かりがなくて、未解決のままなんですよ」

「若い女の連続失踪事件にも、策士の大川が絡《から》んでるのかもしれないな」

「先輩、本気でそんなことを⁉」

力石が甲高《かんだか》い声を発した。

「ああ。潜伏中の福建マフィアが若い白人女を拉致しかけたのは、大川の第一秘書の山極に頼まれたからかもしれないぞ。色っぽい女たちなら、セックスペットとして使える」

「大川良樹が秘密のハプニングパーティーでも主催してるというんですか⁉」

「井手の話によると、矢吹弁護士の顧客が十一人も謎《なぞ》の恐喝組織に一億円前後、脅し取られてるんだ。怪しげなパーティーに出席した後にな。巻き揚《あ》げられた額を考えると、ありきたりのセックス・スキャンダルなんかじゃないんだろう」

反町は言った。

「しかし、大川は有名な政治家ですよ。権力欲が強く、唯我独尊《ゆいがどくそん》みたいなとこはありますけど、ギャングの親玉じゃありません」

「人間、追い込まれたら、なんでもやるもんさ。大川良樹が快楽殺人の館《やかた》を経営してても、おれはそれほど驚かない」

「いくら現代社会が病《や》んでるからといっても、そんなことは……」

力石が顔をしかめながら、即座に反論した。

「ある学者は、サディズムの究極的な快感は殺人と人肉嗜食《カニバリズム》だという学説を唱《とな》えてる。それは極論としても、人間の深層心理にはタブーに挑《いど》みたいという潜在的な欲求があるんだろうな。サディズムとは違うが、いとしい人間の遺骨を喰っちまう例は実際に昔からあるようだ」

「いくら何でもありの時代でも、快楽のための人殺しや人肉喰いなんて考えられませんよ。先輩も、ちょっと危ない人だな。そういう妄想《もうそう》って、どっから生まれるんです？　一度、知り合いの精神科医に診《み》てもらったほうがいいんじゃないですか。自分、ちょっと心配になってきました」

「力石が言うように、妄想なのかもしれない。しかし、快楽殺人パーティーの出席者を脅迫すれば、一億円でも二億円でも毟《むし》れるだろう。ヤミ献金を渋る巨大労働者団体にいちいち頭を下げなくても、大川は楽に巨額を集められるわけだ」

反町は言った。

「まだ憲友党の有力者に拘《こだわ》ってるんですか。先輩、ひょっとしたら、大川の愛人を口説《くど》き損なって、あの策士を逆恨《さかうら》みしてるんじゃありません？」

「なかなか鋭いな。実は、そうなんだ」

「あっ、やっぱりね」

二人は冗談を言い交わした。反町は話を合わせたが、力石に妄想と半《なか》ば極《き》めつけられた直感を捨ててはいなかった。

「矢吹弁護士の自宅って、どこにあるんです？」

「世田谷区の尾山台《おやまだい》だよ。奥さんに会えるかどうかわからないが、これから行ってみよう」

反町はソファから立ち上がり、黒い薄手の上着を羽織《はお》った。

布地はカシミヤだった。去年の誕生日に、和香奈にプレゼントされたジャケットだ。

ほどなく二人は部屋を出た。

地下駐車場に降りると、反町はボルボに歩み寄った。カシミヤジャケットに、四輪駆動車は似合わない。そんなことで、きょうはジープ・ラングラーを選ばなかったのだ。

2

名刺アルバムは三十数冊もあった。

一頁《ページ》に八人分の名刺が貼られていた。アルバムは、雑誌ほどの厚みがある。名刺の枚数は夥《おびただ》しかった。

反町は黙々と名刺アルバムを繰《く》った。

かたわらの力石は上着を脱いで、ワイシャツ姿で素早く頁を捲《めく》っている。アメリカンフットボールのプロテクターのような厚い肩が絶えず動いていた。

矢吹健人の自宅の応接間だ。

反町の前のソファには、矢吹の妻の陽子《ようこ》が坐っている。和服姿だった。江戸小紋《えどこもん》だろうか。四十歳前後で、楚々《そそ》とした美人だった。

　反町は機械的にアルバムを捲りつづけた。

　しかし、いっこうに鎌田の名刺は出てこない。山極達生の名刺もなかった。

「事務所にも、まだ少しあると思います。夫は名刺をいただいても、すぐには自宅に持ち帰らないんですよ」

　陽子が、どちらにともなく言った。力石が即座に応じた。

「そうなんですか。奥さん、鎌田という名に記憶は？」

「ありません。その方が夫をどこかに連れ去った疑いがあるのでしょうか？」

「ええ、まあ。ところで、ご主人の捜索願は新宿署に出されたんでしたよね？」

「はい。でも、所轄の玉川署の方たちも心配してくださって、地取《じど》り捜査というんですか、それをしてくれたんです。ですけど、何も手掛かりは掴《つか》めなかったようです」

　陽子の声が沈んだ。

「新宿署の連中は、どんなふうに言ってました？」

「こんなに時間が流れても犯人側は何も要求してこないから、営利目的の誘拐《ゆうかい》ではなく、怨恨《えんこん》による拉致事件だろうとおっしゃっていました。けれど、誰かに恨まれてるとは思えないんですよ」

「そうですか」

力石が茶をひと口飲み、また名刺アルバムに目を落とした。

反町は、ようやく馴染《なじ》みのある名を発見した。先日、矢吹の事務所で手帳に書き留めた十一人の顧客のひとりだった。大手建設会社の常務だ。

さらに、気になる顧客たちの名刺が次々に目に入ってきた。人気コメンテーターやプロゴルファーの名刺もあった。美容外科医の名刺は顔写真入りだった。

「元新聞記者のコメンテーター築保清《ちくぼきよし》なんかも、ご主人のお客さんなんですね？」

反町は、瓜実顔《うりざねがお》の陽子を正視した。

「築保さんは日東《にっとう》テレビの社長さんのご紹介で、夫のオフィスに見えたそうです」

「ご主人、相談内容について、何かおっしゃっていませんでした？」

「詳しいことは申しませんでしたけど、少し酔ったとき、築保さんが女性関係のことで誰かに強請《ゆす》られているというようなことを言っておりました」

「矢吹弁護士は築保清にどうアドバイスしたんでしょう？」

「自分の領域ではないので、警察に行くべきだと申し上げたそうです」

「その段階では告訴はできないでしょう」

「ええ。ですから、相談を受けただけで、お帰りいただいたと申しておりました。ただ、ちょっと変なことがあったんです」

弁護士夫人が、ためらいがちに言った。

「何があったんです？」

「築保さんがわざわざここにお礼の挨拶《あいさつ》に見えられたんですよ、高価な油彩画《ゆさいが》を手土産《みやげ》にして」

「ちょっとした法律相談で、そこまでやるだろうか」

「そうですよね。ですので、わたし、夫にそのことを訊いたんですよ。そうしましたら、先方と話をつけてやったお礼だと……」

「それと似たようなことはありませんでした？」

　反町は訊いた。

「そういえば、プロゴルファーの尾木洸二《おぎこうじ》さんが同じように見えられて、クラブセット一式と胡蝶蘭《こちょうらん》の鉢を置いていかれました。それから、都《みやこ》銀行の瀬下《せした》副頭取が秘書の方に京友禅《きょうゆうぜん》の着物をわたしにって届けさせてくださったこともありました」

　夫人が答えた。

「そうですか」

「夫は何か後ろめたいことをしていたのでしょうか？」

「そんなことはないと思いますよ」

　反町は膝《ひざ》の上の名刺アルバムをコーヒーテーブルの端に置き、マールボロをくわえた。

　殺された井手貢が言っていたように、どうやら矢吹弁護士は十一人の顧客に泣きつかれて恐喝組織との交渉を引き受けていたらしい。

ただ、少し腑《ふ》に落ちない点があった。矢吹は相談を受けたとき、なぜ十一人に警察に行くことをもっと強く勧めなかったのか。それが謎だ。また、恐喝組織が矢吹の交渉を受け入れたことも不可解だった。

「なんだか落ち着かないわ。夫は殺されるような悪いことをしてたのかもしれません。矢吹は野心家ですので、大胆なことをやったりするんですよ」

「奥さん、考えすぎでしょう。それはそうと、ご主人は日記をつけていませんでした？」

「いいえ、日記はつけていませんでしたね」

「そうですか。最近、特定の人間にちょくちょく会ったり、決まった場所に出かけられるようなことは？」

「同じ方によく会っている様子はありませんでしたけど、箱根《はこね》の仙石原《せんごくはら》には毎週末に出かけていた時期がありました」

「ゴルフですか？」

「いいえ、別荘地を探しに行っていたようです。夫は箱根に、大きなセカンドハウスを作りたがっていたの。いまの軽井沢《かるいざわ》は成金ばかりで、がさつすぎるなんて申しましてね」

陽子の言い方は少し厭味だった。自分たち夫婦は、小金《こがね》を持っている成り上がり者とは人種が違うとでも思っているのか。

「仙石原には、大物政治家や財界人の別荘がありますよね。遣《や》り手の弁護士さんには、ふさわしい別荘地だな」

「でも、気に入った場所がなかなか見つからないらしくて、山の中を歩き回ってたようです。いつかなんか、姫女苑《ひめじょおん》の花びらや姫沙羅の葉っぱをスラックスにくっつけたまま帰ってきました。わたし、まるで猟犬ねって笑ってしまったんです」

「とことん気に入った土地を探す気なんでしょうね」

反町は表情を変えずに言って、短くなった煙草の火を消した。

清水谷公園に遺棄されていた杉本雅美の髪の毛には、姫沙羅の病葉《わくらば》が付着していた。女性フリージャーナリストは、箱根の仙石原で殺されたのではないだろうか。

仙石原に謎の恐喝組織の黒幕の別荘があるのかもしれない。

熱心に名刺アルバムに目を通していた巨漢刑事が長嘆息《ちょうたんそく》して、ソファに深く凭れかかった。力石のほうも収穫はなかったようだ。

「仙石原に親しい方の別荘があるんですか？」

反町は弁護士夫人に訊いた。

「いいえ、ないはずです。ただ、あのあたりの風景やたたずまいが好きなんだと思います」

「そうなんですかね」

「組対部の方も動きはじめたということは、犯人が暴力団関係者だという感触を得られたからなんでしょ？」

陽子が力石に顔を向けた。

「さすがは弁護士の奥さんですね。ふつうの主婦は、捜査一課と暴力団対策課の区別もつきません」

「わたし、法学部出身なんですよ。それから、結婚前は法律事務所で働いていました。ですので、その程度のことは……」

「どうもお見逸《みそ》れいたしました」

力石がレスラー並の体を縮め、頭に手をやった。

「どうなんですの？」

「まだ裏《ウラ》付けを取ったわけじゃないんですよ。さきほど申し上げた線も考えられるのではないかということで、われわれがちょっと動いてみただけなんです」

「そうなんですか。暴力団対策課の課長は、いまも津坂《つさか》さんがなさっているのかしら？」

「ええ、そうです」

「津坂課長によろしくお伝えください」

陽子が言った。力石がうろたえながら、小さく目配せした。

「突然、お邪魔して申し訳ありませんでした。参考になるお話をありがとうございました」

反町は立ち上がった。力石も上着を抱え、すぐに腰を浮かせる。

陽子に見送られて、二人は豪壮な矢吹邸を出た。

「課長の名を出されたときには、ひやっとしましたよ。あの奥さん、まさか課長に確認の電話なんかしないだろうな」

力石が上着の袖に腕を通しながら、不安顔で言った。

「びくつくなって。課長に何か言われたら、空とぼければいいんだよ」

「先輩ったら、他人事《ひとごと》だと思って」

「力石、心配するなって。桜田門《さくらだもん》にいられなくなったら、おれが高給で雇《やと》ってやるよ。それより、もう少しつき合ってくれ」

「次は、どこに行くんです？」

「人気コメンテーターの築保清か、プロゴルファーの尾木洸二に会いに行こう。二人が恐喝組織に強請《ゆす》られたことは間違いないだろう」

反町はボルボの横で、スマートフォンを取り出した。

最初に日東テレビに電話をした。築保は土・日を除き、毎夜、一時間半のニュースショーにレギュラー出演していた。

番組担当のチーフディレクターを電話口に呼んでもらい、築保との面会を求めた。警視庁本庁の刑事に成りすましたのだが、相手にはまるで効き目がなかった。番組終了の深夜にならなければ、事情聴取には応じられないという。

反町は知り合いのスポーツ紙記者に頼み込んで、尾木洸二の自宅の電話番号をこっそり教えてもらった。

プロゴルファーの自宅は杉並区の永福《えいふく》にあった。電話をかけると、尾木の妻が受話器を取った。尾木はオフで、自宅にいるらしかった。

「ご主人の高校時代の友人が、ちょっとした事件を引き起こしましてね。その男のことで、事情聴取させてほしいんですよ」

「これから家族で出かける予定なんです。明日じゃ、いけません？」

「被疑者の供述によると、お宅のご主人に覚醒剤を貰ったと……」

「えっ、そんなばかな⁉　何かの間違いでしょう。尾木が覚醒剤なんか持ってるわけありませんっ」

「そのあたりの話を伺いたいんです。絶対に出かけないでください、すぐに行きますので」

反町は一方的に電話を切った。

「先輩、ちょっと強引ですよ」

「あのくらい言わなきゃ、逃げられるからな」

「それにしても……」

力石が言いながら、ダークグレイのプリウスに近寄った。覆面パトカーだ。

反町も自分の車に乗り込み、先に発進させた。すぐ後から、プリウスが追ってくる。

環状八号線に出て、世田谷の船橋《ふなばし》で荒玉水道道路《あらたますいどう》に入る。杉並方面への近道だった。

人気プロゴルファーの自宅は、井《い》の頭線《かしら》の永福駅のそばにあった。三階建ての鉄筋コンクリート造りの建物だった。

外壁は純白で、小屋根にはオレンジ色のスペイン瓦《がわら》が載っている。南欧風の雰囲気を出したかったらしい。敷地は百数十坪だろう。庭木は、それほど多くない。西洋芝が青々としている。カーポートには、黒いポルシェと赤いマスタングが並んでいた。

力石がインターフォンを鳴らし、応対に現われた尾木夫人に警察手帳を見せた。反町は目礼《もくれい》しただけだった。

尾木の妻は四十七歳だが、若い女性と同じような服装をしていた。小皺《こじわ》の目立つ顔に、流行のカットソーやパンツは似合っていなかった。

瞳も大きかったが、口が異様に大きい。顔じゅう、口だらけという印象だった。

自分の好みではない。反町はそう思いながら、靴を脱いだ。

導かれたのは三階の広い洋室だった。

赤銅《しゃくどう》色に陽灼《ひや》けした尾木は黒革《かわ》のオットマンに深々と腰かけ、両脚《あし》を台座状のフットレストに投げだしていた。蛍光色《けいこう》のスウェットウェア姿だった。

反町たちを見ても、五十三歳のプロゴルファーは立ち上がる気配を見せなかった。不機嫌そうに、むっつりとしている。

「どうぞおかけください」

尾木夫人が執《と》り成すように言って、応接ソファセットを手で示した。

反町と力石は長椅子に並んで腰かけた。尾木の妻が部屋を出て行こうとすると、プロゴルファーが言った。

「おい、茶なんか出すことないぞ」

「そういうわけには……」

「この旦那《だんな》方は、おれに濡衣《ぬれぎぬ》着せようとしてるんだ。そんな客に茶なんか出す必要はないっ」

「大人げないわよ、あなた」

尾木の妻が夫を窘《たしな》め、後ろ手にドアを閉めた。

反町は穏やかに言った。

「われわれは事情聴取に伺《うかが》っただけですよ。ですので、そう興奮なさらずに」

「高校時代の友人って、誰なの？　そいつの名前、早く教えてよ。えっ！」

急に尾木が女言葉《おんな》を使った。男臭《くさ》い顔のせいか、妙な迫力があった。

「木村育夫《きむらいくお》です」

「そんな野郎、知らねえな。同じクラスにも、同期生の中にもそんな奴はいなかったぞ。なんなら、女房に卒業記念アルバム持って来させようか？」

「いや、結構です。おそらく被疑者が苦し紛《まぎ》れに、有名人のあなたの名前を出したんでしょう」

「そこまでわかってるんだったら、何もここまで押しかけてくることないだろうが！　おれは疲れてるんだ。用が済んだら、早く帰ってくれ！」

「ほかにも確認したいことがあるんですよ」

「なんなのよ？　あんまり神経苛《いら》つかせないでほしいな」

「凄むときは女言葉になるらしいね。ところで、あんた、秘密パーティーに出て誰かに銭《ぜに》を毟《むし》られたよな？」

反町は両眼を吊《つ》り上げ、がらりと口調を変えた。

「秘密パーティーだって⁉」

「あんたは矢吹弁護士に相手との交渉を任せたはずだ。その礼として、クラブセット一式と胡蝶蘭の鉢を矢吹の自宅に届けた。そこまで、わかってるんだっ」

「なんなの、それ？」

プロゴルファーの頬《ほお》が小さく痙攣《けいれん》しはじめた。目の動きも落ち着かない。明らかに狼狽している。反町はさらに鎌をかけた。

「おたく、頭がおかしいんじゃないの？」

尾木が言って、笑おうとした。しかし、頰が歪《いびつ》に曲がっただけだった。目には、不安と焦りの色が差している。図星をさされて、焦っているようだ。もっと鎌をかけることにした。

反町は立ち上がって、オットマンの前にたたずんだ。尾木が強く睨みつけてきたが、すぐに視線を逸らした。

「その秘密パーティーには、誰に誘われたんだ？」

「質問がばかばかしくて、答える気にもなれないな」

「尾木さん、自分らはパーティーに出た連中をどうこうする気はないんですよ。何者かに拉致された矢吹氏を救い出したいだけなんです」

力石が口を挟んだ。

「あの先生が拉致されたって⁉」

「ええ。そうか、あなたはきのうまで全米トーナメントに出てたんでしたよね。それじゃ、ご存じないはずだな」

「汚ねえことをする奴らだ」

「奴らって？」

反町は尾木に迫った。

「そんなこと言えるかっ」

「強がりもいい加減にしろ。あんたが一億円ほど脅し取られたこともわかってるんだ」

「えっ、そこまで……」

尾木の額に脂汗《あぶらあせ》がにじんだ。反町は声を張った。

「あんたを強請《ゆす》ったのは誰なんだっ」

「直接、妙なビデオを持ってきたのは極雄会《きよくゆう》のチンピラさ。おれはビデオカメラで盗み撮りされてたんだよ。くそっ」

「極雄会は東京の城西《じようさい》地区と埼玉《さいたま》の大宮《おおみや》あたりを縄張《シマ》りにしてるテキ屋系の組織だったな?」

「そうです」

力石が反町を見ながら、大きくうなずいた。

「あんた、極雄会の誰かにパーティーに誘われたんだな?」

反町はプロゴルファーに問いかけた。

「近藤《こんどう》って理事だよ。銀座の『モナミ』ってクラブで時々、顔を合わせてたんだ。その程度のつき合いだったんだが、面白い遊びがあるって言われて、ついその気になったんだよ」

「パーティーは、どこで？」

「場所はわかんないんだよ。おれは車に乗ると、すぐに極雄会の若い者に目隠しされたからな。東京から二時間ぐらい走った山の中にある洋館に連れ込まれたんだ」

「そこには、若い女が飼《か》われてたんだな？」

「飼われてた⁉　そう言われれば、そんな感じだったな。女たちは素っ裸にされて、全員、鉄の球《たま》の付いた足枷《あしかせ》を嵌められてた。日本人だけじゃなく、白人の女もいたよ。東南アジア系の女たちもいたな」

「極雄会の奴は、女に何をしてもいいって言ったんだな？」

「ああ。女たちを動物と思って、存分に愉しめって。おれたち客は大広間《サロン》で好き放題をやってから、それぞれ気に入った女と客室に入った」

「客の数は？」

「おれが遊んだ晩は八人だったよ、自分を含めてな。大企業の役員クラスが多かったね」

尾木がそう言い、フットレストから両脚を下ろした。何か苦しげな表情だった。

「会費は？」

「たったの十万円だったんだ。だけど、後でとんでもないことになったんだから、高い遊び代だったよ」

「サロンでは、どんなふうに遊んだんだ？」

反町は訊いた。

「四、五人の女を輪舞《ロンド》みたいにぐるぐる回らせながら、ひとりずつ順番にペニスをくわえさせたんだ。女たちを横に並べて、鶯《うぐいす》のなんとかってやつもやったな」

「あんたは、どんな女と客室にしけ込んだんだ？」

「カレンとかいうヤンキー娘だよ。六本木かどこかで、中国人とイラン人らしき男たちに車に乗せられて、あの洋館に監禁されたって言ってたな」

「カレンとは、どんなプレイをした？」

「それがよく憶《おぼ》えてないんだ。大事なとこを舐めっこしたのは薄ぼんやりと憶えてるんだが、その後のことはさっぱり……」

尾木が言って、夢遊病者のように視線を虚《うつ》ろにさまよわせた。

「あんたを逮捕にきたんじゃないんだから、正直に喋ってくれ！」

「本当に何も憶えてないんだ。幻覚に襲われちゃってな」

「幻覚？」

「そう。サロンで飲んだ酒に、ＬＳＤか何かが入れられてたんだろうな。おれは自分がどこにいるのかわからなくなってしまった。体半分がピンクの象で、下半身だけが人間の姿してたよ。そんなおかしな生きものになって、おれは空を飛んでたんだ」

「あんたが言ったように、何か強烈な幻覚剤を服《の》まされたんだろうな」

反町は言った。

「絶対、そうだよ。ふと自分を取り戻したら、お、おれは血糊《ちのり》でぬるぬるする鉄のハンマーを握ってた。そして、すぐ近くに潰れたトマトみたいな……」

「カレンが倒れてたのか?」

「そうなんだ。けど、おれがカレンを殺《や》ったんじゃない」

尾木が両手で頭髪を掻き毟《むし》り、不意に立ち上がった。仁王《におう》のような形相《ぎょうそう》で、不気味な唸り声を上げた。

「その話が嘘《うそ》じゃないなら、あんたは異常性欲者に仕立てられ、快楽殺人の犯人にされたんだろう」

「おれは絶対に殺《や》っちゃいないっ」

「恐喝の材料《ネタ》の画像データは、もう焼却済みだろうな?」

反町は一応、訊いてみた。

「ああ、燃やしたよ。けど、ダビングしたディスクだろうな。極雄会の背後にいる奴がマスターディスクを持ってるんだろう」

「そう考えたほうがいいな」

「おそらくおれは、また強請《ゆす》られるだろう。そして、無一文にされるな。逆らったら、あの画像がネットで拡散されるんだろう。どっちにしても、おれはもうおしまいだ」

「恐喝屋グループのボスを逮捕《パク》れば、あんたが罠《わな》に引っかかったこともわかるだろうからな」

「いや、あの画像を観《み》たら、誰だって、おれがカレンを殺ったと思うさ。くそっ、身の破滅だ。おれはどうすりゃ、いいんだ⁉　誰か教えてくれーっ」

尾木が大声で喚《わめ》きながら、勢いよくバルコニーに走り出た。そのまま人気プロゴルファーはコンクリートの柵《さく》から身を躍《おど》らせた。

反町と力石は、同時に声を上げた。

一瞬の出来事だった。制止する間もなかった。庭先で、鈍《にぶ》い落下音がした。

反町は力石とともにバルコニーに飛び出した。

眼下の庭を覗《のぞ》くと、尾木が半身を捻った恰好で倒れていた。首は奇妙な形に曲がっている。ぴくりとも動かない。即死だったのだろう。

尾木が自殺したことで、反町は自分の筋読みに自信を深めた。大きな収穫だったが、なんとも後味が悪かった。

「後の処理を頼むな」

反町は力石の肩を叩《たた》いた。

3

血の粒《つぶ》が飛んだ。

相手の額《ひたい》は割れていた。反町は特殊短杖《たんじょう》を下段に構えた。額から血を流している若い組員が、その場に頽《くずお》れた。木刀を握ったままだった。

極雄会近藤組の事務所だ。事務所は、西池袋一丁目の雑居ビルの三階にある。

事務所には、当番の組員が二人いるだけだった。どちらも、二十二、三歳だろう。

「組長はどこにいる？」

反町は、スチールロッカーまで退《さ》がった男に訊いた。

眉の薄い男だった。ワインカラーのスーツを着ている。

「てめえ、どこの者《もん》なんだっ」

男がロッカーの扉を開け、何かを掴み出した。

トカレフだった。原産国の旧ソ連製ではない。中国でライセンス生産された拳銃だ。銃把《グリップ》に、黒 星《ブラックスター》の刻印が入っている。ノーリンコ54のほうが通りがいいだろう。

反町は足許《あしもと》の男の胸を蹴《け》りつけ、高く跳躍《ちょうやく》した。

特殊短杖を振り下ろす。拳銃のスライドを引きかけていた男が短い悲鳴をあげて、尻《しり》から床に落ちた。それから男は横倒しに転がった。額が深く裂《さ》けている。

「時間が惜《お》しいんだよ、こっちは」

反町は男の手からノーリンコ54を捥《も》ぎ取ると、スチールロッカーを手前に引き倒した。

ロッカーは、眉の薄い男を押さえる形になった。男はロッカーを払いのけようとした。

反町は片足でロッカーを踏み押さえ、スライドを引いた。九ミリ弾が薬室《チャンバー》に送られる音が小さく響《ハジ》いた。

「やめろ、撃《ハジ》かねえでくれ。組長《オヤジ》はちょっと前に出かけたんだ。もう今夜は、ここに戻って来ねえよ」

「どこに出かけた？」

「大川良樹の秘書の山極さんと会うとか言ってた」

「そうか」

反町は銃把から弾倉《マガジン》を引き抜き、ノーリンコ54を遠くに投げ放った。

特殊短杖を縮め、ロッカーの下敷きになった男の首に高圧電流銃《スタンガン》の電極棒を押し当てる。反町はスイッチボタンを押した。眉の薄い男は、すぐに気を失った。

反町は、木刀を振り回した男にも強力な電流を送った。やはり、五秒前後で気絶した。

近くの机の最下段の引き出しを開けると、白い樹脂製のバンドが入っていた。結束バンドと呼ばれている物だ。本来は電線などを束《たば》ねるときに用いられている。針金以上に強度があることから、アメリカの警官やギャングたちは手錠代わりに使っていた。

反町は結束バンドの束を手早くほどき、二人の若い組員の両手足をきつく縛りつけた。ついでに、男たちの口許に粘着テープを貼る。これで、組長の近藤等《ひとし》には連絡が取れないだろう。二人の男が意識を取り戻した。どちらも戦《おのの》いていた。もがきもしなかった。

反町は何事もなかったような顔で組事務所を出て、雑居ビルの前に駐めておいたボルボに乗り込んだ。

プロゴルファーの自宅を出てから、二時間ほど経《た》っていた。力石は、うまく後処理をしてくれただろうか。

反町は車を発進させた。

憲友党の大川議員事務所は千代田区内にある。反町は信号待ちを利用して、大川の個人事務所に電話をかけた。

大川議員の公設第一秘書の友人を装って、探りを入れたのである。山極は来客と一緒に、近くのレストランに食事を摂《と》りに行ったという。反町は店の名を教えてもらうと、すぐに電話を切った。

目的の場所に着いたのは、およそ四十分後だった。

目的のレストランは、憲友党本部の何軒か先のテナントビルの地階にあった。ドイツの家庭料理を売り物にしているようだった。

反町は店の近くに車を駐め、変装用の黒縁《くろぶち》眼鏡をかけた。前髪で、できるだけ額も隠した。車を降り、自然な足取りでドイツレストランに入る。

店内は、思いのほか広かった。ドイツの民族衣装《いしょう》をまとった五人の白人娘が忙《せわ》しげに酒や料理を運んでいた。

テーブルが十四、五卓あり、ほぼ正面に個 室《コンパートメント》席が五つ並んでいた。

反町はテーブル席を見回した。大川たちの姿は見当たらない。コンパートメントに歩み寄りかけたとき、右端の中からウェイトレスが出てきた。

反町は、開いたドアから個室席の中を覗いた。

そこに、テレビや新聞で何度も見たことのある大川良樹議員が坐っていた。横向きだった。左手の奥側だ。

記者会見などでは、大川はめったに笑顔を見せない。しかし、いまは黒ビールを傾けながら、角張った浅黒い顔に笑《え》みを浮かべていた。腫れぼったい目は垂れている。

大川の隣にいるのは、公設第一秘書の山極達生だろう。二人の前にいる固太《かたぶと》りの男は、極雄会の近藤にちがいない。

反町はデジタルカメラで、素早く大川たち三人を隠し撮りした。
五、六度シャッターを押したとき、個室席のドアが閉ざされた。反町はレジに近い席に着き、生ビール、粗挽《あらび》きウインナー、ポテト、鰊《にしん》の酢漬《づ》けなどを注文した。

栗毛《くりげ》のウェイトレスは流暢《りゅうちょう》な日本語を操った。敬語の使い方も正しかった。

先に生ビールが運ばれてきた。

反町はふた口ほどビールを飲むと、トイレに立った。トイレは大川たちのいる個室席の左側にあった。反町は大川たちの個室席の横で、わざと五百円硬貨を落とした。

硬貨を拾うついでに、反町は指に挟んであった超小型高性能マイクを個室席の板壁に密着させた。

反町はトイレに移り、大便用のブースに入った。便器の蓋《ふた》に腰かけて、ＦＭ受信機のイヤフォンを耳に嵌《は》める。

チューナーを少し回すと、大川たち三人の会話が鮮明に聴こえた。

「公認料に色をつけると言ったら、民自党の反主流派の連中がだいぶこっちになびいてきたよ。衆参併《あわ》せて、二十五人は引き抜けそうだ」

大川の声だった。

「先生、もう少しお声を抑えてください」

「山極君、きみは心配性《しょう》だね。ここは個室席なんだ。われわれの話が外に洩れる心配はないよ」

「そうでしょうが、何事も大事を取ったほうがよろしいかと思います」

「そうだな。さっき渋谷の旦那《だんな》から電話があってね、今夜のゲストは豪華メンバーだそうだ。全経連《ぜんけいれん》の会長や東日本商工会議所の会頭もパーティーに参加するそうだよ」

「それは凄いメンバーですね。さすがは鎌田社長だな」

「年寄り連中が興奮しすぎて、心不全を起こしたりしなきゃいいがな。後の集金が楽しみだ」

「そうですね」

山極が言葉を切り、近藤に声をかけた。

「あんたのほうの段取りは？」

「ばっちりですよ。サロンにはもちろん、各室にもリモコン操作のＣＣＤカメラをセットしました」

「ドラッグは？」

「向こう一年分は確保しておきましたよ」

「それじゃ、何も心配はないな」

「いや、それがちょっと」

近藤の声のトーンが落ちた。

「何かまずいことでも？」

「同業の人間が、わたしを嗅《か》ぎ回ってるようなんですよ」

「渋谷の御大《おんたい》が使ってた地引や坂尾がいた組か？」

「いや、義誠会ではありません。関東一心会関口組の組長の倅《せがれ》なんですよ。関口保という男で、井手貢と親しかった総会屋です。うちの組の者を使うわけにはいきませんが、福建省出身の奴らか不良ナイジェリア人に始末させても……」

「いまは動かないでくれ。兪《ユー》の手下が二人、新宿で捕まったばかりだからな」

「わかりました」

「関口の狙いは、井手の仕返しなのかね？」

「そんな侠気《おとこぎ》のある野郎じゃありませんよ。おそらく恐喝《カツアゲ》の材料《ネタ》を漁《あさ》ってるんでしょう」

「そうなら、いつか片をつけなきゃな」

「きみたち、マナーを知らんなあ。食事のときは楽しい話をするもんだよ」

大川が秘書と組長に言い、空疎《くうそ》な高笑いをした。山極と近藤が追従《ついしょう》笑いを響かせた。

三人はゴルフの話に熱中しはじめた。

反町はイヤフォンを外し、ＦＭ受信機のスイッチを切った。内蔵されているボイスレコーダーも自動的に停止した。

この音声だけでも獲物を咬《か》めるが、何も慌てることはない。大川と鎌田を崖っぷちに追い込んでから、骨までしゃぶってやる。

反町はブースを出て、自分の席に戻った。

テーブルには、オーダーした料理が並んでいた。ビールを飲みながら、ナイフとフォークを使った。あらかた食べ終えたころ、大川たちが個室席から出てきた。反町は急いで店を出て、顔を伏せた。

山極は店内に残った。どうやら別の人間と会うことになっているようだ。あるいは、別の場所で誰かに会うのか。

反町は張り込んで、山極を尾《つ》ける気になった。

十数分が過ぎたころ、西急クレジットの本社ビルの前にいる藤巻から電話がかかってきた。

「いま、鎌田の運転するロールス・ロイスが地下駐車場から出てきました。これから、被尾行車を追うっす」

「藤巻ちゃん、おれもそっちに行くよ」

「信用ないんだな。GPS端末をくっつけたから、撒《ま》かれやしないっすよ」

「そうじゃないんだ。ひょっとしたら、鎌田はどこかで財界の大物と落ち合うかもしれないんだよ。電話をオンにしっ放しにして、進行方向を報告しつづけてくれ。大急ぎで、渋谷方面に向かうから」

反町はスマートフォンを助手席に置くと、すぐボルボを走らせはじめた。

鎌田の車は玉川通りに入り、用賀《ようが》方向に進んでいるらしい。東名高速道路を使う可能性もあった。

反町は霞が関ランプに急ぎ、高速三号渋谷線に入った。勘《かん》は外れなかった。六本木のＩＢＭビルが左手に見えたとき、鎌田のロールス・ロイスが三軒茶屋《さんげんぢゃや》ランプからハイウェイに乗り入れたという連絡があった。

反町は、ほくそ笑んだ。藤巻が同業の仲間から借りた車は、オフブラックのスカイラインという。テレビアンテナに見せかけた車輛追跡装置の指向性アンテナが屋根《ルーフ》に設置されているそうだ。造作なく見つけ出せるだろう。

鎌田や藤巻の車につづいて、反町はボルボを東名高速道路に進めた。

しばらく走ると、ロールス・ロイスが足柄《あしがら》サービスエリアに入ったという報告があった。鎌田は単に休憩したいだけなのか。それとも、誰かと合流する気なのだろうか。

反町は、鮎沢《あゆざわ》パーキングエリアを通過したばかりだった。

右の追い越しレーンに入り、エンジンを高速回転させつづける。ほどなく足柄サービスエリアが見えてきた。

広い駐車場の走路を低速で進む。

ロールス・ロイスは、喫煙所の斜め前あたりに駐まっていた。鎌田は運転席の横に立って、周《まわ》りの車を見ている。スカイラインは走路の手前側だ。反町は車を少し離れた場所にパークし、藤巻の車に駆け寄った。

藤巻が反町に気づき、さりげなくスカイラインから出た。自称和製マーロウは、きょうもイタリアンスーツで身を包んでいた。

藤巻がロールス・ロイスの方に顔を向けた。

ちょうどそのとき、鎌田が誰かに深々と頭を下げた。ロールス・ロイスの斜め前に、黒いベントレーが停《と》まったところだった。

高級英国車の後部座席から降りた七十四、五歳の男は灰色の中折れ帽を被《かぶ》っていた。男が鎌田に近づき、親しげに肩を叩いた。

その老人は全経連の岩佐忠義《いわさただよし》会長だった。

岩佐の顔はマスコミで広く知られていた。全経連の会長は中折れ帽を深く被ると、鎌田のロールス・ロイスの後部座席に乗り込んだ。

ややあって、ロールス・ロイスの横にメルセデス・ベンツが停まった。

後部座席から降りた男はマスクで顔半分を覆《おお》っていたが、紛れもなく東日本商工会議所の今岡周《いまおかあまね》だった。六十八か、九歳のはずだ。

今岡は自分のお抱え運転手を遠のかせると、鎌田の車に乗り込んだ。二人の財界人は握手し、何やら談笑しはじめた。

鎌田は運転席に戻ろうとしない。いくらも経たないうちに、和服姿の六十年配の男が鎌田に近づいた。高名な能役者の千家万之輔《せんけまんのすけ》だった。鎌田が能役者を助手席に導く。

「藤巻ちゃんは、次の御殿場《ごてんば》インターで東京に引き返してくれないか。後は、こっちが鎌田の車を尾ける」

「ひとりじゃ、危《ヤバ》いんじゃないっすか？」

「和製マーロウは、あんまり頼りにならない。かえって、足手まといになりそうだ」

反町は言って、藤巻に十万円を渡した。

「これじゃ、多いですよ。六万円だけ貰います」

「たまにはステーキでも喰って、スタミナつけろ」

「いいんすか？　なんか悪いっすね」

藤巻はそう言いながらも、早くも十枚の万札をポケットに収めかけていた。消費文明の社会でストイシズムを貫《つらぬ》くことは想像以上に大変なのだろう。

「それじゃ、ここで別れよう」

反町は自分の車に駆け戻った。

シートベルトを掛け終えたとき、鎌田のロールス・ロイスが走りだした。反町は追走しはじめた。高速道路のレーンに戻ると、ロールス・ロイスは一気に加速した。

箱根に向かっているのではないか。反町は、そう予想した。やはり、鎌田の車は御殿場インターで国道一三八号線に降りた。

この道を乙女《おとめ》トンネルの方面に登れば、その先は仙石原だ。やはり、快楽殺人の館は箱根のどこかにあるらしい。

反町は充分な車間距離を取って、ロールス・ロイスを追った。車輛は少なかった。うっかり近づきすぎたら、尾行に気づかれてしまうだろう。

鎌田の車は乙女トンネルを潜《くぐ》り抜けると、右に折れた。仙石カントリークラブのグリーンの途切れるあたりで、今度は右の脇道に入った。

そのまま丸岳《まるだけ》の山道を進む。仙石原の別荘地は仙石カントリークラブや大箱根カントリークラブの広大なゴルフ場の向こう側に帯状に拡がっていた。丸岳側には、それほど別荘は多くない。民家も疎《まば》らだ。

ロールス・ロイスが吸い込まれたのは、山の中腹にある宏大《こうだい》な洋館だった。

反町は洋館の百メートルほど手前で車をいったん停止させ、リヴァースで枝道《えだみち》に尻から退《さ》がった。スマートフォンをマナーモードにして、手早くエンジンを切る。

反町は必要な武器や暗視望遠鏡などを携《たずさ》え、静かに車を降りた。灌木《かんぼく》の枝を手折《たお》って、車のフロントガラスやグリルを覆う。

反町は深呼吸をしてから、洋館に接近した。

未舗装の道だったが、地面は固かった。土の中には無数の砂利《じゃり》が埋まっている。

館は古めかしかったが、堅固な造りだった。剝《む》き出しの柱や横木は太かった。三階建てで、尖塔《せんとう》はドーマー窓になっている。

ヨーロッパ調のデザインだった。築後三十年近く経っているのではないだろうか。

敷地は優に二千坪はありそうだ。

前庭にはロータリーがあり、車寄せもたっぷりスペースを取られている。五、六台の乗用車とワンボックスカー、マイクロバスが一台ずつあった。

塀の代わりに、境界線に喬木《きようぼく》が植えられていた。積み上げられた自然石が門柱の役目を果たしている。門扉《もんぴ》はなかった。

館には灯《あか》りが点《つ》いていた。しかし、どの窓もルーバーで閉ざされ、人の動きはわからない。

反町は喬木にへばりついて、暗視望遠鏡を覗いた。

防犯カメラは、どこにも設置されていない。しかし、館の周囲には赤外線防犯装置が張り巡らされていた。

赤外線防犯装置の光線を横切ったら、アラームが鳴り響くことになる。不用意には近寄れない。歯噛みしかけたとき、いい考えが閃《ひらめ》いた。

反町は小石を拾って、思い切り庭に投げ込んだ。

警報音が、けたたましく鳴りはじめた。反町は近くにある喬木によじ登った。洋館から、見張りらしき男たちが飛び出してきた。五人だった。いずれも、銃器を手にしている。

男たちは四方に散り、洋館の周りをくまなく巡った。しかし、樹の上にいる反町には誰も気づかなかった。

見張りの男たちは首を傾げながら、館の中に戻った。防犯装置が誤作動したと勘違いしてくれただろうか。

少し待つと、アラームが止《や》んだ。

反町は大急ぎで樹木から降り、今度は枯れ枝を庭に投げつけた。

警報は鳴らなかった。赤外線防犯装置のスイッチを切り、点検中なのか。侵入のチャンスだ。反町は中腰で、館まで走った。

何事も起こらなかった。反町は洋館の横に回り込んだ。

窓の鎧板《よろいいた》の両端に手を掛け、静かに捲《めく》り上げる。呆気《あっけ》なく剥《は》がれた。白いレースのカーテンの向こうに、五十畳ほどのサロンが見えた。

さまざまな色のアイマスクで目許を隠した裸の男たちが、足枷《あしかせ》を嵌められた全裸の女らをサディスティックに嬲《なぶ》っていた。

男は七人だった。年配者ばかりだ。鎌田の車に乗っていた三人も交じっていた。

女は十三人だった。肌の色は、さまざまだ。首都圏でさらわれた女性たちだろう。

誰もが従順だった。悲鳴はあげるが、決して逆らったり、逃げようとはしない。もはや脱走することは不可能と悟り、過酷な運命を受け入れる気になったのか。

妖精のような白人の美少女は、頭髪、眉、恥毛をすっかり剃《そ》り落とされていた。

乳房と尻に髑髏《どくろ》の刺青《いれずみ》を彫《ほ》られてしまったのは、モデルか女優の卵だったのだろう。息を呑むほどの美人だった。

七人の男たちはそれぞれの責め具を手にして、十三人の憐《あわ》れな囚《とら》われ女性を思い思いに責めていた。目を覆いたくなるような地獄絵だった。

反町は洋館の裏側に回った。

少し歩くと、靴の底に何かが触《ふ》れた。反町は、それを拾い上げた。窓辺に寄って、鎧窓から洩《も》れてくる光に翳《かざ》す。折り曲げられた杉本雅美の運転免許証だった。

やはり、雅美はここで殺されたようだ。

姫沙羅の大木が何本もそびえていた。雅美はここで殺され、清水谷公園に遺棄されたにちがいない。

反町はテラスの階段を上がった。

四段ほどステップを踏んだとき、スラックスの裾《すそ》に何かが触れた。テトロンの釣《つ》り糸だった。非常ベルが鳴り、裏の林の中に隠されていた投光器が眩《まばゆ》い光を放つ。一瞬、何も見えなくなった。

反町は暗がりに走ろうとした。

だが、遅かった。洋館のドアが勢いよく開き、五、六人の男たちが飛び出してきた。

先頭の三人はグロック19やマシンピストルを手にしている。グロック19はオーストリア製の拳銃だ。

どの銃器にも、消音器が装着されていた。近藤組の組員たちなのではないか。ひと目で、暴力団員とわかる風体だった。後ろにいるのは、踵《かかと》ナイフや火箸に似た特殊短刀を使ったイラン人と思われる二人だ。

反町は逃げられなかった。

男たちに取り囲まれ、二階の奥まった部屋に連れ込まれる。そこには鎌田がいた。

金髪の若い女が、背の部分が三角形になった木馬に跨《また》がらされていた。両手首は太い鎖《くさり》で括《くく》られ、天井の滑車《かっしゃ》で吊り上げられていた。股間《こかん》は血塗《ちまみ》れだった。

「変態野郎め！」

反町は鎌田を睨《にら》みつけた。

「誰なんだ、きみは？」

「さあな」

「目障《ざわ》りな奴だ」

鎌田が舌打ちして、崩れた男たちに目配せした。

三つの銃口が、同時に押し当てられた。反町は動けなかった。

踵ナイフの使い手が上着のポケットから、金属の石鹸箱《せっけんばこ》のような物を取り出した。それから、茶色いアンプルと注射器を摑み出す。

麻酔薬のキシラジンか、ケタミンだろう。アンプルにラベルは貼られていなかった。もうひとりのイラン人とおぼしい男が、反町の袖口を肘まで荒っぽく捲《まく》り上げた。すぐ注射針が突き立てられた。注射器の薬液が反町の体内に注入された。

数十秒すると、意識がぼやけてきた。目を大きく見開いたが、視界は狭《せば》まる一方だった。反町は不意に何もわからなくなった。

4

細長い物が薄ぼんやりと映った。

椅子の脚だった。誰かが腰かけている。

反町は床に転がされていた。両手首は結束バンドで縛られていた。体の前だった。ただ、両脚の自由は奪われていない。

なぜ敵は、足首を括《くく》りつけなかったのか。麻酔注射をしたことで、警戒心が緩《ゆる》んだのかもしれない。あるいは、これから本格的に手脚を縛るつもりなのか。

反町は、わずかに顔をずらした。

見張りの男が見えた。男は手摑みで、鶏《とり》の唐揚《からあ》げを喰《く》っていた。股の間には、青龍刀が挟まれている。福建マフィアのひとりだろう。三十歳前後だった。細身だ。

悪人《クズ》の金と女は、こっちのものだ。文句あるか！

反町は胸底《むなそこ》で吼《ほ》えた。苦境や窮地《きゅうち》に陥《おちい》ったときに必ず唱《とな》える台詞《せりふ》だった。呪文《じゅもん》のように繰り返していると、不思議に力が湧《わ》いてくる。これまでも幾度か、それでピンチを切り抜けてきた。

中国人と思われる男が膝の上の紙皿をフリスビーのように飛ばした。男の視線は、紙皿を追っている。隙だらけだった。

チャンスだ。反町は勢いよく転がった。

見張りの男が椅子ごと引っ繰り返った。床で、青龍刀が跳《は》ねた。刀身は、いくらか蒼《あお》みがかっていた。

反町は肘で身を起こした。

男も立ち上がる動きを見せた。反町は足を飛ばした。空気が鳴る。前蹴りは、相手の睾《こう》丸《がん》を砕いた。男の腰が沈んだ。

反町は踏み込んで、今度は男の鳩尾《みぞおち》に膝蹴りを見舞った。膝頭《ひざがしら》が深くめり込む。男が前屈みになった。

反町は男の後ろ襟《えり》のあたりに、強烈な肘打ちを浴びせた。右のエルボーだった。

男が反町の足許に頽《くずお》れた。反町は半歩退《さ》がって、男の顔面を蹴りつけた。

鼻の軟骨の潰れた音が、はっきりと耳に届いた。男は後転し、長く唸った。青龍刀を握り直し、なんとか立ち上がった。

「わたし、怒ったよ。おまえ、殺す！」

「少し助詞の勉強をしたほうがいいな。おまえら、福建省からの流れ者がセックスペットにされてる女たちを引っさらってきたんだなっ」

反町は言いながら、数歩後退した。

すぐに腰を少し落とす。膝を曲げておかないと、とっさに刃物は躱《かわ》せない。

男が血走った目で反町を睨み、いきなり青龍刀を下から斜めに走らせた。空気が縺《もつ》れ合った。反町はわずかに上体を反らして、すぐ前に跳《と》んだ。

フェイントだった。青龍刀が水平に薙《な》がれる。刃風《はかぜ》は鋭かった。

反町は一歩退《しりぞ》き、ふたたび前に出た。

青龍刀が引き戻された。反町は体当たりする気になった。

床を蹴りかけた瞬間、左の肩口に切っ先が触れた。肉は斬られなかったが、ジャケットが十四、五センチ裂けていた。

和香奈にプレゼントされた高級なジャケットだった。

反町は頭に血が昇った。スライディングして、男の内腿《うちもも》を蹴る。

膝頭のすぐ上のあたりだ。意外に知られていないが、そこは急所の一つだった。どんな屈強な男でも、その場所を力まかせに蹴られたら、立ってはいられなくなる。

案の定、男は斜め後ろに倒れた。

反町は走り寄って、相手を蹴りまくった。場所は選ばなかった。息が上がるまで、蹴りつづけた。

やがて、男はぐったりとなった。

顔は血だらけだった。歯も折れている。

反町は青龍刀を奪い、両膝で刃を挟んだ。

刃先が上だった。反町は結束バンドを断ち切り、それで男の足首を縛った。さらに男の顎《あご》と両腕の関節を外す。口の中には、丸めた紙皿を突っ込んだ。

反町は青龍刀を手にして、ドアに近づいた。

ロックはされていなかった。抜き足で廊下に出る。左側に、五つのドアが並んでいた。

反町は腕時計を見た。午前一時近かった。

窓辺に寄り、欠けた鎧板の隙間から外を眺める。

樹々《きぎ》は、かなり下の方に見えた。高さから察して、三階のようだ。なんとかして鎌田か、秘密パーティーの客を押さえて楯《たて》にしたい。

反町は忍び足で歩き、各室のドアに耳を当てはじめた。

三つ目の部屋までは、なんの物音もしなかった。四番目のドアに耳を寄せると、男の荒い息遣《づか》いと女のかすかな呻き声がした。鎌田が、拉致してきた女の体を弄《もてあそ》んでいるのかもしれない。

反町はドア・ノブに手を掛けた。

ノブは回った。反町は部屋の中に躍り込んだ。

左の壁際に二十台ほどのモニターが並んでいた。画面には、七人のゲストがそれぞれ客室で裸の女を嬲《なぶ》っているシーンが映し出されていた。

モニターの前には、近藤組の組員らしき男がいた。男は椅子に腰かけ、両腕のない裸の女を抱えていた。二人の性器は繋《つな》がっていた。

男はチノクロスパンツを足首まで下げ、女の尻を盛んに突き上げている。相手は呻きながら、涙を流していた。

男が瞼《まぶた》を閉じ、ラストスパートをかけていた。侵入者には、まったく気づいていない様子だ。反町は抜き足で二人に接近した。

男の首筋に青龍刀を押し当て、片腕で女を引き離す。悲しくなるほど軽い体だった。

女は一瞬、きょとんとした顔になった。すぐに事態が呑み込めたようで、反町の胸に顔を埋《うず》めた。声を殺して泣きはじめた。

痛ましかった。

反町は貰い泣きしそうになった。女は整った顔立ちをしている。胸の形も悪くなかった。腕の切断面は、まだ赤みを留《とど》めていた。

「おい、鎌田のいる部屋を教えろっ」

「社長は、もう東京に帰ったよ」

「嘘かどうか、体に訊いてみるか」

　反町は言うなり、青龍刀を軽く引いた。男が声をあげた。首に赤い線が生まれた。十数センチだった。

「大声出したら、骨まで刃を沈めるぞ」

「やめてくれ。おれは嘘なんか言ってねえ」

「鎌田と憲友党の大川良樹が結託してやった悪さを喋ってもらおうか」

「おれたちは組長《オヤジ》に言われて、見張《シキテン》りをやらされてるだけなんだ。だから、そういうことは……」

　男の声は震えていた。

「近藤組の者《もん》は、ここに何人詰めてる？」

「おれを入れて六人だよ。ほかに中国人マフィアの兪《ユー》たち三人とイラン人が二人いる」

「やっぱり、あの二人はイラン人だったか。馬蹄形のナイフを持ってる奴は、なんて名なんだ？」

　反町は訊いた。

「ジャファアリだよ。もう片方はゴーラムってんだ」

「矢吹って小太りの弁護士は、どこにいる?」

「そんな奴は、ここにゃいねえよ。あっ、もしかしたら……」

男が言い澱《よど》んだ。

反町は青龍刀を強く押しつけた。厚い刃は、男の血でうっすらと濡れていた。

「言うよ。その矢吹って奴は、芦《あし》ノ湖《こ》のそばの保養所にいるはずだ。西急クレジットのロッジだよ」

「そっちに見張りは何人いるんだ?」

「暴走族《ゾク》上がりの半グレが二人いるだけだ」

「マラ、萎《しぼ》んじまったな。ちょっと先っぽを引っ張って、おまえの道具を見せてくれよ」

「なに言ってんだよ。あんた、ゲイなのか⁉」

「いいから、抓《つま》め!」

「くわえたりするなよな。おれは女専門なんだ」

男がぶつくさ言いながら、分身を長く伸ばした。

反町は素早く青龍刀をペニスの根元に当て、一気に断ち落とした。血が勢いよく噴《ふ》き出し、男の右手は瞬《また》く間《たた》に血糊に塗れた。口からは凄まじい悲鳴が放たれた。

反町は青龍刀の峰で、男の頭頂部を強打した。

男は白目を見せながら、椅子から転げ落ちた。そのまま悶絶《もんぜつ》した。血の臭いが室内に拡がる。

反町は、抱えていた女を椅子に坐らせた。

急いでジャケットを脱ぐ。それを女に着せてやり、ボタンもきちんと掛けた。

女の顔は小さいほうだろう。しかし、両腕を肩先から落とされているせいで、やけに顔が大きく見える。

「いつ引っさらわれたんだ？」

「もう四カ月前です。劇団の稽古場《けいこば》からの帰りに、三人の中国人に車に無理に押し込まれたんです」

「女優さんだったのか」

「まだ研究生なんです。こんなことになっていなかったら、大きな公演で準主役を演じられたんですけど。芸名は白鳥涼子《しらとりりょうこ》です」

「いい芸名だな。きみに、ぴったりだ」

反町はそう言い、白鳥涼子の大粒の涙を拭《ぬぐ》ってやった。

「わたし、もう死んでしまいたい。自分で顔も洗えないんですから」

「きみをそんな体にしたのは、どこのどいつなんだ？」

「テレビなんかによく出てる美容外科医です。確か神泉寺護《しんせんじまもる》とかいう名前です。あいつはわたしを何度もレイプしてから、両腕を切り落としたんです」

「ごめん！　辛いことを思い出させてしまったな」

「いいんです。わたしなんか、まだましなほうです。モデルをやってた女の子なんか剃刀《かみそり》で全身を傷つけられて、絞《し》め殺されたんですから。相手の男は大企業の役員らしいんですけど、まともじゃありません。その男は一晩じゅう、死体とセックスしてたんですよ」

涼子が言って、また頬を濡らした。役員らしき男は、屍姦症《ネクロフィリア》に罹《かか》っているにちがいない。

やはり、思った通りだった。反町は親指の腹で、涼子の頬をそっと拭った。

「頭のおかしなゲストは人間の肉まで……」

「喰ったのか!?」

「見張りのやくざがそう言っていました」

「そこまでやるなんて、人間じゃないっ」

「人肉を食べたという男は有名な女子大の学長らしいんだけど、あいつは人間以下だわ！」

涼子が叫ぶように言った。

反町は慰める術《すべ》がなかった。モニターに目をやると、全経連の岩佐会長が竹刀《しない》で白人女性の豊かなヒップを強く叩いていた。単なるプレイには見えない。どこか狂気の色を帯びた尻叩き《スパンキング》だった。

東日本商工会議所の今岡会頭は、女の局部に花鋏《はなばさみ》の片刃を挿入しかけていた。女は童女のように首を振りながら、尿失禁しはじめた。

能役者の千家は座位で交《まじ》わりながら、女の乳房に竹串を突き刺していた。

胡椒《こしょう》や洋芥子《マスタード》を擦《こす》りつけた男根に舌技を強《し》いているのは、著名なプロ野球解説者だった。

鞭《むち》を振り回しているのは、ディスカウント王の異名を持つ老実業家だ。五十歳前後の人気俳優は女をベッドに這《は》わせ、アナルセックスに励んでいた。女の胸にはガラスの破片が突き刺さっている。

相手の顔や胸にアイロンを近づけているのは、新興宗教団体の若い教祖だった。その男は超能力者と称し、二千人近い信徒を集めていた。

「こいつら、ぶっ殺してやる！　客室はどこにあるんだ？」

「一階です。でも、ゲストルームのそばには、いつもピストルを持った男たちがいるんです。近づいたら、撃たれるわ」

「きみたち女性は、どこに？」

「地下室に閉じ込められてるんです。一階の七人やわたしを含めて、二十五人が裸のままで監禁されています。ほかの八人は殺されてしまいました」

「そこに見張りは？」

「ひとりいるだけです」

「それじゃ、地下室にいる女性たちを先に救い出そう」

「あなたは警察の方なんですか？」

涼子が問いかけてきた。

反町は返事をはぐらかし、涼子を急《せ》かした。二人はモニターの並んだ部屋を出て、階段の降り口に向かった。

踊り場にも、階段にも敵の姿はなかった。

反町は爪先《つまさき》に重心を掛けて、二階まで降りた。廊下の向こう側には、ジャファリとゴーラムがいた。二人のイラン人は横向きになって、何か立ち話をしていた。

反町は隙を見て、廊下を横切った。一階まで駆け降りる。

サロンの方から、男たちの笑い声が響いてきた。四、五人はいそうだ。姿は見えなかった。男たちは客の残した酒や料理を口に運んでいるようだった。

反町は地下室に通じる石段を降りはじめた。

「気をつけて」

涼子が囁《ささや》いた。

反町は黙ってうなずき、先にステップをゆっくりと下った。薄暗かった。階段には、ガス灯に似た照明が灯《とも》っているきりだった。

地下室は、ワインや野菜の貯蔵庫として使われていたのだろう。階段下に達すると、異臭が鼻腔を撲《う》った。体臭や排泄《はいせつ》物の臭気だった。囚《とら》われた女たちは客の相手をするときだけしか入浴を許されないのだろう。食べ物の腐った臭いも漂っている。

反町は壁にへばりついて、奥を覗いた。
三、四メートル先に、中国人に見える男が古ぼけたモケット張りのソファに腰かけていた。三十五、六歳だろうか。
男は熟年女優のヘアヌード写真集を眺めていた。ベルトの下には、消音器付きのノーリンコ59を挟んでいる。中国でライセンス生産されたマカロフだ。

反町は一気に走った。青龍刀を男の喉に押し当て、鋭い目に凄みを溜めた。

「声を出したら、喉が裂けるぞ」

「わ、わかったよ。わたし、おとなしくしてる」

男が掠《かす》れ声で言った。

反町は慎重に腰を落とし、ノーリンコ59を奪った。男は腰に鍵の束を提《さ》げていた。足枷の鍵だろう。反町は男を立ち上がらせ、先に歩かせた。涼子が後から従《つ》いてくる。

フロアは六十畳ほどの広さだった。

毛布や段ボールの上に、全裸の女たちが横たわっていた。反町は、目で人数を数えた。十七人だった。誰もが鉄の足枷を嵌められている。鉄の塊は、ソフトボールほどの大きさだった。隅にポリバケツが八つほどあった。

そのそばに、トイレットペーパーが無造作に積んである。二つのバケツは、いまにも汚物があふれそうだった。

反町は、見張りの男に女たちの足枷を外させた。

十七人の裸女は、一様《いちよう》に虚《うつ》ろな顔つきだった。幾人かは自力では立ち上がれなかった。

「みんな、この人は味方よ。悪い人じゃないの」

涼子が女たちに伝えた。

ようやく女たちは、人間らしい表情を取り戻した。彼女たちの衣服やランジェリーは隅の方に積み上げられていた。

「みんな、早く服を着るんだ。順番に逃がしてやる」

反町は急《せ》かした。

女たちが身繕《みづくろ》いに取りかかった。白人の女が母国語で罵《ののし》りながら、突然、鉄球を見張りの男に投げつけた。男は棒切れのように倒れた。悲鳴ひとつ洩らさなかった。

七、八人の女が次々に鉄の塊を倒れた男の頭や背中に投げつけた。反町は制止しなかった。見張りの男は間もなく息絶えた。

「もう気が済んだろう」

反町は女たちに言った。

女たちの興奮が鎮《しず》まった。反町は先に地下室を出て、赤外線防犯装置のメインスイッチを探した。それは一階の洗面所の近くにあった。幸いにも、人影はなかった。メインスイッチを切り、すぐに地下室に戻る。

反町は体の弱った者には元気そうな女を付き添わせた。

女たちが先を争って逃げたがると思っていたが、そうではなかった。彼女たちは、他人を労《いたわ》る気持ちを失っていなかった。

反町は涼子を含めて十八人の人質を順番にテラスから、裏の林に逃がした。三、四度、見張りに気づかれそうになったが、なんとか脱走させてやることができた。

残りは客の相手をさせられている七人だ。

反町は青龍刀を脇に挟み、ノーリンコ59のスライドを滑《すべ》らせた。拳銃を左手に持ち、青龍刀を右手に握る。

一階の廊下をうかがった。サロンにいる男たちは酒盛りの最中だった。

反町は、全経連の会長のいる客室に忍び寄った。小さくノックしつづける。

数分後、岩佐がドアを開けた。

反町は部屋に押し入り、青龍刀を岩佐に突きつけた。岩佐は叫びかけたが、声を呑んだ。

尻を真っ赤に腫《は》らせているのは、白人女性だった。反町は青龍刀でフラットシーツを裂き、岩佐の手足を縛った。女性たちに衣服を取りに行かせる時間はない。

反町は白人女性の体に毛布を羽織らせ、すぐに洋館の外に逃がした。

同じやり方で、ほかの六人の女性も速《すみ》やかに脱走させた。警備が手薄なのは、女性たちの体力が衰えていたからだろう。自分については、まさか意識を取り戻しているとは夢にも思っていないのではないか。

鎌田がいないなら、もうここにいても意味ない。快楽殺人の映像データを手に入れたら、矢吹の救出に向かうことにした。

反町は二階に上がった。

ジャファアリとゴーラムの姿はなかった。三階に駆け上がり、モニター受像機のある部屋に入る。ペニスを失った男は血を流しながら、かすかに呻いていた。

反町はモニターの横のキャビネットを開けた。前回の秘密パーティーのときに隠し撮《ど》りされた動画が五巻あった。

反町はそれをシャツの中に入れ、急いで部屋を出た。二階まで降りたとき、庭がざわつきはじめた。

逃げた女性たちの誰かが取っ捕まったのか。そうなのかもしれない。反町はサロンの客たちを人質に取ることにした。一階に駆け降り、大広間に走り入る。

五人の男が一斉に振り返った。近藤組の組員たちだろう。

「全員、両手を頭の上に乗せろ」

反町はノーリンコ59を左右に振った。男たちが顔を見合わせ、黙ってうなずき合う。

五人が揃って両手を掲《かか》げたとき、テラスで中国人と思われる男の声がした。

「あなたの負けね。拳銃と青龍刀捨てないと、友達、マシンピストルで撃つよ。それ、いいか？」

「友達だって!?」

反町は目を凝《こ》らした。

最初にサロンに入ってきたのは脂ぎった男だった。その後ろにいるのは、なんと藤巻ではないか。和製マーロウの両腕を摑んでいるのは、ジャファリとゴーラムだった。

ゴーラムは火箸のような特殊ナイフの先を藤巻の耳の中に浅く突っ込んでいた。その背後には中国人がいた。

「李《リー》、偉《えれ》えぞ」

近藤組の兄貴分らしき男が脂ぎった男に言い、腰からブローニング・ハイパワーを引き抜いた。残りの四人も相前後して立ち上がり、殺気立った目で懐を探った。

「東京に引き返さなかったんだな」

反町は藤巻に声をかけた。

「ちょっと心配だったんで。おれ、ずっと庭に隠れてたんす。この中に入るのは怖かったんっすよ。一一〇番してもいいかどうかもわからなかったしね」

「ばかだな」

「おれって、情けないっすよね。足が竦《すく》んじゃって、何もできなかったんすから。勘弁《かんべん》してください」

藤巻が謝った。

反町は首を振って、ノーリンコ59と青龍刀を足許に捨てた。近藤組の三人が駆け寄ってくる。逃げ場を塞《ふさ》がれた。

反町は敵の男たちを睨《ね》めつけた。

5

サイレンの音が耳に入った。

その音で、反町は自分を取り戻した。

ロッジの一室のようだった。場所はわからない。十五畳ほどの洋室だ。

反町は壁際に倒れていた。

S ＆ W《スミス・アンド・ウエッソン》のM469を握らされていた。近くには、九ミリ弾の空薬莢《からやっきょう》が三つ転がっている。反対側の壁には、四十年配の小太りの男が斜めに凭《もた》れかかっていた。

弁護士の矢吹健人だった。顔面、左胸、下腹部の三カ所が血に染まっている。射入孔《しゃにゅうこう》は意外に小さかった。

矢吹は微動だにしない。

すでに息絶えているようだ。右手に刺身庖丁《さしみぼうちょう》を握り締《し》めていた。

反町は自分の右手を嗅いだ。硝煙《しょうえん》臭かった。指や甲には、火薬の残滓《ざんし》がこびりついていた。

敵は、自分が矢吹を射殺したように見せかけたかったのだろう。

反町は、そう直感した。しかし、断定できない不安材料もあった。

洋館で敵の手に落ちたとき、反町と藤巻は妙な注射をされた。それは麻酔注射ではなかった。

意識は完全には混濁《こんだく》しなかった。

ただ、むやみに攻撃的になった。アドレナリンの分泌《ぶんぴつ》が急増したことは間違いない。

そのくせ、なんとなく物憂《う》かった。時間が経つにつれ、記憶力や判断力が鈍《にぶ》ってきた。加えて眠気も強まった。

近藤組の組員たちに藤巻とともにマイクロバスに乗せられたことは、おぼろげに憶えている。自分らは、きっと睡眠薬入りの精神攪乱剤《かくらんざい》のようなものを注射されたにちがいない。

反町は自分の行動に少し不安を覚えた。

しかし、自分が矢吹を殺していないことは確かだ。半覚醒状態だったが、近藤組の組員が矢吹を射殺した瞬間を見ている。

そのとき、組員は矢吹を〝裏切り者め〟と罵《ののし》ったような気がする。どうやら矢吹は、敵の一味だったらしい。

おおかた矢吹は人気コメンテーターやプロゴルファーの味方を演じながら、秘密パーティーの参加者の動きを探って、敵に情報を流していたのだろう。しかし、矢吹は欲を出し、鎌田たちを脅迫しはじめた。それで、始末されたようだ。

反町は起き上がった。

縛られてはいない。見張りもいなかった。パトカーのサイレンがだんだん近づいてくる。近藤組の者が警察に通報したにちがいない。

反町はヒップポケットからハンカチを抓み出し、大急ぎで拳銃を拭った。元SPの彼の指紋カードは、いまも警察庁の大型コンピューターにインプットされている。

三つの空薬莢も入念に拭った。敵の人間が、実包にも自分の指紋を付着させた疑いが消えなかったからだ。衣服に異常はなかった。しかし、洋館から盗み出した五巻の動画データはそっくり奪われていた。

サイレンの音が、さらに高くなった。

パトカーは一台ではなかった。明らかに複数だった。

反町は部屋を出た。部屋は一階の奥にあった。

歩きだしたとき、藤巻が居間の方から駆けてきた。金属バットを手にしている。

「反町さん、怪我は？」

「大丈夫だ。そのバットは？」

「見張りのチンピラから奪ったんすよ。こいつで片方の奴の膝のお皿を砕いてやりました。見張りの二人は車で逃げたっす」

「藤巻ちゃん、ひとまず逃《フケ》げよう。敵は、おれを人殺しに仕立てる気だったんだよ。弁護士の矢吹は近藤組の奴に撃たれて死んだ」

反町は言って、後ろを振り返った。

「銃声はしなかったと思うっすけど」

「矢吹はサイレンサー付きの拳銃で殺《や》られたんだよ」

「そういうことっすか。とにかく、ここから出ましょうよ」

藤巻が体を反転させた。

二人は階段を降りた。居間に入ったとき、ロッジの前にパトカーが停まる音がした。

反町は居間とダイニングを横切り、台所のドアから庭に出た。

個人の別荘のようだった。敵は、まるで関係のない他人の山荘を勝手に使ったのだろう。西急クレジットの保養施設の近くなのか。それとも、箱根とは別の場所なのか。

二人は林伝いに逃げた。

数十分走ると、急に視界が展《ひら》けた。いつしか湖畔に出ていた。

芦ノ湖の桃源台《とうげんだい》だった。ロープウェイのターミナルビルのそばだ。午前四時近かった。

ローリング族らしき若者たちがバイクの横にたむろしていた。七、八人はいそうだ。

「誰かバイトする気はないか？」

反町は二十歳《はたち》前後の若者たちに話しかけた。

すると、茶髪《ちゃぱつ》の男が振り返った。

「バイトって？」

「おれたち二人を丸岳の麓《ふもと》までバイクの尻《けつ》に乗っけてほしいんだ」

「野郎同士の相乗《タンデム》りじゃ冴《さ》えねえな」

「二人分で四万出すよ」

「それなら、悪かないね。ただし、前金だぜ」

「いいだろう」

反町は、すぐに四万円を渡した。金は抜き取られていなかったのだ。

茶髪の男が仲間のひとりを誘って、大型単車のエンジンを吼《ほ》えさせた。反町はシートに打ち跨《また》がった。藤巻は、黒革のオートバイジャンパーを着た若者のバイクに乗った。二台の単車は湖尻《こじり》から北上し、洒落《しゃれ》たドライブインの脇の道に入った。

その先には、仙石原の別荘地が拡がっている。二人の若い男は地元の人間だという話だった。

二つの大きなゴルフ場の間の山道を突っ切り、二十分そこそこで丸岳の麓に着いた。

「悪くないバイトだったよ。車、どこにあんの？」

「中腹のあたりに駐めてあるんだ」

「ならサービスで、その近くまで走ってやるよ」

茶髪の若者はバイクを丸岳の山道に進めた。仲間の単車も従《つ》いてきた。

反町は、ボルボを駐めた場所から少し下がった場所でバイクを停めさせた。二台の単車は、すぐ引き返していった。

藤巻が同業者から借りたスカイラインは、反町の車の近くに駐めてあるらしかった。

切り通しを抜けると、前方の闇が赤く染まっていた。炎だった。

「近藤組の奴らが洋館に火を放ったんだろう。行ってみよう」

反町は藤巻を促《うなが》し、山道を駆け登りはじめた。藤巻が追ってくる。

数分で、館の前に出た。

三階建ての洋館は完全に炎に包まれていた。前庭には四台の消防車が見えるが、消防隊員たちは茫然《ぼうぜん》と見守っているだけだった。近くに池や川がなければ、山の中での消火は困難だ。ヘリコプターを使うしか手はない。

よく見ると、パトカーも三台駐められている。制服警官たちも立ち尽くしていた。

涼子や大柄《おおがら》な白人女性が何か警官に説明していた。

彼女たちは洋館から脱出した後、警察署に駆け込んだのだろう。

岩佐たち七人の客は大切な金蔓《かねづる》だから、敵も置きざりにはしなかったのだろう。しかし、チャイニーズマフィアや二人のイラン人は近藤組の連中に始末されたかもしれない。

反町は巨大な炎を眺めながら、長嘆息《ちょうたんそく》した。

「燃えてる洋館は誰のものだったんすかね?」

藤巻が訊いた。

「鎌田や大川のセカンドハウスじゃなさそうだな。おそらく、憲友党関係者の別荘を利用させてもらってたんだろう」

「これで、悪党どもを追い詰められなくなっちゃったわけでしょ?」

「いや、まだ切札はあるさ。おれは憲友党本部の近くのドイツレストランで、大川、山極、近藤の三人が密談してる会話をこっそり録音したんだ。写真も撮ってある。ICレコーダーと写真メモリーは車の中にある」

「録音音声と写真だけじゃ、ちょっと弱いんじゃないっすか?」

「その気になりゃ、奴らの口を割らせる方法もある。とりあえず、東京に戻ろう」

反町も踵《きびす》を返した。

藤巻は探偵仲間から借り受けた車を取りに行った。

ボルボのフロントガラスやシールドを覆った小枝が動かされた様子はない。近藤組の組員たちには気づかれなかったようだ。

小枝を取り除いたとき、樹木の陰から二つの人影が現われた。どうやら敵が潜《ひそ》んでいたらしい。

「近藤組じゃないぜ」

聞き覚えのある声が響き、ライターの点火音がした。

煙草に火を点けたのは『経友会』の関口保だった。そのかたわらには、消音器付きの自動拳銃を握った駒崎が立っている。ワルサーＰＰＫだった。

「おれに何か用でもあるのか？」

反町は言いながら、目で二人との距離を測《はか》った。
八、九メートルは離れている。この暗さなら、なんとか銃弾を躱《かわ》せるだろう。
「わたしはね、井手さんの仇《かたき》を討ってやりたいんだよ」

「だから？」

「あんた、鎌田や大川の弱みを何か押さえたはずだ。それをそっくり渡してほしいな」

「きれいごとを言いやがる。おたくは鎌田や大川を咬《か》む気なんだろうが？」

「鋭いな。しかし、てめえの欲得だけじゃない。極雄会になめられっぱなしじゃ、おれはともかく、親父の顔が立たねえ。それに、女に億ションを買ってやるって約束しちまったんだよ」

関口が言った。

「女って、誰なんだ？」

「気づかなかったのか。てっきり覚《さと》られてると思ってたがな」

「まさか志賀佳代じゃ……」

「わたしよ」

背後で響いたのは水谷麻理の声だった。

「そういうことだ。井手さんは、いつも麻理と一緒にわたしんとこに相談に来てたんだよ。いい女だったんで、ちょいと悪い癖が出たってわけさ」

関口が煙草を深く喫いつけた。顔が明るく浮き上がった。口許に冷笑がにじんでいる。

駒崎も薄ら笑いをしていた。

「わたし、ワイルドな男に弱いのよ。井手さんは、ほとんど野性味がなかったから、そろそろ別の男に乗り換えようと思ってたころに関口さんに上手に口説《くど》かれちゃったの」

「いつから、総会屋の旦那といい仲になったんだ？」

「あなたには関係ないでしょう」

「井手氏の葬儀のあった日の涙は、嘘泣きだったわけだ」

反町は麻理を睨みつけた。麻理が含み笑いをする。

「総会屋の旦那はこっちに鎌田や大川のことを調べさせといて、おいしいところを横奪《ど》りする気だったんだなっ。それで、そっちはおれをリースマンションに誘って情報を得ようとした。違うか？」

「その通りよ」

「ふざけやがって」

反町は言いざま、麻理に飛びかかった。すぐに右腕を捩《ねじ》り上げ、彼女を楯にする。

「麻理を放せ！」

関口が喚《わめ》いた。

駒崎がワルサーＰＰＫを両手で保持した。

「ゆっくりとスライドを戻して、そいつをこっちに投げるんだっ」

反町は駒崎に命じた。関口が丸腰であることは読み取っていた。

駒崎が指示を仰ぐように、関口の方を見た。

麻理も関口に救いを求めた。関口が長く唸ってから、大声で言った。

「なあ、共同戦線を張ろうじゃねえか。取り分は五分五分《ゆす》でどうだ？」

「何か勘違いしてるな。こっちは、鎌田や大川を強請る気なんかない。事件の真相ってやつを知りたいだけだよ」

「笑わせるねえ。てめえがかなりの悪党《ワル》だってことは、とっくにお見通しだよ。金と女が大好きだって、面《つら》に書いてあらあ」

「おれが好きなのは、聖書とイエス・キリストだけだよ。金や女は堕落《だらく》の因《もと》だからな」

反町は言い返した。むろん、ジョークだ。

「くそっ、喰えねえ野郎だ」

「おたくもな。もたもたしてると、この女を姦《や》っちまうぞ。まんざらの他人ってわけではないから、強く拒《こば》まれることはないだろう」

「なんだって⁉」

関口が驚きの声をあげた。麻理が慌てて口走った。

「嘘よ。わたし、そんなふしだらな女じゃないわ」

「そう思いたいが……」

「そんなことより、わたしを救けてちょうだい」

「うむ」

関口が唸った。

その直後、関口と駒崎の後ろに人影が走った。総会屋の手下が、どこかに潜んでいたのか。

た。


「早く拳銃を捨てろ！　さもないと、おまえら二人の背中に穴が空くぞ」

　人影が吼《ほ》えた。藤巻だった。

　貧乏探偵も、やるではないか。反町は、にっと笑った。

　駒崎が拳銃のスライドを静かに戻した。それから、ワルサーＰＰＫを反町の足許に投げた。

　反町は麻理を屈ませ、拳銃を拾い上げさせた。

　藤巻がライターを鳴らした。あたりが明るむ。片手に握っているのは枯れた小枝だった。その形は、いくらか短機関銃に似ていた。

「マーロウ、よく来てくれたな」

　反町は言った。藤巻が少年のようにはにかんで、枯れ枝を投げ捨てた。反町は藤巻に駒崎と関口の体を探らせた。

　どちらも武器は何も所持していなかった。反町は関口たち二人を地べたに正坐《せいざ》させてから、藤巻に耳打ちした。

「おれの車に、赤外線フィルムの入ったカメラがあるから、取ってきてくれないか。車の鍵は左のヒップポケットだ」

「カメラなら、持ってますよ。反町さんが危ない目に遭《あ》いそうになったら、ストロボを焚《た》いて敵の目を逸《そ》らそうと思ってたんでね」

「フィリップ・マーロウだって、そこまでは知恵が回らないだろう。結構やるもんだな、見直したよ」

「からかわないでください。フィルムカメラで、何を写す気なんです?」

藤巻が小声で訊いた。

「生きた芸術作品ってとこかな」

「え?」

「カメラの用意をしてくれ」

反町は藤巻に言い、片手で麻理の衣服を脱がせはじめた。

麻理が身を捩《よじ》って、懸命に抗《あらが》った。反町は非情に麻理の服を剝《は》ぎ、ランジェリーも取り除いた。

「てめえ、何をする気なんだっ。麻理におかしなことをしたら、生かしちゃおかねえぞ」

「凄んでないで、おまえら二人も裸になれ!」

反町は命じた。関口が、したり顔で言った。

「そうか、読めたぜ。おれたちを裸にして、追えねえようにしようってわけか」

「さあ、どうかな。二人とも早くしろ!」

「いま、脱ぐよ。だから、麻理にゃ指一本触れるなよっ。駒崎、おまえも脱ぐんだ」

「まいったなあ」

「おれだって、脱ぎたくねえや」

二人はぼやきながら、闇の中で衣服を脱ぎはじめた。

反町はワルサーPPKを握り直した。関口たちが命令に従わなかったら、威嚇《いかく》射撃するつもりだ。反町は拳銃で脅しながら、関口を下生《ば》えの上に横たわらせた。麻理に口唇愛撫《こうしんあいぶ》をさせようとすると、双方が拒んだ。

反町は無言で引き金を絞《しぼ》った。かすかな発射音は、子供の咳よりも小さかった。放った銃弾は樹木の幹《みき》にめり込んだ。

「やめて、撃たないでちょうだい！　言われた通りにするわよっ」

麻理が関口の腰の横に両膝を落とし、舌を鳴らしはじめた。

頃合を計ってから、反町は藤巻に合図した。

ストロボの光が闇を白く抉《えぐ》った。関口の分身は雄々《おお》しく猛《たけ》っていた。闇の暗さが羞恥心《しゅうちしん》を薄めたのだろう。

「写真なんか撮らないで」

麻理が上半身を起こした。

「ちょっと保険を掛けておきたいだけだ。また、ヤー公どもに追い回されるのはうっとうしいからな」

「てめえ、青姦《あおかん》の写真を撮る気なんだなっ」

「そういうことだ。知性派のおれが、こんな下卑《げび》たことはしたくなかったんだが、わが身は護《まも》らなきゃならないからな」

　反町は言い返し、関口と麻理を騎乗位《きじょうい》で交わらせた。

　ストロボが幾度か光った。藤巻はワンカットずつアングルを変えたが、必ず関口と麻理がフレームに入るポジションを選んだ。

「総会屋さん、娘はいるかい？」

「いるよ、ひとりな。それがどうした？」

　関口が息を弾《はず》ませながら、怒気を孕《はら》んだ声を返してきた。

「いくつだ？」

「ちょうど二十歳だよ」

「鎌田と大川の犯行《ヤマ》に首を突っ込んだら、娘にファック写真を見せるぜ。そうなったら、あんたは娘に一生、軽蔑《けいべつ》されるだろう。いい年齢《とし》こいて、林の中でセックスしてるんだからな」

　反町は言った。

「てめえがやらせたんだろうがよっ」

「ああ。しかし、その気になって、おっ立てたのはおたくだぜ」

「くそったれっ」

「おれのことも忘れるんだな」

「わかったよ。てめえを追い回したりしねえよ。だから、もういいだろうが！」

関口が言った。

麻理は開き直ったらしく、大胆に腰を動かしはじめた。夜目にも、裸身は白かった。

反町は、麻理に駒崎の男根を含ませた。さすがに麻理は拒みかけたが、背中に銃口を押しつけると、じきに脅しに屈した。

藤巻が３Ｐの写真を五、六カット撮った。少ししてから、疣男が訴えた。

「社長、おれ、もうじき果てそうです」

「駒崎、抜け！　早く腰を引くんだっ。麻理の口ん中に出しやがったら、両手の小指《エンコ》貰うからな！」

「そんなこと言われても、もうブレーキが……」

駒崎は上擦《うわず》った声で言い、両手で麻理の頭を抱えた。激しいイラマチオを受け、麻理が呻きはじめた。

「勝手にやってくれ」

反町は藤巻を促し、車に足を向けた。

翌日の正午過ぎである。

反町はホテルの部屋で、私物のマイクロテレビをみていた。画面には、昨夜の洋館の焼け跡が映し出されていた。

ニュースによると、現場から五つの焼死体が発見されたらしい。福建マフィアやイラン人たちだろう。

反町はテレビの電源スイッチを切り、強請《ゆすり》の計画を練《ね》りはじめた。

鎌田と大川議員が共謀したことは、収録した密談音声の内容で明らかだ。二人が近藤組を使って、邪魔者を次々に葬《ほうむ》ったこともわかっている。

しかし、数々の悪事の裏付けが少し甘い。何か決定的な物証が欲しかった。鎌田はともかく、策士の大川は侮《あなど》れない相手だ。

関係者の証言や密談音声だけでは、二人の極悪人は民自党の国会議員の秘書たちを襲わせ、裏金を強奪したことは認めないだろう。服部製薬など大手企業各社からそれぞれ十億円前後を脅し取ったことも空とぼけそうだ。

ましてや中国人マフィアたちにグラマラスな美人たちを拉致させ、彼女たちを異常性欲者たちの生贄《いけにえ》にして、各界の著名人の致命的な弱みを押さえたことなど自白しないだろう。

仮に大川たちの罪が発覚しても、秘書の山極達生を首謀者に仕立てる恐れもあった。自分は裁判官ではない。手持ちの材料で、大川と鎌田を締め上げよう。二人の愛人を人質に取って、敵どもを誘《おび》き出すか。

反町はマールボロに火を点けた。

そのすぐ後、スマートフォンに着信があった。発信者は唐沢厚博だった。

「雅美は、アパートの管理人にビデオカメラを預けてありました！」

「で、どんな映像が？」

「ホテルの一室らしき部屋で、雅美が大川の公設第一秘書の山極達生に首を絞められかけてるとこが映っていたんですよ。動画が、その部屋に大川と西急クレジットの鎌田社長がいたことをはっきりと証明してくれています。雅美はバッグにビデオカメラを忍ばせて、服部製薬など一連の恐喝事件の真相を探りに行ったようです。バッグからレンズだけ覗かせて、部屋に入る前から、スイッチをオンにしておいたんでしょう」

「ビデオの音声は？」

「四人の声は鮮明に録音されています。大川たちは一連の事件にはいっさい関わりがないと言いながら、雅美に取材メモや写真を二千万円で譲ってくれと持ちかけてる」

「それを拒絶したんで、きみの彼女は山極に首を絞められそうになったんだね？」

反町は確かめた。

「ええ。大川議員は一応、自分の公設第一秘書を制止しましたが、そのとき、あの男は雅美に『きみは長生きできないかもしれないね』と脅してるんですよ」

「その映像がありゃ、もう奴らも言い逃れはできない」

「ええ」

「それはそうと、なぜ管理人はビデオカメラを預かってたことをいままで黙ってたんだろう？」

「何か大きな事件に巻き込まれるような気がして、遺族にも警察の人にも言えなかったらしいんですよ。もう七十過ぎの高齢者だから、面倒なことに関わりたくなかったんでしょうね」

唐沢の声には、なんの恨みも感じられなかった。むしろ、管理人を庇っているようだった。

「そうだったんだろうな」

「これから、このビデオを持って警察に行くつもりです」

「その前に、ちょっとビデオをダビングしとくべきだな」

「なぜです？」

「大川は民自党に反旗を翻《ひるがえ》した男だが、いまも民自党の大物たちの何人かとは親交がつづいてるんだ。ダビングを録《と》っとかないと、事件そのものが闇に葬られるかもしれないからな」

「そうか、そうですね」

「これから、どっかで会わないか。二、三本複製して、きみとおれが一巻ずつ保管しとけば、事件がうやむやにされることはないだろう」

「そうですね。それじゃ、あなたのホテルに行きます」

「待ってるよ」

反町は受話器を置き、にんまり笑った。

複製した動画で、大川議員と鎌田を恐喝するつもりだ。喫いさしのマールボロの火を揉《も》み消し、反町は新しい煙草に火を点けた。

罪深いことをした人間は看過《かんか》できない。それなりに裁く必要がある。大川たち二人に死ぬまで生き地獄を味わわせるべきだろう。

どのくらい毟《むし》れるのか。できたら、大川たちが荒稼ぎした巨額をそっくりいただきたいものだ。

信じられないような大金が転がり込んできたら、和香奈にジャズミュージシャンの養成所を経営させてやろう。芝大門の貧乏探偵には、当座の生活費を渡してやるか。

滝双葉に童話作家としての才能がありそうなら、小さな出版社を興《おこ》すのも悪くない。

夢は膨《ふく》らむ一方だ。悪人《クズ》の金と女は、遠慮なくいただく。

反町は、しばらく口許が締まらなかった。

エピローグ

食後のコーヒーが届けられた。

反町は黒服のウェイターに礼を言った。

永田町《ながたちょう》にある高級レストランだ。

国会議事堂から、わずか四百メートルしか離れていない。夜の八時過ぎである。唐沢が赤坂のホテルに持ってきた動画を三巻ダビングしたのは、五日前のことだった。

反町は複製を二巻預かった。そのうちの一巻と先日の密談音声の複製を憲友党の大川議員の自宅に送りつけたのは、いまから三日前だ。

反町はダークマンと称して外国人に化け、大川と鎌田に裏取引を持ちかけた。密談風景の写真、密談音声の買い取り値として、併《あわ》せて三十億円を要求した。

途方もない巨額を要求したのは、それなりの勝算があってのことだった。

大川たち憲友党は大事な総選挙を控えていた。いま、スキャンダルを持ち出されたら、政治家生命は断たれることになる。反町は、相手の弱みに付け込んだわけだ。

二人は声を失った。少し冷静さを取り戻すと、どちらも駆け引きをしはじめた。

総選挙の政治活動に大金を注ぎ込《こ》み、いまは党のプール金が二十億円に満たないことをくどくどと説明し、要求額を十五億円に下げてくれと哀願した。

反町は快楽殺人館の客たちのスキャンダラスな動画データをすべて引き渡すという条件付きで、大川たちと折り合った。

十五億円は預金小切手で受け取ることになった。反町は、二人に大企業や大物財界人などが振出人になった小切手だけを揃《そろ》えるよう命じた。現金は持ち運びに不便だし、危険でもあった。

預金小切手は各銀行の本・支店長が責任を持って発行するもので、受取人名は記載されていない。預金小切手を持参すれば、誰でも現金化できる。通りすがりの者に換金を頼むことも可能だ。また、金融ブローカーも喜んで割引いてくれる。

反町は、もう一つ条件を与えた。

それは大川と鎌田の二人に、これまでの事件のことを喋らせることだった。二人は観念し、何もかも吐いた。

大川と鎌田は同じ大学出身であることから、数十年来の親交があった。お互いにプライベートな悩みごとを打ち明け合うほどの仲だった。

二人はそれぞれ大金の工面《くめん》に迫られ、陰謀を画策した。

杉本雅美を箱根で殺したのは、中国人マフィアの兪《ユー》だった。殺人を命じたのは大川だ。

鎌田は不正融資のことで、今後も井手に強請《ゆす》られ、丸裸にされるかもしれないという強迫《きょうはく》観念から逃れられなかったようだ。それで、義誠会の地引や坂尾を使って、井手に恐怖感を与えつづけたという。

井手邸に火を点《つ》けさせたのは、自分と井手との遣《や》り取りが密《ひそ》かに録音されていたように思えたからしい。

大川と手を組んで大企業や変質者たちを脅迫する気になったのは、自分の不正が東京地検特捜部に嗅《か》ぎつけられた気配があったからだった。鎌田は脅し取った金で、友人から貰った六十億円のキックバックを穴埋めしつつあったという。

二人が服部製薬など大企業から脅し取った総額は、約百五十億円だった。人気コメンテーターらからせしめた金は、およそ四十億円らしい。併《あわ》せて百九十億円

国会議員秘書襲撃事件のシナリオを練ったのは大川自身だった。

大川は民自党時代に、大口のヤミ献金の運搬ルートを熟知していた。企業からの裏金はむろん、民自党が〝裏金利〟で金融機関に預けている巨額の党費の差益分が現金で運ばれていることも知っていたらしい。

強奪した現金は総額で百億円に達したという。しかし、すでに大半は党員獲得のために

遣《つか》ってしまったそうだ。

　襲撃事件の実行犯である福建マフィアやイラン人を駆り集めたのは、公設第一秘書の山極と近藤組の組長らしい。

　鎌田は、裏金強奪事件には関わっていなかった。しかし、サウナで地引と坂尾を毒殺したのは鎌田自身の意思だ。矢吹弁護士の口を封じることを先に言い出したのは大川のほうだった。

　矢吹は、大川の実弟が経営している商事会社の顧問弁護士だったという。その関係で、大川とも交際するようになったという話だ。

　野心家で金銭欲の強い矢吹は、大川たちの悪事に間接的に加担しているうちに、巨額の分け前が欲しくなったようだ。その要求を撥《は》ねつけられると、腹いせに知人の井手にスキャンダルの情報を少しだけ洩らした。それで、始末されてしまったのだろう。

　鎌田が反町を殺人犯に仕立てることを画策したらしい。

　大川の野望は、政権に返り咲いて憲友党を与党第一党にすることだった。その暁《あかつき》には、自分が党首になる気でいたようだ。現党首や党幹部たちは、大川の犯罪には加わっていないという。

　箱根の燃え尽きた洋館は、大川の知人のものだったらしい。焼死体は、やはり外国人マフィアたちだった。手を汚したのは近藤組だ。

大川と鎌田の告白を反町がこっそり録音したことは言うまでもない。いずれ、その音声で二人をもう一度脅すつもりだった。

反町は煙草《たばこ》の火を消し、付け髭《ひげ》に手をやった。髪はヘアカラーで白く染めていた。

反町を初老の英国紳士に化《ば》けさせたのは、知り合いのメイクアップアーティストだった。三十代のその男は、ハリウッドで特殊メイクの勉強をしただけあって、腕は確かだ。誰が見ても、反町が三十代の日本人とは思わないだろう。

反町は窓側のテーブルに目をやった。

そこには、金髪の美しい女性がいた。真紅のドレスをまとっていた。右近和香奈だ。

和香奈はバター色のウィッグを被《かぶ》り、反町と同様に両眼に青いコンタクトレンズを嵌《は》めていた。もともと彼女は顔の彫りが深く、肌の色が白い。ネイティブのような英語も話す。

欧米人が彼女を見ても、日本人が化けているとは思わないのではないか。

反町はコーヒーをブラックで啜《すす》った。

最初は市民マラソンのレース中に、自分で山極から十五億円分の預金小切手を受け取るつもりだった。ランナーの群れの中に入れば、狙撃《そげき》される心配はない。

その計画を和香奈に洩らすと、彼女は強硬に反対した。一般市民を巻き添えにする恐れがあるというのが反対理由だった。

和香奈が数分考えてから、膝《ひざ》を打った。何か妙案が閃《ひらめ》いたようだ。

聞かされた計画は悪くなかった。そうした経緯《いきさつ》があって、反町は赤いドレスの金髪美人を受取人に指定したのだ。

それから間もなくだった。

店に二人の男が入ってきた。大川議員と鎌田だった。

大川は胸に書類袋を抱《かか》えていた。鎌田は、ビニールの手提《さ》げ袋を手にしている。袋の中身は、異常性欲者たちの淫《みだ》らな動画だろう。

大川たち二人が、和香奈の前に並んで腰かけた。どちらもコーヒーだけしかオーダーしなかった。

すぐに裏取引がはじまった。

和香奈が密談音声のメモリーや殺人未遂動画などを先に差し出した。大川たちにはマスターメモリーだと言ってあるが、両方とも複製だった。

大川が書類袋の口を開いた。和香奈が中身を検《あらた》め、袋ごと自分の横に置いた。

鎌田が何か短く言って、ビニールの手提げ袋を和香奈の足許《あしもと》に押しやった。

和香奈がにこやかに笑い、優美に腰を浮かせた。書類袋と手提げ袋を持って、化粧室に消えた。

大川が目配せした。

鎌田がスマートフォンを取り出し、ひそひそと誰かに指示を与えはじめた。おそらく山極か、近藤に赤いドレスの女を追って預金小切手の束とスキャンダラスな録音音声や動画を取り戻せと命じたのだろう。

さて、和香奈のお手並を拝見するか。

反町はコーヒーを飲みながら、わずかに上体の向きを変えた。

大川と鎌田は睨《にら》むような眼差《まなざ》しで、化粧室を見据えていた。

五、六分後、黒い服を着た女が化粧室から出てきた。

和香奈だ。金髪のウィッグもカラーコンタクトも外している。ビニールの手提げ袋も持っていない。

大川と鎌田が相前後して、視線を外した。いま出てきた黒いドレスの女が、さきほどの金髪美人と同一人物であることを見抜けなかったのだろう。

和香奈の勝ちだ。

反町はチェスターバリーの背広の襟《えり》の捩れを直し、静かに立ち上がった。薄手の白いコートを抱え、さりげない足取りでトイレに向かう。

男性用トイレの出入口の横に、二十巻前後のメモリーの入った手提げ袋が置いてあった。打ち合わせ通りだ。

反町は手提げ袋を持ち上げた。ずしりと重い。

白いコートで、手提げ袋をすっぽりと包み込んだ。布地にあちこちたるみを持たせてから、トイレを出る。大川たち二人は、すぐに目を逸《そ》らした。彼らの頭の中には、赤いドレスのブロンド女のことしかないにちがいない。

反町は勘定《かんじょう》を払い、悠然《ゆうぜん》と店を出た。

二つ先の交差点の手前で、和香奈の車が待っているはずだ。早く小切手の束を目にしたかった。反町はひとりでに急ぎ足になっていた。

一つ目の交差点を渡ったときだった。

反町は銃弾の衝撃波を感じた。通りかかったOLらしき女性が片腕を押さえて、舗道に頽《くずお》れた。被弾したことは明らかだ。銃声は聞こえなかった。

敵だ。

反町は中腰になって、走りはじめた。だが、すぐに引き返した。巻き添えを喰った通行人を見殺しにはできない。

「痛い、痛いの」

若い女は横たわって、子供のようにべそをかいていた。スカートが捲《めく》れ上がっている。

反町は女を力づけ、手提げ袋をくるんだ白いコートを舗道に置こうとした。

そのとき、また銃弾が飛んできた。たてつづけに二発だった。

反町は車道を見た。

十数メートル右手に、白いベンツが見えた。サングラスをかけた男が、サイレンサー付きの自動拳銃を構えていた。近藤組に雇《やと》われた殺し屋《ヒットマン》だろう。

射撃の腕は悪くなかった。標的を大きく外してはいない。

この娘《こ》に流れ弾《だま》が当たりそうだ。

反町はコートを抱えて、舗道を走りはじめた。ほとんど同時に、四弾目が放たれた。それは、右膝ぎりぎりのところを掠《かす》めた。反町は一瞬、ひやりとした。

レモンイエローの車が勢いよくバックしてきた。和香奈のBMWだった。右ハンドル仕様車だ。助手席のドアが押し開けられた。

「乗って！　早く早く」

和香奈が叫んだ。

反町は助手席に乗り込んだ。ドアが閉まらないうちに、BMWは発進した。

ベンツが追ってきた。和香奈は、元カーレーサーである。ハンドル捌《さば》きは巧《たく》みだった。

「足を思いっきり踏んばってて」

和香奈が言うなり、一気に加速した。前走車の尾灯はだいぶ遠かった。

五弾目の銃弾が左のドアミラーを撃ち砕いた。和香奈はさらにスピードを上げ、いきなり車をスピンさせた。

タイヤが軋《きし》み、白い煙が下から立ち昇ってきた。反町は体を支えながら、大声をあげた。

「あんまり無茶やるなって」

「大丈夫よ。わたしに任せといて」

和香奈は大胆にも、車を逆走させはじめた。しかも、かなりのスピードだ。

ベンツが左に逃げようとした。和香奈は、それを許さなかった。敵の車が慌てて反対側にハンドルを切った。大きく切りすぎだった。

ベンツは分離帯に乗り上げ、そのまましばらく突っ走っていった。

和香奈は愛車を分離帯の切れ目に突っ込み、前方から来る車を激突寸前に躱《かわ》した。抗議の警笛《クラクション》が長く鳴った。

反対車線に入ると、和香奈は平然と言った。

「死ぬかと思ったんじゃない？」

「ああ。ずいぶん派手なことをやってくれたな。おそらく誰かにナンバーを読み取られただろう」

「そんなこともあるかと思って、偽ナンバーを貼りつけといたの」

「強《したた》かだな、和香奈も」

反町は肩を竦《すく》め、コンタクトレンズを外した。

「あなたにいろいろ仕込まれたから……」

「それはそうと、奴ら、なんでおれのことがわかったんだろう？」

「あなたがドジだからよ」

和香奈が笑顔で、きついことを言った。

「おれがドジだったって⁉　どこが？」

「あんなに背筋を伸ばして大股で歩いちゃ、とても初老には見えないわよ。それに、コートの持ち方もまずかったわね。あんなふうにコートを大事そうに抱えてたら、敵に変装を見破られるのは当然よ」

「言ってくれるな」

「今度っから、裏のビジネスのときはわたしと組んだほうがいいんじゃない？　とりあえず、きょうの出演料《ギャラ》は片手でいいわ」

「五百万もふんだくる気か。ま、いいか」

「なに言ってるの。わたしの取り分は五億円よ」

「冗談だろ⁉」

反町は声を裏返らせた。

「本気も本気よ。もしノーなら、このまま昔の職場に直行してもいいけど」

「こりゃ、間違いなく悪女だ。おれの上前《うわまえ》はねるんだからな」

「五億円は出世払いで貸してくれるだけでいいの。つまり、わたしは恐喝罪にならないってことね」

「負けたよ。五億円はくれてやろう。その代わり、今夜は朝までつき合ってくれ。帝国《ていこく》ホテルのロイヤルスイートを予約してあるんだ」

「お部屋が最高級でもねえ」

「もちろん、最高のベッドサービス付きだよ」

「それなら、つき合うわ」

和香奈が艶《つや》っぽく笑い、車を日比谷方面に向けた。

反町はスマートフォンで、唐沢の自宅に電話をかけた。すぐに先方の受話器が外れた。

「例の物、明日あたり、警視庁に届けたほうがいいな」

「そうします。やはり、捜査一課に持ち込むべきでしょうね？」

「捜一はいつも忙しいから、まともに話を聞いてくれないかもしれない。そうだ、組対部の力石なら、ちゃんと相手になってくれそうだな」

「力石さんというのは？」

唐沢が訊《き》いた。

「昔の同僚なんだ。おれの名前は伏せて、力石を訪ねてみてくれないか」

「わかりました。反町さん、いろいろお世話になりました」

「おれは、自分の仕事をこなしただけだよ。縁があったら、また会おう」

反町は通話を切り上げた。

「力石さんに手柄を立てさせたいのね。あなたらしい応援の仕方だわ」

「おれは、力石の応援をする気はないよ。ただ、借りを返したいだけさ。あいつはおれのとばっちりで、SPをお払い箱にされたんだから」

「あなたのそういうところが好き……」

和香奈がそう言い、そっと片手を重ねてきた。

反町は指先で、和香奈の掌《てのひら》をくすぐった。情事に誘うサインだった。和香奈が反町の太腿《ふともも》をつねって、手をステアリングに戻した。

そのとき、スマートフォンに着信があった。発信者は滝信行だった。

「やあ、ドクター！　今夜は、どんな料理をこしらえたんです？」

「きょうは食事の誘いじゃないんだ。少し前に努君がお母さんとここに来たんだよ。赤坂のホテルにきみを訪ねたらしいんだが、会えなかったと言ってね」

「何があったんだろうか」

「お母さんの彼氏が努君ちに居坐《いすわ》って、家を売らせたがってるというんだよ」

「すみませんが、ちょっと努に替わってもらえますか」

反町は頼んだ。滝の声が途絶え、待つほどもなく努の声が響いてきた。

「おじさん、戸張って奴を家から追い出してよ。あいつ、父さんが離婚するときに母さんに渡したお金を勝手にぜんぶ遣っちゃったんだ。母さんはすごく怒って、あの男と別れると言ったのに、あいつ、出ていこうとしないんだよ」

「戸張は、いま小日向にいるんだな？」

「いるはずだよ。ケバい女を連れ込んで、いちゃついてたから。あいつ、サトさんを三回も突き倒したんだ。絶対に赦《ゆる》せないよ」

「すぐにヒモ野郎を追い出してやるから、心配するな」

「うん。おじさん、ぼくの父さんは何か悪いことをしたの？　なんとなくそんな気もしてきたんだ」

「親父さんは悪いことなんか何もしちゃいないよ。殺されたのは、ただ運が悪かったからさ。親父さん、ちょっと不器用だったからな」

反町は言った。努がすぐに問いかけてきた。

「ちょっと不器用だったって、何がなの？」

「生き方がさ」

「そうかなあ。父さん、二十代で公認会計士になったんだよ。生き方は器用だったんじゃない？」

「大人になったら、意味がわかるよ。戸張を追っ払ったら、すぐに連絡する」

反町は電話を切った。

「行き先変更ね」

和香奈がターンランプを灯した。不満顔ではなかった。むしろ、愉《たの》しげな表情だった。

「努はおふくろさんと一緒に暮らすそうだよ。残念だったな」

「ううん、それが一番よ」

「そうだな」

反町は言って、煙草をくわえた。藤巻の喜ぶ顔が目に浮かんだ。

ＢＭＷは努の家に向かいはじめた。

明日から忙しくなりそうだ。快楽殺人の加害者をひとりずつ脅迫する気になっていた。

両腕を切断された涼子の顔が蘇《よみがえ》った。

反町は、膝の上で拳《こぶし》を固めた。

著者注・この作品はフィクションであり、登場する人物および団体名は、実在するものといっさい関係ありません。

（本書は、『非情番犬』と題し、一九九五年六月、小社ノン・ノベルから新書判で書下ろし刊行されたものに筆者が一部手を入れて、一九九八年九月に祥伝社文庫より刊行された作品を改題し、大幅に加筆修正し文字を大きくしたものです）

一〇〇字書評

罪　無敵番犬

切り取り線

購買動機（新聞、雑誌名を記入するか、あるいは○をつけてください）

□（　　　　　　　　　　　）の広告を見て
□（　　　　　　　　　　　）の書評を見て
□ 知人のすすめで　　□ タイトルに惹かれて
□ カバーが良かったから　　□ 内容が面白そうだから
□ 好きな作家だから　　□ 好きな分野の本だから

・最近、最も感銘を受けた作品名をお書き下さい

・あなたのお好きな作家名をお書き下さい

・その他、ご要望がありましたらお書き下さい

住所	〒				
氏名		職業		年齢	
Eメール	※携帯には配信できません		新刊情報等のメール配信を 希望する・しない		

この本の感想を、編集部までお寄せいただけたらありがたく存じます。今後の企画の参考にさせていただきます。Eメールでも結構です。

いただいた「一〇〇字書評」は、新聞・雑誌等に紹介させていただくことがあります。その場合はお礼として特製図書カードを差し上げます。

前ページの原稿用紙に書評をお書きの上、切り取り、左記までお送り下さい。宛先の住所は不要です。

なお、ご記入いただいたお名前、ご住所等は、書評紹介の事前了解、謝礼のお届けのためだけに利用し、そのほかの目的のために利用することはありません。

〒一〇一－八七〇一
祥伝社文庫編集長　清水寿明
電話　〇三（三二六五）二〇八〇

祥伝社ホームページの「ブックレビュー」からも、書き込めます。
www.shodensha.co.jp/bookreview

祥伝社文庫

罪《つみ》　無敵番犬《むてきばんけん》

令和 6 年 3 月 20 日　初版第 1 刷発行

著　者　南《みなみ》　英男《ひでお》
発行者　辻　浩明
発行所　祥伝社《しょうでんしゃ》
東京都千代田区神田神保町 3-3
〒101-8701
電話　03（3265）2081（販売部）
電話　03（3265）2080（編集部）
電話　03（3265）3622（業務部）
www.shodensha.co.jp

印刷所　堀内印刷
製本所　ナショナル製本
カバーフォーマットデザイン　芥 陽子

 ISBN978-4-396-35042-0 C0193

祥伝社文庫の好評既刊

南　英男
錯綜　警視庁武装捜査班
社会派ジャーナリスト殺人が政財界の闇をあぶり出した――カジノ利権に群がるクズを特捜チームがぶっつぶす！

南　英男
怪死　警視庁武装捜査班
天下御免の強行捜査チームに最大の難事件！　ブラック企業の殺人と現金強奪事件との接点は？

南　英男
突撃警部
心熱き特命刑事・真崎航のベレッタ92FSが火を噴くとき――警官殺しの裏に警察をむしばむ巨悪が浮上した！

南　英男
疑惑領域　突撃警部
剛腕女好き社長が殺された。だが全容疑者にアリバイが!?　特命刑事真崎航、思いもかけぬ難事件。衝撃の真相とは。

南　英男
超法規捜査　突撃警部
シングルマザーが拉致殺害された！　残された幼女の涙――「許せん！」真崎航のベレッタが怒りの火を噴く！

南　英男
闇断罪　制裁請負人
セレブを狙う連続爆殺事件。首謀者は誰だ？　凶悪犯罪を未然に防ぎ、ワルも恐れる〝制裁請負人〟が裏を衝く！

祥伝社文庫　今月の新刊

大下英治
ショーケン　天才と狂気
カネ、女性関係、事件……。危険な匂いを漂わせ人々を魅了し続けた萩原健一。共演者、プロデューサーの証言からその実像に迫る！

宇佐美まこと
羊は安らかに草を食《は》み
認知症になった老女の人生を辿る、女性三人最後の旅。大津、松山、五島……戦中戦後を生き延びた彼女が、生涯隠し通した秘密とは。

西村京太郎
空と海と陸を結ぶ境港《さかいみなと》
十八歳、小柄、子猫のように愛らしい――特徴の似た女性を狙う〝子猫コレクター〟に苦戦する十津川。辞職をかけ奇策を講じるが……。

南　英男
罪　無敵番犬
依頼人の公認会計士が誘拐された。窮地に立つ凄腕元SP反町は、ある女性記者の死との繋がりを嗅ぎつけ……。巨悪蠢く事件の真相は？

岡本さとる
千の倉より　取次屋栄三《えいざ》　新装版
取次屋の栄三郎は、才気溢れる孤児の少年の、数奇な巡り合わせを取り持つ。じんわり温かい気持ちに包まれる、人情時代小説の傑作！